Horst Wolfram Geißler
In einer langen Nacht

Horst Wolfram Geißler
In einer langen Nacht

Sanssouci

ISBN 3-7254-1124-7

Gesamtherstellung: Clausen & Bosse, Leck
Printed in Germany

In einer langen Nacht

I

PROFESSOR HELFERING, EINER DER BESTEN KENNER DES klassischen Altertums, war kein lebensfremder Gelehrter. Seine Vorlesungen an der Universität zeichneten sich ebenso wie seine Bücher – übrigens auch wie er selbst – durch eine weltläufige Eleganz aus. Seit vielen Jahren las er nachmittags, und zwar in einem der größten Hörsäle, über die Kulturgeschichte der Griechen oder des römischen Reichs und niemand, der nach Allgemeinbildung strebte, unterließ es, wenigstens eines dieser berühmten Kollegien zu hören. Helferings Erscheinung, die blendende Form und Art seines Vortrags, das außergewöhnliche Wissen, das dahinter stand, oft auch eine leichte Ironie – besonders bei freilich nur angedeuteten Vergleichen mit der Gegenwart – fesselten seine Hörer stets aufs neue und machten die Vorlesungen ungemein beliebt.

Um so gefürchteter – wenigstens von den vielen, die sich mit Kenntnissen nicht allzusehr belasten mochten – waren Helferings Seminarübungen und Prüfungen. Hier konnte seine Ironie sehr persönlich werden, wenn jemand das Fehlen eines gründlichen und nüchternen Wissens hinter Redensarten zu verbergen suchte, und schon manche Studentin war in Tränen ausgebrochen. In dem sehr engen Kreise freilich, der dann übrig blieb, gab sich Helfering desto großzügiger und liebenswürdiger. Unverheiratet, wie er war, hatte er das Bedürfnis nach Geselligkeit im besten Sinn, und da seine Mittel es erlaubten, so kam es ihm nicht darauf an, etwa ein Streichquartett in seine schöne Wohnung einzuladen und nach dem Konzert das Fest bis weit über Mitternacht auszudehnen.

Alljährlich zu seinem Geburtstag, der in den Mai fiel, fuhr er mit einigen seiner angenehmsten und begabtesten Schüler nach Rom, wobei er sämtliche Kosten stillschweigend übernahm; er schien eine tiefe Abneigung dagegen zu haben, gerade den Geburtstag allein zu verbringen – schlimm genug, daß ich schon wieder ein Jahr älter bin, pflegte er zu sagen, soll ich auch noch einsam werden?

Mit einem solchen Mann vierzehn Tage in Rom zu verbringen, war ein Erlebnis; besser als die meisten Römer kannte er die Stadt in ihrer gegenwärtigen und jeder früheren Gestalt; wenn er mit seinen Freunden auf der Höhe des Palatin stand, so genügten ein paar Worte und Handbewegungen von ihm, den Palast des Tiberius aus zweitausendjähriger Versunkenheit heraufzuzaubern, oder man sah drunten auf dem Forum die Quiriten vor der Rednerbühne versammelt, von der Cicero gegen den Staatsfeind Catilina donnerte, oder – noch ein paar hundert Jahre weiter zurück – die geraubten Sabinerinnen wurden im Triumph herbeigeschleppt, die üppigen Fleischfarben eines Rubens überdeckten die rauhere Vorzeit. Helfering konnte in solchen Augenblicken wirklich zaubern.

Am seltsamsten jedoch wurden die Abende. Man ging dem leeren Glanz, mit dem die Fremden in der ganzen Welt angelockt zu werden pflegen, weit aus dem Wege. Der Professor wußte, wo das alte Rom, wie es zur Zeit Goethes ausgesehen haben mochte, noch vereinzelt zu finden war, Osterien in den engsten Winkeln der Altstadt, zu denen man einige Stufen hinabsteigen mußte, um in ein Gewölbe zu kommen, dessen Mauern vielleicht aus der Zeit des Augustus stammten. Er kannte alles, wurde überall gekannt und mit italienischer Höflichkeit begrüßt. Hier, in einer Umgebung von Handwerkern und Taxifahrern, zwischen denen wohl auch ein paar abenteuerliche Gestalten saßen, versammelte er gern seine Gäste zu einem Abendessen mit jenen Besonderheiten, auf die der Wirt stolz ist, und einem Landwein, der, bis zu einem bestimmten Punkt harmlos, unvermutet und schnell gefährlich wird. Dieser Punkt wurde gelegentlich überschritten, und dann kam es wohl in den dämmerigen, vom Qualm der Zigaretten und der süßlich-schweren Toscani durchnebelten Raum zu einer Stimmung, die nicht nur äußerlich an Hoffmanns Erzählungen erinnerte: Wenn Professor Helfering die richtigen Zuhörer um sich wußte, und das war hier der Fall, denn er selbst hatte sie ja ausgesucht, so konnte seine Phantasie unvergleichliche Blüten, aus einem zufällig hingeworfenen Stichwort die herrlichsten Geschichten treiben, wobei man niemals wußte, wie weit die Wahrheit reichte – verblüffenderweise stellte sich später oft genug heraus, daß nur wenig daran erfunden war.

Diesmal hatte er für seine Geburtstagsfeier ein Lokal ausgesucht, das den schaurlich schönen Namen «Zum Etruskischen Grabmal» trug. Am Nachmittag war man in zwei Mietautos durch die Sabinerberge gefahren, dabei mußte jedem auffallen, daß Helfering nicht in so guter Laune zu sein schien wie gewöhnlich. Er war schweigsam, überließ die Gesellschaft sich selber und betrachtete von den Berghöhen aus die Campagna und das ferne Rom mit Augen, die noch weiter hinter den Horizont blickten, als ob sie dort etwas suchten. Jeder bemerkte das, aber niemand verlor darüber ein

Wort, man vermutete bei ihm eine gewisse Geburtstagsschwermut – er hatte die Sechzig hinter sich, und an Tagen wie diesem konnte er alt aussehen, während er im allgemeinen einen bedeutend jüngeren Eindruck machte.

Als ein Düsenjäger mit unheimlicher Geschwindigkeit unter dem blauen Himmel hinheulte und nach Sekunden verschwand, fragte Helfering über die Schulter zurück: «Haben Sie heute früh die Zeitungen gelesen?» wartete eine Antwort jedoch gar nicht ab, sondern ging, die Hände auf dem Rücken, ein wenig weiter und blieb im dünnen Schatten eines Ölbaums allein.

Auf der Heimfahrt aber fand er seine gute Laune fast völlig wieder, und abends traf man sich also im «Etruskischen Grabmal».

Ein Ecktisch war frei gehalten, das Essen begann mit winzig kleinen, in der Pfanne gebackenen Fischen und endete mit einem scharfen, aber ausgezeichneten Käse, der nicht dazu angetan war, den Durst zu vermindern. Es lag nahe, daß während des Mahles über die Etrusker gesprochen wurde, jenes rätselhafte Volk, das vor den Römern einen Teil Italiens beherrschte und von dem, obgleich es die eindruckvollsten Spuren hinterlassen hat, bislang doch das Wichtigste unbekannt geblieben ist.

«Ich warte immer noch darauf», sagte Professor Helfering lächelnd, «daß einer von Ihnen, meine Herren, sich hier verdient macht. Denn wir können, um nur das bedrückendste Beispiel zu erwähnen, die in großer Zahl erhaltenen etruskischen Inschriften zwar lesen, aber wir verstehen die Sprache nicht. Ist das nicht trostlos?»

«Nun», erwiderte jemand aus der kleinen Runde, «ich

tröste mich damit, daß auch die Römer schon zur Zeit Cäsars das Etruskische nicht mehr verstanden.»
Aus diesem Anfang entspann sich eine nur zum Teil gelehrte Unterhaltung, denn Helfering wußte die Gemüter durcheinander zu bringen, der Wein tat das Seine. Man sprach von den wirklichen Grabmälern des unbekannten Volkes, von seltsamen Kulten, ziemlich gespenstischen Dingen und war nicht wenig überrascht, als zwei würdevolle Carabinieri auftauchten, um die Polizeistunde anzukündigen. Jetzt erst bemerkte man, daß die übrigen Gäste längst heimgegangen waren.
Helfering erklärte, dies habe wenig zu sagen und wies auf eine Tür im Hintergrunde des Gewölbes, zu der einige ausgetretene Steinstufen hinaufführten. Der Wirt schien darauf gewartet zu haben und blickte mit einladendem Kratzfuß nach jenem Ausgang.
Die Gesellschaft folgte der Aufforderung mit Vergnügen und kam über die Stufen in die Küche, ein schmales Gewölbe, in dem zu dieser späten Stunde bereits alles aufgeräumt und in Ordnung war. Freilich roch es hier noch nach fettgebackenem Fisch und manchen anderen Dingen, aber eine verglaste Tür, welche tagsüber das nicht vorhandene Fenster ersetzte, war geöffnet und ließ frische Nachtluft herein, soweit das überhaupt möglich war, denn draußen befand sich, wie man im schwachen Lichtschimmer sah, ein enger Hof, auf allen Seiten von Hinterhäusern umgeben und erfüllt von jenem säuerlichen Geruch, wie er aus Kellern zu steigen pflegt, in denen Wein gezapft wird.
Der Tisch – es gab nur einen – war sauber gescheuert; überhaupt hatte man den Eindruck, daß die Küche ziemlich oft dazu diente, der Polizeistunde auszuwei-

chen. Über dem großen Herd befand sich aus früheren Zeiten noch der Rauchfang eines Kamins, der zusammen mit einigem Kupfergeschirr, einem großen Steinmörser und Bündeln von trocknenden Gewürzpflanzen fast glauben machen konnte, daß man sich in einer alten alchemistischen Goldküche befände.
Mit einem bedauernden Achselzucken schloß der Wirt die Glastür und sagte, er müsse dies leider tun, denn der Hof habe einen Ausgang auf die Gasse, und es sei besser, wenn man draußen die Stimmen nicht höre.
Die Gäste setzten sich, die Pendellampe über dem Tisch wurde so weit herunter gezogen, daß sie nicht mehr blenden konnte, der Wirt brachte neue Flaschen. Indessen wollte, wie es nach solchen Ortsveränderungen häufig der Fall ist, das Gespräch nicht sogleich wieder in Gang kommen, vor allem schien das Etruskerthema erledigt.
Helfering, der in der falschen Tasche nach den Zigaretten gesucht hatte, legte eine zusammengefaltete Zeitung auf den Tisch. «Ich muß Ihnen», sagte er nachdenklich, «das Geständnis machen, daß heute ein recht melancholischer Tag für mich ist – nicht allein wegen... nun, das wissen Sie ja und haben mir bereits genügend gute Wünsche dargebracht... Wünsche... du lieber Himmel, mein neues Lebensjahr beginnt aber damit, daß mir ein sehr herzlicher Wunsch leider nicht erfüllt wird und nicht erfüllt werden kann, nämlich das Wiedersehen mit einem lieben jüngeren Freunde, das für heute und hier festgesetzt war. Sie werden ohne Zweifel bemerkt haben, daß mir etwas im Kopf herumgeht, und damit Sie nichts Falsches vermuten, möchte ich Ihnen erklären, woher diese Verstimmung kommt.»

Endlich hatte er die Zigaretten gefunden und begann eine kurze Erzählung in seiner wirkungsvollen Weise: erst langsam zurückhaltend, dann immer lebhafter, bis die Zuhörer auf nichts mehr als seine Worte achteten. Das verdämmernde Gewölbe, die späte Stunde, der Wein, die zauberküchenmäßige Ausstattung des Raumes trugen dazu bei, die Stimmung seltsam gespannt zu machen.

Der gutbürgerliche Name Wilhelm Reineke – begann Professor Helfering – sagt Ihnen nichts. Mich dagegen erinnert er an den liebenswürdigsten, freilich auch eigenartigsten Menschen, dem ich je begegnet bin, und zwar zum erstenmal unmittelbar vor dem Krieg. Als Student besuchte er meine Vorlesungen und gleichzeitig die Übungen, ich erkannte sofort seine außergewöhnliche Begabung, die sich mit einem vortrefflichen Gedächtnis verband und ihm besonders das Erlernen von Sprachen erstaunlich leicht machte – er begriff nämlich vor allem den eigentlichen Geist der Sprache, ich möchte, wenn es auch sonderbar klingt, geradezu sagen, der Geist kam über ihn, zumal in gewissen Stimmungen; wenn er zum Beispiel ein Glas zuviel getrunken hatte, konnte er eine Rede im besten ciceronischen Latein halten, die selbst erfahrene Altphilologen für echt hielten – sie war es aber nicht, sie war improvisiert, wie denn überhaupt seine Improvisationen – auch im Leben – das Überraschendste waren, was sich denken oder vielmehr nicht denken läßt.
Sein Vater hatte eine kleine, aber gutgehende Schuhfabrik; seine Mutter war Sekretärin des Chefs gewesen und hatte diesen geheiratet, sie stammte aus einer ver-

armten Adelsfamilie, deren Namen man aus der Geschichte des friderizianischen Heeres kennt. Ich muß diese Herkunft erwähnen, weil sich vieles daraus erklärt, übrigens auch das Äußere des jungen Mannes: er war schlank, hatte ein scharfgeschnittenes Gesicht und etwas tiefliegende dunkelblaue Augen, die in der Erregung eigentümlich glühen konnten – alles in allem: eine außergewöhnlich gute Erscheinung, die man nicht so leicht vergaß. Das Eindruckvollste, freilich zugleich Verwirrendste an ihm war jedoch sein Wesen – heute zu einer mattblauen lyrischen Schwermut geneigt, morgen so draufgängerisch und übermütig, daß man das alte Husarenblut zu spüren vermeinte, übermorgen streng zusammengefaßt über schweren wissenschaftlichen Problemen, dann wieder von einer kindlichen Einfalt, hinter der sich bisweilen eine wohlberechnete und höchst begabte Komödianterei vermuten ließ, stets aber begeisterungsfähig und eben genial improvisierend.

Der Name Wilhelm Reineke paßte nicht zu ihm, er klang einfach zu bürgerlich, obwohl man daran denken sollte, daß ja der Fuchs in der alten deutschen Tierfabel Reineke heißt. Es wäre allerdings grundfalsch, ihm einen Fuchscharakter zuzuschreiben, er selber muß aber doch ähnliche Gedankengänge gehabt haben, denn als wir uns im Mai vor dem Krieg hier in Rom aufhielten, überraschte er uns durch ein Bändchen Gedichte, die er unter dem Namen Will Fox hatte drucken lassen, und dieses Pseudonym wurde von seinen Freunden mit solchem Beifall aufgenommen, daß man ihn schon am nächsten Tag überhaupt nicht mehr anders nannte. Was die Gedichte betrifft, so gehörten sie zu dem wenigen Mittelmäßigen, was ich bei ihm erlebt habe – man bemerkt ja oft, daß die Menschen gerade ihre schwachen Seiten mit einer gewissen Eitelkeit pflegen. Ich will Ihnen aber doch zwölf Zeilen rezitieren, weil sie mir bezeichnend vorkommen:

Die Angelschnur hängt still im See
Und rührt sich lange nicht.
Doch plötzlich schnellt sie in die Höh!
Es blitzt im grauen Licht.

Vieltausend Fische schwimmen stumm,
Doch diesen hats erwischt.
Vergeblich grübelst du: Warum
Und wer hier schweigend fischt.

Bedenke, Mensch, den falschen Schein,
Daß jeder jedem gleicht.
Das Schicksal, auserwählt zu sein,
Es ist nicht leicht.

Fox mochte nun auserwählt sein oder nicht, was aber das Schicksal betrifft, so verhinderte es zunächst, daß dieses Auserwähltsein sich offenbarte: der Krieg begann und damit ein Kollektivschicksal, dem auch Fox nicht entging. Es gibt wohl keinen der vielen Kriegsschauplätze, zu dem er nicht hingewirbelt wurde. Wir blieben in Verbindung, so gut sich das machen ließ, und wenn ich ihn, nach seinem letzten Lebenszeichen, im nördlichen Norwegen glaubte, kam gewiß am nächsten Tag eine Feldpostkarte aus Süditalien oder Afrika, gelegentlich auch aus dem Lazarett. Schließlich kam nichts mehr – außer dem großen und allgemeinen Unglück, das alle Fäden und noch viel mehr zerriß.

Sobald, nach dem Zusammenbruch, die Post wieder einigermaßen ihre Aufgabe zu erfüllen vermochte, schrieb ich an seine Eltern, blieb aber ohne Antwort.

Etwa zwei Jahre später, ich werde den Nachmittag nie vergessen, klingelt es an meiner Wohnungstür – – Fox!

«Hoffentlich störe ich nicht?» fragte er.

Er trug – selten genug in den damaligen Zeiten – einen guten hellen Sommeranzug, war braun gebrannt, natürlich älter geworden, seine schon früher scharfen Gesichtszüge und besonders die schmale Nase hatten damals etwas Raubvogelmäßiges, weil er viel zu mager war und wohl auch nach Malaria aussah, die Augen schienen noch tiefer zu liegen, leuchteten aber dunkelblau wie ehedem.

«Fox! Wie geht es Ihnen?»

«Mir?» fragte er und spielte Erstaunen. «Wie soll's mir gehen? Gut natürlich!»

«Offengestanden», sagte ich, «habe ich nicht gehofft, Sie wiederzusehen.»

«Unsinn!» sagte er und nahm aus seiner nagelneuen Aktentasche ein dickes Manuskript. «Darf ich mir erlauben, Ihnen meine Doktorarbeit zu überreichen und um wohlwollende Prüfung zu bitten? Sie ist nämlich unter etwas schwierigen Umständen geboren worden. Die Engländer hatten mich in Nordafrika gefangen, aber ich brannte ihnen durch und kam bei einem Araberstamm unter, wo ich zwar Zeit, oft aber nicht Papier genug hatte, das Ergebnis meiner Studien aufzuschreiben. Es handelt sich um bisher unbekannte Spuren, welche die kulturellen Folgeerscheinungen des

Zusammenstoßes zwischen dem eindringenden Islam und den Resten der Antike in jenen Gebieten aufzeigen. Die Quellen – obwohl es mitten in der Wüste war – flossen unerwartet reichlich.»

Er beherrschte jetzt das Arabische in Wort und Schrift und hatte bei den Beduinen in hohem Ansehen gestanden. «Das ist ganz gut!» sagte er unbewegten Gesichts. «Da weiß ich doch wenigstens, wohin ich im Notfall gehen kann.» Diese Bemerkung war leider nur zu sehr begründet; seine Eltern lebten nicht mehr, die Schuhfabrik war völlig zerstört, das Grundstück, auf dem sie gestanden, hatte er sogleich nach seiner Rückkehr verkauft, um, wie er sagte, sich Mittel für die nächste Zeit zu verschaffen – in Wirklichkeit gab es noch einen viel tieferen Grund dafür, aber den erfuhr ich erst später:

Er wollte nicht mehr in die Bahn eines sogenannten bürgerlichen Daseins zurückkehren.

Ich dachte viel über ihn nach. Was da zum Durchbruch kam, war vermutlich nichts weiter als Romantik, aber keine angenommene, sondern eine, die im Blute lag. Vielleicht waren unter den Ahnen seiner Mutter ein paar fahrende Ritter gewesen, die zu König Artus' Tafelrunde gehört hatten, Lanzelot, Gawan, Parzival, ich weiß nicht – jedenfalls erschien er selbst mir immer mehr als ein fahrender Ritter oder Troubadour mit allen lichten und trüben Seiten, mit verschrobenen Idealen, entwurzelt, sehnsüchtig, abenteuerlustig, verliebt —

Verliebt, dies ist das Stichwort für die letzten Sätze, die ich noch sagen will. Fox benutzte die paar Wochen, die er bei mir blieb, nicht nur, um sein Doktorexamen gewissermaßen mit der linken Hand zu erledigen, sondern leider auch dazu, sich – wieder einmal – in der unbegreiflichsten, ja geradezu entsetzlichsten Weise zu verlieben. Ich gebrauche diese Superlative, denn es handelte sich dabei um ein wertloses, nichtsnutziges Frauenzimmer, allerdings ungewöhnlich hübsch und elegant, im übrigen jedoch – nun, wo die Liebe eben hinfällt. Das gehörte von jeher zu seinen schwachen Seiten. Am Tage nach dem Examen stellte sich heraus, daß diese Dame verschwunden war; er wußte nicht, wohin, hatte aber gewisse Vermutungen, und so – Sie werden das kühne Bild begreiflich finden – schwang er sich in den Sattel, ergriff Schild und Speer und zog von dannen. Ich hörte lange nichts von ihm. Aber vor genau einem Jahr begegnete ich ihm, hier, im «Etruskischen Grabmal». Es ging ihm gut, er sah viel besser aus als damals nach seiner Rückkehr von den Beduinen, brauchte offenbar nicht zu sparen, schwieg jedoch, sobald man nach seinem Leben fragte. Inzwischen war er wohl Fünfunddreißig geworden, ein Mann in den wirklich besten Jahren, der die Vorteile seiner Erscheinung zu nützen verstand.

Wir blieben nur wenige Stunden zusammen. Deutlich zerstreut ließ er durchblicken, daß er eine lange Reise vorhabe, versprach jedoch, übers Jahr, also heute abend, mich wiederum hier zu treffen, denn das Datum meines Geburtstages hatte er nicht vergessen.

Ich habe mich sehr auf dieses Wiedersehen gefreut.

Heute früh las ich in der Zeitung: Wie aus Kalkutta gemeldet wird, befand sich unter den Opfern der großen Flugzeugkatastrophe auch der deutsche Archäologe Dr. Will Fox.

Helfering, der während seiner letzten Worte auf das vor ihm liegende Zeitungsblatt geblickt hatte, hob das Gesicht – und in derselben Sekunde kam es wie ein Erstarren in seine Augen, er blieb regungslos sitzen und sah nach der Glastür, die in die enge Nacht hinausführte.

Vor dem schwarzen Hintergrunde stand draußen im Hof ein Mann, der offenbar eine Taschenlampe in der Hand hielt und damit sich selbst anleuchtete. Zunächst – und das wirkte grotesk genug – hätte man ihn nach seinem schwarzen, über die rechte Schulter nach rückwärts geschlagenen Umhang für Fra Diavolo, den großen Räuber der Abruzzen halten können. Er trug aber keinen breitkrempigen und spitzen Hut, sondern einen Zylinder, und der Umhang war kein Räuber-, sondern ein Frackmantel.

Jetzt öffnete der Mann die Glastür und trat ein.

«Fox –!» rief Helfering.

«Ich bitte die Verspätung zu entschuldigen», sagte jener.

«Aber Sie sind tot!»

«Das soll mich nicht hindern, mein Wort zu halten. Geben Sie mir getrost die Hand, Gespenster pflegen nicht im Frack zu erscheinen. Ich komme auch nicht aus dem Orkus, sondern aus der Oper und wurde nur unterwegs aufgehalten. Verzeihen Sie die Komödie, ‚Fra Diavolo', ein Werk, das ich besonders liebe und nie versäume, hat mich dazu verführt.»

Es war merkwürdig still.

«Aus der Art, wie hier geschwiegen wird», sagte Dr. Fox, «möchte ich schließen, daß von mir die Rede war. Ich danke Ihnen für diese Aufmerksamkeit und weiß sie zu schätzen. Sie sehen jedoch, daß sie gegenstandslos war, soweit sie mein Ableben betrifft. Gibt es hier etwas zu trinken?»

Der Wirt – der sich noch kurz zuvor bekreuzigt hatte – sprang herbei, mit einer theatralischen Bewegung übergab ihm der späte Gast Hut und Mantel.

Zusammenrückend nahm die Gesellschaft wieder Platz, keiner der Studenten wagte zu sprechen, selbstvergessen starrten sie Fox an.

Helfering hatte sich einigermaßen gefaßt. «Sie sollten aber daran denken», sagte er, «daß ich nicht mehr jung bin. Dergleichen Überraschungen können ungesund sein, mein Lieber, zumal wenn man noch mit der Rührung über einen so traurigen Todesfall kämpft.»

«Wie Sie erkennen, ist das Gegenteil wahr», erwiderte Fox vergnügt. «Die Meldung aus Kalkutta stammt von mir selbst, ich habe sie gestern abend an die römischen Nachrichtenbüros gegeben.»

«Also waren Sie gar nicht in Kalkutta?»

«O doch. Ich saß sogar schon in der Unglücksmaschine, die Motoren liefen, im nächsten Augenblick wären wir gestartet – da kam noch ein Telegramm für mich, man reichte es mir herein, und daraufhin entschloß ich mich, wieder auszusteigen. Jedoch der Öffentlichkeit gegenüber hatte ich Gründe, abzustürzen. Es sollte mir leidtun, wenn es Ihnen leidgetan haben sollte. Aber bisweilen empfiehlt es sich, tot zu sein – man lebt dann ruhiger.»

Jeder fühlte, daß hier etwas Geheimnisvolles angerührt wurde, indessen fragte niemand. Jetzt erst, da Will Fox in eigener Person bei ihnen saß, begriffen die jungen Leute manches, was Helfering ihnen kurz zuvor erzählt hatte.

«Fassen Sie es bitte als ein Zeichen meiner Verehrung auf», sagte Fox zu der kleinen Runde, «daß ich gleich das nächste Flugzeug nahm, um noch rechtzeitig nach Rom zu kommen, wie wir ausgemacht hatten. Es wird mir stets ein seelisches Bedürfnis sein, meinem verehrten Lehrer wieder zu begegnen – ich glaube, wir alle wissen, was wir an ihm haben. Übrigens erschien es mir geraten, Indien so schnell wie möglich zu verlassen, nachdem ich meine Aufgabe erledigt hatte.»

«Eine Aufgabe?» fragte Helfering ablenkend.

«Allerdings, und zwar eine recht ungewöhnliche», antwortete Fox mit ebensoviel Charme wie Eitelkeit. «Ich scheine zu den Menschen zu gehören, denen es vom Schicksal bestimmt ist, immer wieder vor absonderlichen Aufgaben zu stehen.» Von seinen mancherlei Eigenschaften brach das Komödiantische wieder für einen Augenblick durch. «Erinnern Sie sich, daß aus der Sammlung des Fürsten E. vor einigen Monaten die berühmte schwarze Perle der Borgia gestohlen wurde?»

Keiner wußte davon, auch Helfering nicht. Gab es diese Perle überhaupt?

«Wenn Sie Conan Doyles meisterhafte Novelle von den sechs Napoleonsbüsten gelesen hätten», sagte Fox, «dann wäre Ihnen diese Perle bekannt. Nach heutigen Begriffen ist sie, ich meine die Perle, übrigens weder besonders schön noch besonders kostbar, ihr einzigartiger Wert liegt auf einem anderen Gebiet, nämlich in der Tatsache, daß sie von Lukrezia Borgia getragen wurde und deshalb vermutlich von den giftig dunklen Geheimnissen der Familie mehr weiß als irgendetwas auf dieser Welt. Schade nur, daß sie nicht reden kann.»

«Und Sie hatten die Aufgabe –»

Fox nickte.
«Und?»
«Alles in Ordnung», antwortete er, nicht geneigt, weiter auf das Abenteuer einzugehen. –
Anderntags kam Fox, wie verabredet, zeitig in Helferings Hotel, um mit ihm zu frühstücken.
«Mein lieber Freund!» sagte der Professor mit aller Herzlichkeit und legte ihm die Hände auf die Schultern. «Zwar bin ich mit Ihrer Art, zu leben und zu sterben, keineswegs einverstanden – aber sie scheint sich zu lohnen?»
«In jeder Hinsicht. Aber was wissen Sie von meiner Art zu leben?»
«Die Perle der Borgia –»
«Du lieber Himmel!» sagte Fox. «Fanden Sie gestern abend nicht auch, daß ich sie zur rechten Zeit erscheinen ließ? Man darf in solchen Augenblicken die Spannung des Publikums nicht enttäuschen. Ich weiß auch nicht, wie ich gerade auf sie kam.»
«Auf wen!»
«Auf die Perle der Borgia! Oder haben Sie im Ernst geglaubt, Verehrter –? Nein, mit der Wahrheit würde ich niemals dermaßen indiskret umgehen. Im Augenblick fiel mir nur nichts anderes ein. Ob es diese Perle jemals gegeben hat, weiß ich nicht; vermutlich hat Conan Doyle sie erfunden, und weshalb soll man sich Erfindungen nicht zunutze machen? Dazu sind sie ja da.»
Helfering blickte ihn kopfschüttelnd an. «Theater!» sagte er, aber der mißbilligende Ton gelang ihm nicht sehr gut.
Fox lachte. «Ich kam gerade aus der Oper, bedenken Sie das bitte, und als ich Sie mit Ihrer kleinen Gesell-

schaft in der etruskischen Hexenküche sah – ein recht romantisches Nachtstück –, mußte ich mir doch wohl einen Auftritt verschaffen, der in die Stimmung paßte. Sie werden zugeben, daß er nicht übel gelungen ist.»
Der Professor schwieg eine Weile. «Wohnen Sie in Rom?» fragte er dann ziemlich unvermittelt.
«Nur vorübergehend», antwortete Fox. «Dabei fällt mir ein: Wollten Sie nicht vor einem Jahr die Villa Trefontane in der Nähe von Tivoli besichtigen? Sie war bisher geschlossen, aber seit einigen Tagen ist sie wieder zugänglich. Ein Genuß für jemanden, der die Renaissance liebt, alles echt, kein falsches Stück darin.»
«Wohnen Sie dort?»
«Nein. Aber die Eigentümerin, eine Contessa Respiani, oder vielmehr ihr Mann, hat am anderen Ende des Parks ein modernes Landhaus gebaut. Dort bin ich zu Gast, ich konnte der Gräfin letzthin einen kleinen Dienst erweisen.»
«Man darf Sie also besuchen?»
«Ich weiß, warum Sie mich fragen», sagte Fox herzlich, «und ich danke Ihnen dafür, daß Sie an meinem Leben teilnehmen. Kommen Sie jedoch lieber wegen der Villa. Denn was mein Leben betrifft –»
«Wie kann ich teilnehmen, wenn ich nichts davon weiß!»
«Lassen wir uns also überraschen!» sagte Fox. «Ich habe gelernt, weder dem Augenblick noch den Plänen für die Zukunft zu trauen. Denken Sie an den Zauberwald Brezeliand in den Sagen um König Artus und den heiligen Gral! Diesen seltsamen Wald findet nur, wer ihn nicht sucht, und ich muß gestehen, daß ich nie suche und gerade deshalb vielleicht um so öfter finde. Allerdings –»
«Allerdings?»

Fox lächelte. «Wenn ich mich recht erinnere, wohnte darin die Fee Morgane. Ich glaube, ich bin ihr schon öfter begegnet. Im übrigen aber steckt er voll Ungeheuer und Überraschungen, mit denen man sich zeitlebens herumzuschlagen hat. Ist das nicht wunderbar?»
«Bekämpfen Sie Ungeheuer?»
«Man tut, was man kann. Bisweilen bekämpfen die Ungeheuer mich, das sind dann eben die Überraschungen, von denen ich sprach. Das Ganze heißt: mein Leben. Wie lange bleiben Sie noch in Rom?» Er stand auf, um sich zu verabschieden.
Helfering, der seine Studenten treffen wollte, ging mit ihm hinunter. Vor dem Hoteleingang wartete aber kein gepanzertes Streitroß auf den irrenden Ritter, sondern ein großer Wagen, dessen schwarzlivrierter Fahrer diensteifrig die Tür öffnete.
Die Fee Morgane hat sich der Zeit angepaßt, dachte Helfering und sah hinter dem Wagen drein. Aber das scheint festzustehen: aus dem Walde Brezeliand kommt er nicht mehr heraus. Schade um ihn. Schade? Nun, wie man's nimmt.
Der Professor hatte die Straßenbahn benützen wollen, jetzt aber zog er es vor, zu Fuß zu gehen, die Studenten konnten warten – er mußte noch ein wenig allein sein und versuchen, mit einer Art Wehmut fertig zu werden. Vielleicht war das Leben im Zauberwalde Brezeliand lebenswerter als in allen Bibliotheken und gelehrten Gesellschaften der Welt?

II

DER SCHWARZE WAGEN VERLIESS ROM UND FUHR AUF der Via Tiburtina den Sabinerbergen entgegen, deren Hänge sich im Vormittagslicht sonnten. «Langsam, langsam!» sagte Fox. Die dreißig oder vierzig Kilometer, die man zurückzulegen hatte, wollte er in Ruhe genießen, denn er war nicht weniger nachdenklich als Helfering, dessen fragenden Blick er noch zu spüren vermeinte. Aber man konnte das doch nicht alles erzählen, auch jetzt nicht, da die Angelegenheit mit Erfolg zu Ende gebracht war.

Vor zwei Jahren war der Graf Respiani, Diplomat im Dienste seines Landes, nach dem Fernen Osten gereist, aber am Ziel seiner Reise nicht angekommen. Der Fall hatte damals großes Aufsehen erregt, zumal alle Bemühungen, ihn zu klären, erfolglos blieben. Er mußte als verschollen gelten, jedoch seine nächsten Blutsverwandten sträubten sich dagegen, ihn für tot erklären zu lassen. Respiani hatte nämlich ein Testament hinterlegt, demzufolge seine Frau Alleinerbin war, und dadurch fühlte sich die Verwandtschaft schwer benachteiligt.

Das Erbe bestand in einem kleinen Landgut, dem Park und dem darin erbauten Wohnhaus – darum hätte man sich vielleicht nicht zu streiten brauchen. Aber die berühmte Villa Trefontane mit ihrer musealen und einzigartigen Einrichtung? Vor allem die Bilder! Ein halbes Dutzend Gemälde, weltbekannt, in jedem Werk über die Kunst der Renaissance wiedergegeben und von Respiani schon längst aus Sicherheitsgründen als Leihgabe an verschiedene Museen verteilt. Das waren Millionenwerte – soweit sich ein Marktwert überhaupt nennen ließ. Kein Wunder also, daß die Verwandten sich nicht beruhigen wollten. Das Testament freilich war nicht anzufechten, wohl aber die unbewiesene Behauptung, daß Respiani tot sei und deshalb das Testament in Kraft zu treten habe.

Es kam also darauf an, den Beweis für das Ableben des Grafen zu erbringen. Die Contessa und ihr Anwalt taten alles mögliche, aber ohne Erfolg. Da lernte die Gräfin in einer Gesellschaft Dr. Will Fox kennen; sie brauchte ihm nicht viel zu erzählen, der Fall interessierte ihn seit langem, er hatte ihn anhand der Zeitungsnachrichten verfolgt; er selbst brauchte sich der Gräfin nicht vorzustellen, man sprach von ihm und seinen Erfolgen in so verwickelten Angelegenheiten, und die Art, wie er über diese Dinge zu schweigen verstand, wirkte besonders auf die Frauen unwiderstehlich. Auf die Bitte der Contessa nahm er sich der Sache an. Es kostete viel Zeit und Geld, aber nun hatte es sich gelohnt. Fox brachte von seiner Indienreise nicht nur die amtliche Bestätigung vom Tode des Grafen Respiani zurück, sondern auch einen Polizeibericht über den Hergang. In den nächsten Tagen würde das bekanntgegeben werden. Den Inhalt des Polizeiberichts jedoch würde niemand erfahren als die Witwe und die Behörden – der Familie wegen, des alten Namens wegen... Respiani war von einem Malaien im Hafenviertel von Singapur erstochen worden, nachts, unter Begleitumständen, die geeignet waren, den Schmerz über dieses betrübliche Ereignis stark abzukühlen. Übrigens mußte auch der Staat einigen Wert darauf legen, daß das abseitige Ende eines seiner Vertreter nicht im einzelnen bekannt wurde.

Der Fall war also, wenigstens für die Nächstbeteiligten, durchaus geklärt und erledigt. Will Fox, die entscheidenden Papiere in der Tasche, hatte das Glück gehabt, dem Flugzeugabsturz zu entgehen – darüber und wie es überhaupt dazu gekommen war, hatte er seine eigenen, ziemlich mißtrauischen Gedanken, die er bei Gelegenheit in Ordnung bringen wollte – aber nicht jetzt, noch nicht jetzt, denn fürs erste brauchte er Ruhe. Das war auch der Grund, weshalb er die Nachricht von seinem Tod verbreitet hatte; einstweilen wußte noch niemand von seiner Rückkehr, und bis man davon erfuhr, hoffte er einen entlegenen Winkel gefunden zu haben, in dem er sich ein paar Wochen von den Anstrengungen des Unternehmens erholen konnte. Die Gräfin Respiani hatte ihm für seine Bemühungen weit mehr als die ausgemachte Summe überreicht, er konnte zufrieden sein und abwarten, welches neue Abenteuer ihm eine hoffentlich recht ferne Zukunft bringen würde.

Allerdings – und hier wachte Will Fox aus seinen Gedanken auf und kehrte ins Gegenwärtige zurück – allerdings sah es fast so aus, als zeichne sich dieses neue Abenteuer bereits mit einiger Deutlichkeit vor dem noch nicht verblaßten Hintergrunde des alten ab: Bei seiner Rückkehr hatte er die Contessa nicht in der gewohnten Einsamkeit vorgefunden, sondern in Gesellschaft einer jungen Verwandten namens Maria Zanetti, deren Anwesenheit es ihm plötzlich nicht mehr so erwünscht scheinen ließ, sich in einen möglichst weltentlegenen Winkel zurückzuziehen und dort der Selbstbetrachtung zu pflegen – er betrachtete lieber die schöne Maria, dies war entschieden erfreulicher, vielleicht sogar erholsamer. Seit er gestern abend mit ihr in der

Oper gewesen war (wobei er wohlweislich hinter den Logenvorhängen versteckt blieb), empfand er die kaum überstandenen Mühsale seiner langen Reise bereits viel weniger.

Bei dieser Feststellung lächelte Fox, rieb sich das Kinn und blickte auf. Eben bog der Wagen in den Wald Brezeliand, vielmehr in den Park der Villa Trefontane ein. Fox ließ halten, die kurze Strecke zum Wohnhaus wollte er zu Fuß gehen, die berühmten Gartenanlagen mit ihren Terrassen, über die sich in breiter, mehrstufiger Kaskade ein berauschend bunter Strom von Blüten ergoß, entzückten ihn stets aufs neue. Zypressen, Ulmen, Springbrunnen im sonnendurchspielten Laubschatten, ein marmornes Antinousbild, das wohl aus dem Garten der nahen Villa des Hadrian stammte und sich nun hier narzißhaft im dunklen Wasser spiegelte, schwirrende Libellen und das Huschen smaragdgrüner Eidechsen – und in diesem traumhaft schönen Gemälde zwei Frauen, die Contessa Respiani und Maria.

«Wie hübsch, daß Sie so zeitig zurückkommen!» sagte die Contessa. «In der Stadt ist es jetzt wohl schon unerträglich heiß, aber hier spielt der Wind in den Wipfeln, wir waren ganz still und hörten seinen Geschichten zu.»

«Lassen Sie auch mich ein wenig zuhören», sagte Fox.

«Ich fürchte», antwortete die Gräfin, «Sie müssen damit noch ein wenig warten. Marias Vater, der in Geschäften plötzlich nach Rom gekommen ist, hat vorhin angerufen und sich, als er hörte, daß Sie hier sind, zum Mittagessen eingeladen. Hoffentlich stört es Sie nicht in Ihrer Beschaulichkeit?»

Maria fügte hinzu: «Sie werden sich gewiß mit ihm

vertragen, er ist ein sehr freundlicher und kluger Mann.»
«Daran hätte ich auch ohne diese Versicherung niemals gezweifelt, da ich seine Tochter kenne», antwortete Fox.
«Übrigens fliegt er bereits gegen Abend wieder nach Mailand zurück.»
«Unbegreiflich, daß er sich so schnell von Ihnen trennen kann.»
«Einigen wir uns auf die Erklärung: es ist nur begreiflich, wenn man daran denkt, daß er der Leiter einer großen Motorenfabrik ist.»
«Trotzdem!» sagte Fox mit seinem sanftesten Kopfschütteln, die Damen lachten. «Verstehen kann ich nur, daß er hierher kommt, freilich nicht meinetwegen, sondern Ihretwegen.»
«Eine schmeichelhafte, aber grundfalsche Annahme!» erwiderte die Gräfin. «Es geschieht wahrhaftig nur weil Sie bei uns sind.»
«Sie beunruhigen mich!» sagte Fox mit gefalteter Stirn.
Die drei waren noch nicht beim Haus, als auf dem Fahrweg ein römisches Taxi herankam, das Marias Vater brachte. Nachdem er die üblichen Umarmungen und Küsse auf beide Wangen mit den Frauen getauscht hatte, wurden die Herren einander vorgestellt.
Zanetti war eine gute, sehr italienische Erscheinung; zwar neigte er zur Fülle, aber sein schwarzes Haar, glatt, glänzend und in der Mitte gescheitelt, zeigte noch keine grauen Fäden. Er begegnete Fox mit aller Höflichkeit.
«Heute nacht, während einer schlaflosen Stunde im Zug», sagte er, «habe ich mich bereits mit Ihnen be-

schäftigt, als ich nämlich die Zeitungsmeldung von Ihrem Tode las, und bedauerte aus einem bestimmten Grund aufs lebhafteste, Sie nicht kennen gelernt zu haben, da die Contessa mir Mehreres über Sie geschrieben hatte. Um so größer war natürlich meine Überraschung und Freude, als ich vorhin hörte, daß Sie am Leben und hier sind. Ich habe die Sitzung, derentwegen ich aus Mailand hergekommen bin, um zwei Stunden verschoben, denn anders hätte ich jetzt Ihre Bekanntschaft nicht machen können.»

«Es eilt also ungemein», sagte die Gräfin Respiani verständnisvoll. «Wir erwarten die Herren in dreißig Minuten, bis dahin ist das Frühstück fertig.»

«Eine ausgezeichnete Frau!» sagte Zanetti, als die Damen weggegangen waren. «Ich habe ihr von jeher alles Gute gewünscht und freue mich deshalb doppelt, daß Sie, Herr Dr. Fox, so erfolgreich waren, die Contessa hat es mir vorhin am Telephon mitgeteilt. Die Verwandten ihres verstorbenen Mannes werden sich allerdings weniger freuen.»

«Sehr wahrscheinlich», antwortete Fox. Herr Zanetti gefiel ihm. «Ich hoffe, einige Ferientage in der Gesellschaft der Damen zu verbringen und habe das Gefühl, daß sie wohlverdient sind. Die letzten Monate waren für mich überaus anstrengend, man könnte ein Buch darüber schreiben.»

«Sie beugen vor!» erwiderte Herr Zanetti. «Aber ich bin hier, um Ihnen ein vielleicht noch verlockenderes Angebot zu machen. Ich besitze ein kleines altes Haus am Gardasee, es ist bescheiden, aber bequem eingerichtet und gehörte meinem Vater, der vor einigen Jahren gestorben ist. Niemand als das Hausmeisterehepaar wohnt darin. Ich selbst habe so gut wie nie Zeit, auch nur für das Wochenende dorthin zu gehen. Wäre das nichts für Sie? Ich bin überzeugt, daß es Ihnen gefällt.»

Fox blickte ihn an.

«Die Frau des Hausmeisters ist eine vorzügliche Köchin. Sie brauchen sich also, wenn Sie nicht wollen, überhaupt nicht sehen zu lassen. Das Haus liegt versteckt in einem hübschen Garten zwischen dem Corso und dem See, man badet am eigenen Ufer, ein Kahn ist vorhanden –»

Fox blickte ihn noch immer an.

«Freilich, der Boden ist hier klassischer, die Villa Tre-fontane berühmter, die Gartenanlagen sind großartiger», sagte Zanetti, «aber ich möchte Ihnen doch nicht empfehlen, in einem dieser schwarzen und schlammigen Teiche zu baden, tun Sie es lieber in dem glasklaren, warmen, blauen See, den ich persönlich für den schönsten der Welt halte. Vielleicht angeln Sie gern? In den Fugen der Ufermauer, an der die Wellen des Sees entlangplätschern, gibt es die fettesten Barben, schon die alten Römer schätzten diese Fische, obwohl sie, wie ich gestehen muß, ziemlich viel Gräten haben. Mein Gott, Dottore, lassen Sie mich doch nicht so lange reden, worauf warten Sie noch?»

«Auf den Angelhaken», sagte Fox, «der auch in Ihrer Liebenswürdigkeit und Gastfreundlichkeit verborgen sein muß.»

«Wie kann man nur so mißtrauisch sein!» antwortete Zanetti lachend. «Nun ja, es ist wahr, ich hätte bei dieser Gelegenheit ein kleines Anliegen, ach, nicht der Rede wert, die Bitte, eine Sache zu prüfen, die Ihnen vielleicht überhaupt zu unbedeutend erscheinen wird – der Gedanke kam mir, wie ich nicht leugnen will, heute nacht, als ich las, daß Sie Archäolog sind.»

Fox wurde aufmerksam. «Da ist ja bereits der Angelhaken!» sagte er. «Hat es mit Archäologie zu tun?»

«Soviel ich sehe», erwiderte Zanetti. «Mein Vater, der die letzten Jahre seines Lebens als Privatgelehrter am Gardasee verbrachte, hatte dasselbe Fach, Sie werden seine Bibliothek und seine handschriftliche Hinterlassenschaft vorfinden und, wenn Sie wollen, an seinem Tisch weiterarbeiten können, wochenlang, monatelang, Sie sind mein Gast, es wäre mir ein aufrichtiges Vergnügen!»

«Und was die erwähnte unbedeutende Sache betrifft –»

«Nein, wahrhaftig, ich möchte es vermeiden, im gegenwärtigen Augenblick davon zu reden, ich bin nicht darauf vorbereitet, vielleicht könnte es Ihr Urteil beeinflussen. Hat Ihnen Maria gesagt, daß ich am Spätnachmittag nach Mailand zurückfliege? Es ließ sich nicht anders einrichten. Begleiten Sie mich! Bei Dunkelwerden sind Sie dann schon von Mailand im Wagen unterwegs nach Gardone, ich werde dort anrufen, ein ausgesucht gutes Abendessen soll Sie erwarten.»

Maria erschien in der Haustür und winkte.

«Und die bewußte Sache?» fragte Fox hartnäckig.

«Sicher interessant für Sie!» antwortete Zanetti und legte die Hand aufs Herz. «Ich will Ihnen während des Fluges über den Apennin davon erzählen. Abgemacht?»

«Einstweilen habe ich nur einen Wunsch, nämlich etwas zu essen», sagte Fox, während Zanetti seinen Arm nahm und sie zum Hause gingen. «Nur noch so viel: ich danke Ihnen für die freundliche Einladung. Sie wissen, daß ich dergleichen Aufträge nicht aus reiner Begeisterung übernehmen kann?»

«Ich bin von meiner Kusine unterrichtet. Als Kaufmann habe ich vernünftigerweise nichts anderes vorausgesetzt. Sie werden –»

«Sprechen wir also nicht mehr davon», nickte Fox, in diesem Augenblick ärgerlich über sich selbst; es gehörte zu seinen schwachen Seiten, daß er das Geld ein wenig zu sehr liebte; er wußte es, aber stets wieder spielte ihm diese Eigentümlichkeit einen Streich.

«Nun?» fragte die Gräfin.

«Herr Dr. Fox wird die große Freundlichkeit haben, mich heute zu begleiten», sagte Zanetti. «Nein, widersprechen Sie nicht, es ist abgemacht.»

«Abscheulich!» rief Maria. «Und was wird aus uns? Ich hasse Sie, Dottore! Ich sah uns schon im Schatten der Lorbeerbäume wandeln –»

«Mein liebes Kind, dafür bist du noch zu jung – abgesehen von allem anderen», sagte Herr Zanetti und bewies damit, daß auch er zu den Vätern gehörte, die ihre Töchter unterschätzen.

Die Sonne stand noch ziemlich hoch, als das Flugzeug den römischen Boden verließ und nach einer Runde über der ewigen Stadt dem in grünen Wiesen hingewundenen Laufe des Tibers ein Stück nordwärts folgte, Gebirgsketten entgegen, deren seltsame Felsenkahlheit, obwohl sie zu dieser Stunde von rötlicherem Licht überflutet wurde, nicht nach Italien, sondern auf einen anderen Planeten zu gehören schien.

«Der Überlieferung nach», sagte Zanetti, «waren diese Berge noch vor wenigen Jahrhunderten von Wäldern bedeckt, aber dann müssen die Leute ganz unsinnig mit dem Holz gewüstet haben – solange, bis es eben eine Wüste war, ein entsetzlicher Fehler, den man wohl nie wieder gutmachen kann. Ist es nicht trostlos?»

Fox nickte.

«Sich nun aber vollends vorzustellen, wie das Land ausgesehen haben mag, als die Stadt Rom anfing, zur Geltung zu kommen und sich auf das rechte Ufer des Tibers nach Norden auszudehnen, ins Gebiet der Etrusker hinein. Wann war das?»

«Sagen wir: im fünften Jahrhundert vor Christus.»

«Also vor zweieinhalbtausend Jahren. Man weiß nichts mehr davon.»

«Man weiß recht viel», erwiderte Fox, «ebensoviel freilich ist uns bisher verschlossen geblieben, besonders was die Etrusker angeht.»

«Eben!» sagte Zanetti und legte die Hand auf den Arm seines Nachbarn. «Vielleicht hätten wir größere Kenntnisse, wenn nicht diese Sache geschehen wäre, um derentwillen ich um Ihre Begleitung gebeten habe.» Fox blickte ihn sehr überrascht an, er hatte diese schnelle Wendung nicht erwartet, sondern war zunächst auf eine belanglose Unterhaltung gefaßt gewesen. Herrn Zanettis Zielsicherheit behagte ihm aber. «Hat es wirklich mit den Etruskern zu tun?» fragte er und dachte an die vergangene Nacht im «Etruskischen Grabmal» – wahrscheinlich hätte Professor Helfering viel darum gegeben, während der nächsten halben Stunde an Fox' Stelle sein zu können. «Vor allem: wollen Sie mir nicht endlich verraten, was unter dieser ‚Sache' zu verstehen ist?»

«Sehr einfach», antwortete Zanetti. «Wie ich Ihnen schon heute früh erzählte, steht das Haus in Gardone meistens leer. Die Einrichtung ist noch die gleiche, wie mein Vater sie vor einigen Jahren hinterließ, nichts ist hinzugekommen, nichts weggenommen – das heißt, wahrscheinlich fehlt doch etwas. Ich weiß nicht.»

«Sie wissen es nicht?»

«Es ist nämlich im vorigen Herbst eingebrochen worden, abends, als der Hausmeister mit seiner Frau im Kino war. Ich muß hier gleich bemerken, daß keinerlei Wertsachen vorhanden waren, man hat offenbar auch gar nicht danach gesucht. Durchwühlt wurde nur der große Schreibtisch und ein schmaler Aktenschrank... ja, so kann man dieses Möbel wohl bezeichnen... mein Vater zog den altmodischen Ausdruck Repositorium vor, er pflegte darin einen Teil seiner wissenschaftlichen Manuskripte und ganze Bände voll Notizen aufzuheben, übrigens wohlgeordnet, wie er denn überhaupt stets auf Ordnung hielt.»

«Und welcher Art waren diese Manuskripte?»

«Sagte ich das nicht schon? Sie enthielten die Ergebnisse seiner Studien über die Etrusker. Es war sein Lebenswerk.»

«Und davon ist also etwas gestohlen worden?»

«Möglicherweise.»

«Was heißt das!»

Zanetti sagte entschuldigend: «Ich verstehe nichts von diesen Dingen und habe sehr wenig Zeit. Die Polizei andererseits, die sich des Vorfalles zunächst annahm, hat zwar sehr viel Zeit, versteht aber noch weniger. Die ganze Geschichte wurde zu den Akten genommen und recht bald vergessen, sie erschien ja unwichtig. Aber mich plagt der Gedanke, sie möchte vielleicht doch von Bedeutung sein. Mein Vater betrieb seine Forschungen im Auftrag und mit aller möglichen Unterstützung des Staates. Wie wichtig er sie nahm, zeigt der Umstand, daß er seinem Testament ein Verzeichnis der Handschriften beilegte, die sich in eben jenem Repositorium befanden. Ob etwas fehlt und was, dies eben konnte ich nicht feststellen, die Bündel waren aufgerissen und durcheinandergeworfen. Man müßte zunächst alles wieder ordnen. Das Verzeichnis habe ich und kann es Ihnen schicken.»

«Sonderbar», sagte Fox. «Und Sie wissen genau, daß im ganzen Haus tatsächlich nichts vorhanden war, was einen gewöhnlichen Dieb interessieren könnte?»

«Wissen, wissen!» antwortete Zanetti. «Ich glaube es bestimmt zu wissen – aber mit völliger Sicherheit...? Und das ist es, was mich plagt.»

«Weiter?»

«Das eben möchte ich von Ihnen erfahren!»

Fox blickte nachdenklich auf das schwarze Gebirge hinab, das unter ihm hinwegzog. Die Gipfel der Felsen leuchteten jetzt im Sonnenuntergangsrot, während in den tief eingeschnittenen Tälern schon eine milchblaue Dämmerung lag. Der Himmel war nahe und grenzenlos einsam, und ebenso einsam zog das Flugzeug über die mählich verglimmende Erde dahin, es war, als ob sie versänke. Fox liebte diese Stimmungen, in denen ein leises Bangen lag.

«Ich vermute», sagte er, «daß die Angelegenheit in der Tat so harmlos ist, wie sie aussieht. Trotzdem bin ich Ihnen für die Einladung dankbar, denn jetzt und hier, über diesen Bergen und gelöst von allem Irdischen, kommt mir erst richtig zum Bewußtsein, wie ruhebedürftig ich bin. Ich will die Papiere ordnen und durchsehen; ich freue mich darauf, für kurze Zeit wieder einmal ein stilles Gelehrtendasein zu führen, überdies hoffe ich, viel dabei zu lernen. Ich erwähne dies alles, damit Sie nicht enttäuscht sind, wenn mein Aufenthalt in Gardone ohne ein wichtiges Ergebnis bleibt, zumal für Sie».

«Und ich», sagte Zanetti und drückte ihm die Hand, «will dafür sorgen, daß Sie nicht gestört werden. Auch auf meinen Besuch können Sie nicht rechnen, denn ich habe in der nächsten Zeit besonders viel zu tun und muß wahrscheinlich ins Ausland.»

Bei der Fahrt nach Gardone, die Fox in Zanettis großem Wagen machte, sah er wenig, die Nacht blieb mondlos und finster. Um so angenehmer war es für ihn, unabgelenkt nachdenken zu können – nicht über den kleinen Einbruch, sondern über sich selbst. Heute früh war er noch entschlossen gewesen, seine wohlverdienten Ferien in der Villa nahe Tivoli zu verbringen, nicht zuletzt wegen der schönen Maria, der Fee Morgane in der blühenden Pracht des südländischen Zaubergartens. Daß Zanetti es fertig gebracht hatte, ihn so schnell aus diesem kaum begonnenen Traum zu reißen – das gehörte zu jenen Ereignissen im Leben des Dr. Fox, von denen er fühlte, daß sie mächtiger waren als er, und er neigte von jeher dazu, sich dieser dunklen Macht, wenn sie spürbar wurde, mit einer Art Frömmigkeit zu überlassen, denn die Erfahrung hatte ihm gezeigt, daß immer eine sinnvolle Fügung dahinter stand, die man freilich erst viel später erkannte. Bisweilen, dachte er, muß sich der Mensch auf dem Flusse dahintreiben lassen können und sich bei dem Glauben beruhigen, daß der Fluß es gut mit ihm meint.

Der Wagen hielt.
Über der Gartenpforte brannte eine Lampe; eine zweite, die durch das Laub herschimmerte, ließ das Haus erkennen.
An der Tür hatte der Hausmeister bereits auf den späten Gast gewartet und trug jetzt das Gepäck hinein. Er war ein junger Mann von lebhaftem Wesen, hieß Francesco und wurde Cecco gerufen.
Das Gastzimmer lag im ersten Stock und blickte auf den See, von dem sich jetzt allerdings nichts erkennen ließ als die spärlichen und sehr weit entfernten Lichter am jenseitigen Ufer.
Im Wohnzimmer war der Tisch gedeckt, Fox aß eine Kleinigkeit, wobei Cecco ihn bediente und eine respektvolle Mitteilsamkeit erkennen ließ. Dann ging er wieder hinauf, packte, unterstützt von Cecco und seiner hübschen jungen Frau, die Koffer aus und legte sich schlafen, überwältigt von einer Entspannung, wie er sie schon seit langem nicht mehr kannte. Er hatte das gute Gefühl, daß er hier wohlaufgehoben war und sich um nichts mehr zu kümmern brauchte.
Als er aufwachte und den freundlichen Morgensonnenschein in der Stube sah, mußte er sich einen Augenblick besinnen, wo er war, so tief hatte er geschlafen. Die Stube machte einen altmodischen Eindruck; das Fenster, braun gestrichen, war entschieden viel zu hoch und schmal, die Mauer verwunderlich dick; das Haus mochte sechzig Jahre, vielleicht älter sein.
Dies alles jedoch wurde unwesentlich, als Fox nun aufstand und hinausblickte. Ein üppiger Garten mit viel blühenden Rosen reichte bis zu der efeubewachsenen Ufermauer. Der See, strahlend im hellsten Blau, von

Gold überflimmert, dehnte sich in herrlicher Morgenfrische weit wie ein Meer; jenseits stieg zur Linken der hohe Rücken des Monte Baldo auf, dessen Fuß noch von einem dünnen Nebelstreif umschleiert war; geradeaus lag eine flache, zypressenbestandene Insel, die ein Schloß zu tragen schien; nach rechts hin, wiederum in entrückterer Ferne, hoben sich die romantisch ins Blau gezeichneten Umrisse eines felsigen Kaps.
Die Ora, der Morgenwind, hatte bereits nachgelassen und wehte nur noch als ein sanfter Hauch über den Garten heran, dessen Rosenduft sie mitbrachte.
Im Bademantel ging Fox hinunter. Die blanken Steinplatten der dämmerigen kleinen Diele spiegelten das Blau des Himmels und das Grün der Bäume wieder. Im Garten, neben einer Gruppe von schwarzem Bambus, war der Frühstückstisch gedeckt, aber das Wasser lockte viel mehr. Durch eine Öffnung in der niedrigen Mauer trat man auf eine hölzerne Plattform hinaus, von der die Badetreppe zum Wasser hinabführte, das hier sogleich hüfthoch war.
Mit unendlichem Wohlbehagen schwamm Fox ziemlich weit in den See hinaus und konnte umkehrend nun das Ufer betrachten, das als gruner, ziemlich steiler Hang zu Berghöhen emporstieg, bedeckt von Gärten, in denen sich Landhäuser sonnten, bis hinauf nach Gardone di Sopra mit seinem weißen Kirchlein, ein Bild von italienischer Anmut und Lebensfreude. Nur die schwarzen Säulen der Zypressen, so gut sie in das Ganze paßten, trugen einen ernsteren Ton in die bunte Klarheit.

Endlich ein Morgen, an dem nichts eilte und man nichts zu überlegen und vorzubereiten brauchte. Er nahm sich vor, auch die «Sache», die Herrn Zanetti so am Herzen lag, keineswegs zu übereilen. Deshalb sprach er mit Cecco, der die Kieswege rechte und sich dabei ebenfalls Zeit ließ, über alles mögliche, nur nicht über die Sache, blieb noch lange im Garten und hörte mit Vergnügen die Erklärungen Ceccos zu den mancherlei fremdländischen Pflanzen, die hier gediehen und blühten. Er merkte dabei mit Zufriedenheit, daß der Hausmeister von dem eigentlichen Zweck seines Besuches nichts wußte.

Zanetti hatte nicht übertrieben, das Mittagessen war ausgezeichnet und von jener angenehmen Leichtheit, welche die italienische Küche auszeichnet. Wegen der Hitze blieb Fox danach im Haus, entdeckte im Arbeitszimmer des verstorbenen Vaters Zanetti einen ehrwürdigen ledergepolsterten Sorgenstuhl, schob ihn ans offene Fenster und betrachtete seine Umgebung, vor allem den Schreibtisch und jenes Repositorium, einen hübsch eingelegten Behälter, der auf vier dünnen, geschweiften Beinen stand.

Die Wände waren von hohen Büchergestellen bedeckt, die eine stattliche Bibliothek enthielten. Indessen verspürte Fox einstweilen so wenig Neugier, daß er nicht einmal von seinem Sorgenstuhl aufstand, um mindestens einige der Titel auf den Rückenschildchen zu lesen. Viel lieber blickte er auf den See hinaus, der jetzt, da die Sonne bereits über dem Bergufer von Gardone stand, nicht mehr blendete, sondern still und in einem bläulich sanften Schimmer dem Abend entgegenträumte. Das Massiv des Monte Baldo war hell beleuchtet, auf der Insel ließ sich in der klaren Luft das feinbogige Mauerwerk des Schlosses erkennen; Fox fühlte, wie ihm die Augenlider schwer wurden... «Da sieht man», dachte er noch, «wie dringend ich Ruhe brauche und wie weise es vom Schicksal war, mich hierher zu führen, denn in der Villa Trefontane wäre das Leben munterer geworden...»

Er wachte erst durch ein dünnes, bescheiden-friedliches Läuten auf, das waren die kleinen Glocken in den vielen Kapellen und Kirchlein, die bald höher in den Bergen, bald tiefer am See sich und der sinkenden Sonne den Abendgruß zuriefen.

«Wir freuen uns sehr», sagte der gesprächige Cecco später, «daß nach langer Zeit wieder einmal ein Gast im Haus ist. Hoffentlich werden Sie sich nicht langweilen, Signore? Nötigenfalls könnten Sie in den großen Hotels Gesellschaft finden –»

«– auf die ich verzichte. Ich habe eine lange und anstrengende Reise hinter mir. Weshalb lassen Sie die Rolläden herunter?»

«Weshalb? Aus Vorsicht, Signore. Wissen Sie nicht, daß im vorigen Herbst bei uns eingebrochen worden ist?»

«Ja, ich glaube, Herr Zanetti erwähnte etwas dergleichen. Aber es war wohl harmlos.»

«Der Dieb stieg in das Arbeitszimmer durch ein Fenster ein, das wir leichtsinnigerweise nicht geschlossen hatten.»

«Hat man herausgefunden, wer es war?»

«Nein, man weiß auch nicht, was er mitgenommen, ob er überhaupt etwas mitgenommen hat. Aber der Schreibtisch und der kleine Schrank sahen ziemlich wüst aus, auf dem Fußboden lagen die Aktenbündel nur so herum.»

«Man hatte auch niemanden im Verdacht?»
«Nein. Die Papiere wurden wieder notdürftig zusammengelegt und weggeschlossen.»
«Jawohl», sagte Fox und zog einen Schlüsselbund aus der Tasche.
Cecco blickte ihn erstaunt an.
«Herr Zanetti hat mich nämlich gebeten, diese Papiere durchzusehen und zu ordnen.»
«Natürlich», sagte Cecco, «der alte Herr Zanetti soll ein großer Gelehrter gewesen sein, was das anbetrifft.»
«Zu seinen Lebzeiten hatten Sie diese Stellung noch nicht?»
«Nein. Als ich hierher kam, war er schon seit einem Jahr tot und das Haus unbewohnt und geschlossen.» «Dann ist es doch eigentümlich», sagte Fox nebenhin, «daß der Dieb nicht schon zu dieser Zeit kam, sondern wartete, bis wieder jemand hier wohnte. Finden Sie nicht?»
«Jawohl, und um so peinlicher war es für mich, weil ich leicht in den Verdacht kommen konnte, beteiligt zu sein. Wenn Sie wüßten, wie ich es damals verwünschte, daß ich diese Stellung angenommen hatte.»
«Aber man dachte doch nicht im Ernst –»
«Hoffentlich nicht, Signore.»
«Ich sehe, Sie regen sich noch jetzt auf. Reden wir von etwas anderem. Sie sind hier geboren?»
«Ja. Mein Vater arbeitet als Maurer in Gardone.» Cecco begann zu erzählen, es gab nichts auf der Welt, woran er mehr teilnahm als an seiner Familie, einschließlich aller Vettern und Basen und deren Nachkommenschaft.
Als Fox lange genug zugehört hatte, fragte er: «Und Sie sind nie von hier weggekommen?»

«O doch!» antwortete Cecco stolz und wichtig. «Ich war schon mit fünfzehn Jahren Diener im Hause des Herrn Zanetti in Mailand und habe ihn sogar auf Reisen begleitet und dabei Rom und Paris gesehen! Die Welt ist schön!»

«Warum haben Sie dann –»

Cecco lachte. «Die Liebe, Signore! Ich wollte heiraten.»

«Das erklärt freilich alles!» sagte Fox mit verständnisvollem Nicken. «Die Flasche ist leer, gehen wir schlafen? Ich hoffe, daß wir uns noch öfter so gut unterhalten, aber dann muß auch Ihre Frau dabei sein.»

III

In der Bibliothek stand ein schmaler Schrank, man konnte jedoch nicht hineinsehen, weil hinter dem Glas ein grüner Vorhang gespannt war. Gerade dieser Umstand ließ Dr. Fox neugierig werden. Unter den Schlüsseln, die Herr Zanetti ihm gegeben hatte, fand sich der passende. Fox öffnete den Schrank und erblickte nichts Unerwartetes, nämlich wiederum Bücher. Weshalb aber waren sie hier abgesondert und vor Licht geschützt?

Gleich der erste der alten Bände, den er herauszog, beantwortete diese Frage. Es war die Erstausgabe des Don Quixote, Madrid 1605. Wie sich weiterhin zeigte, barg der Schrank eine Sammlung bibliophiler Kostbarkeiten. Fox nahm vorsichtig einige Bände heraus und geriet in immer größeres Entzücken. In einem kleinen handgeschriebenen Katalog waren nicht nur die Titel, die Erscheinungsjahre und die wichtigsten Besonderheiten eines jeden Stückes verzeichnet, sondern auch der Preis, zu dem der alte Zanetti die Bücher erworben hatte, dahinter die Preise, die für die gleichen Ausgaben bei Versteigerungen erzielt worden waren. Die flüchtigste Zusammenzählung ergab, daß diese vier oder fünf kurzen Bücherreihen ein Vermögen darstellten.

Bei der nächsten Gelegenheit fragte er Cecco: «Was mag wohl da drinnen sein?»

«Alte Bücher», antwortete der Hausmeister.

«Woher wissen Sie das?»

«Der Schrank war damals, bei dem Einbruch, geöffnet worden, aber man hat wohl nichts herausgenommen. In den Regalen stehen ja viel größere, dickere und neuere Bücher.»

«Das ist wahr», sagte Fox.

Seit dieser Entdeckung begann die «Sache» ihn zu interessieren, er blieb jeden Tag mehrere Stunden in der Bibliothek. Zunächst verschaffte er sich einen Überblick über den Inhalt des Schreibtisches und des Repositoriums, die ausschließlich mit durcheinander geratenen Manuskripten und Notizblättern angefüllt waren. Schließlich ging er nicht ohne Seufzen daran, die Blätter wenigstens einigermaßen nach ihrer Ordnung zusammenzubringen. Die Aufgabe sah im Anfang nahezu hoffnungslos aus, erwies sich jedoch nach ein paar Tagen als nicht unlösbar. Der alte Zanetti hatte jedes Blatt nach einer zwar verwickelten Methode säuberlich numeriert; Farbe, Format, Liniierung, Beschaffenheit des Papiers gaben weitere Fingerzeige, und nach einigen Wochen, in deren Verlauf er immer eifriger arbeitete, war Fox so weit, daß er über die gelehrte Hinterlassenschaft, besonders jedoch über die Reihenfolge der einzelnen Stücke recht gut Bescheid wußte. Ob etwas fehlte, konnte er aber auch jetzt noch nicht sagen. Bis zu diesem Punkt seiner Untersuchungen hatte er jede Hilfe entbehren können. Nun aber war es Zeit, Herrn Zanetti von dem bisher Erreichten in Kenntnis zu setzen und ihn um jenes Verzeichnis der wichtigsten Arbeiten zu bitten, von dem er damals gesprochen hatte.

Also schrieb Fox einen ausführlichen Brief nach Mailand, der mit den Worten schloß: «Was ich im übrigen von der ‚Sache' denke, hoffe ich Ihnen bald unter vier Augen mitzuteilen; schreiben will ich es nicht, das ist mir zu unsicher.»

Zwei oder drei Tage danach hielt ein kleiner roter Wagen vor der Gartenpforte, Maria Zanetti stieg aus,

schön und elegant wie immer, der Dottore nahm gerade sein Nachmittagsbad, Giulia deckte den Kaffeetisch neben dem schwarzen Bambus.
Maria begrüßte Giulia und erschien dann auf der hölzernen Plattform, von der die Badetreppe ins Wasser hinab führte. Fox, der hundert Meter vom Ufer entfernt schwamm, erkannte sie, er winkte und beeilte sich, heranzukommen.
Sie blickte zu ihm hinunter. Auf ihrem Gesicht, schmaler noch durch den glänzend schwarzen Madonnenscheitel und die Augen, die groß und dunkel waren wie von einem byzantinischen Mosaik, lag das immer etwas undurchschaubare Lächeln, dem gegenüber er sich tief unsicher fühlte – denn so: schmal, großäugig, hatte ihm und zwar in manchen gefährlichsten und entscheidenden Augenblicken seines Lebens, das Schicksal gegenübergestanden, und er war machtlos dagegen gewesen. Mit einem Golem, einem Ungeheuer hätte er's ohne Bangen aufgenommen – vor einem Verhängnis, das als Madonna verkleidet erschien, scheute er zurück, er kannte seine schwache Seite recht wohl. Über eine Balkenwand kam man hinweg, in einer unsichtbar feinen Schlinge blieb man hängen. Gerade weil Maria so ganz unerwartet erschien, erschrak er innerlich und glaubte mehr Bedeutung darin zu verspüren als vielleicht in Wirklichkeit vorhanden war.
Dies alles freilich mußte unbemerkt bleiben. Nicht einmal in seinen Augen sah man es, nur ein wenig zu umständlich strich er sich das nasse Haar aus der Stirn und schüttelte sich, bis zu den Hüften im Wasser stehend.
«Wie braun Sie sind!» sagte Maria Zanetti. «Und wie frisch Sie aussehen!»

«Es ist mir auch in meinem Leben noch nie so gut gegangen», antwortete er und kam die kleine Treppe herauf.
«Das ist recht. In Rom, auch in den Sabinerbergen, wurde es dermaßen heiß, daß ich bald nach Ihnen geflüchtet bin. Aber in Mailand ist es fast noch schlimmer; überhaupt Mailand!»
«Der beste Grund, hierher überzusiedeln.»
Sie setzten sich nebeneinander auf die Bank, die auf der Plattform stand. Er ließ sich von der Sonne trocknen.
«Ich komme aber nicht zu meinem Vergnügen», sagte Maria Zanetti, «sondern bringe Ihnen das Verzeichnis, das Sie haben wollten. Mein Vater ist wieder einmal verreist, in solchen Fällen muß ich mich seiner Privatkorrespondenz annehmen und erledigen, was möglich ist. Sie sehen also, daß ich durchaus keine Zeit habe.»
«Wann kommt Herr Zanetti zurück?»
«Morgen...» antwortete Maria.
Sie lachten beide.
«Nein, ich will Ihnen lieber die Wahrheit sagen: er wünschte, daß ich hierherfahre, Sie sollten sehen, daß sich endlich einmal jemand um Sie kümmert. Aber das Verzeichnis der Handschriften habe ich wirklich mitgebracht, denn das ist für Sie das Wichtigste.»
«Glauben Sie!» sagte Fox und blickte sie an. «Nein, das Wichtigste für mich ist jetzt, endlich einmal Kaffee zu trinken. Mit Ihrer Erlaubnis gehe ich geschwind hinauf und ziehe mich an.»
Kurz danach saßen sie am Tisch, im Schatten der Bäume. Maria berichtete, was sich in der Villa Trefontane noch ereignet hatte, nichts Besonderes, nur ein Professor Helfering war gekommen, um die Villa zu besich-

tigen und nach ihm zu fragen und war sehr enttäuscht gewesen, ihn nicht mehr anzutreffen. «Er gefiel uns so gut», sagte Maria, «daß die Contessa ihn zu Mittag einlud. Wir haben viel von Ihnen gesprochen.»
«Entsetzlich!» sagte Fox.
«Doch wohl nur zum Teil», antwortete sie gleichmütig.
«Was hat er alles erzählt?»
«O, beunruhigen Sie sich nicht, ich habe das meiste schon wieder vergessen.»
«Dann muß es schlimm gewesen sein», sagte er, «denn ich glaube nicht, daß Sie sonst so lügen würden.»
«Wissen Sie, daß Sie recht eitel sind?»
«Diesmal ist mein schlechtes Gewissen größer als die Eitelkeit.»
«Weshalb sollten Sie ein schlechtes Gewissen haben!» sagte Maria und schlug die dunklen Augen groß auf.
«Weil», antwortete er mit einigem Zögern, «weil ich ein so unbürgerlicher Mensch bin. Helfering ist sehr betrübt darüber.»
«Das macht der Wald Brezeliand...» sagte sie.
«Auch davon hat Ihnen dieses romantische Gemüt erzählt?»
«Ist es denn nicht wahr?»
«Ich werde Ihnen sofort das Gegenteil beweisen. Gehen Sie mit mir in das Arbeitszimmer, dort will ich Ihnen zeigen, daß ich wochenlang mit der phantasielosen Sorgfalt eines alten und verknöcherten Aktuars gearbeitet habe.»
«Reden wir lieber noch ein wenig von der Fee Morgane und davon, daß sie immer wieder in anderer Gestalt erscheint. Die Akten verschwinden nicht, viel eher die Feen.»

«In diesem Falle scheinen gelegentlich auch Akten zu verschwinden.»
«Woraus sich ergäbe, daß unser Wald Brezeliand noch unheimlicher ist als der alte in der Bretagne, in dem sich die Artusritter so gern verirrten.»
«Wenn das zutrifft, dann kommt es nicht von dem Wald, sondern von der Fee Morgane...» sagte Fox.
«Sollten Sie damit freundlicherweise mich meinen», erwiderte Maria, «so brauchen Sie nichts zu befürchten, denn ich werde Sie sofort wieder verlassen und ein wenig weiterfahren, nämlich nach Fasano, wo ich bei Bekannten wohnen werde.»
«Ich verstehe nicht –»
«Es genügt, wenn Sie verstehen, daß wir in Italien sind. Ich kann nicht allein mit Ihnen hier hausen.»
«Dann will ich es sein, der den Platz räumt.»
«Keinesfalls, denn Sie haben hier zu tun, ich nicht. Aber weshalb reden wir über solche Nebensachen, denn es sind Nebensachen, und nur weil wir in Italien sind, muß man sie beachten. Hier ist nun also das Verzeichnis. Wenn ich zum Abendessen zurückkomme, haben Sie es wohl schon durchgesehen – ich bin sehr neugierig. Auf Wiedersehen!»
Fox begleitete sie zum Wagen. Aus den drei großen Koffern, die darin lagen, schloß er, daß sie nicht so bald nach Mailand zurückkehren wollte, dies erschien ihm tröstlich.
Giulia räumte den Kaffeetisch ab. «Wie hübsch, daß Sie endlich ein wenig Gesellschaft haben!» sagte sie. «Wird Signorina Zanetti heute abend hier sein?»
«Ich hoffe es», antwortete Fox.
«Dann muß also mein Mann allein gehen.»
«Was meinen Sie?»

«Wir wollten die Schwiegereltern besuchen, aber Sie brauchen eine Bedienung.»
«Sicher nicht!» sagte er, der gegen diese Entwicklung der Dinge nichts einzuwenden hatte. «Begleiten Sie Ihren Mann, ich bitte Sie.»
«Nun, vielleicht kann ich später nachkommen, danke.»
Er ging in das Arbeitszimmer und blieb dort.
Gegen Abend hielt der rote Wagen wieder vor der Gartenpforte.
«Was haben Sie inzwischen gemacht?» fragte Fox.
«Guten Eindruck», antwortete Maria. «Aber Sie? Man fühlt sofort, daß Sie schlechter Laune sind.»
«Nein, und trotzdem haben Sie recht. Ich bin enttäuscht – aber das ist nicht die Hauptsache. Werden Sie es verstehen, wenn ich sage, daß ich gewissermaßen in eine Gedankenfallgrube geraten bin, vor der ich mich schon lange gefürchtet habe und aus der ich fürs erste nicht herauskomme?»
«Das Verzeichnis?»
«Nach dem Verzeichnis fehlt nichts.»
«Wie angenehm!»
«Im Gegenteil: wie unangenehm!» erwiderte er.
«Was heißt das?»
Er führte sie in das Arbeitszimmer, bat sie, sich in den großen Lehnstuhl am Fenster zu setzen, während er selbst, die Hände auf dem Rücken, hin und her ging.
«Die wissenschaftlichen Arbeiten Ihres Großvaters», begann er, «sind zweifellos von erheblicher Bedeutung, ich kann das einigermaßen beurteilen. Wäre Helfering hier, so würde er ein halbes Jahr lang sich in diesem Zimmer einschließen und statt zu essen in den Manuskripten schwelgen.»

«Das kann er haben.»
«Ich glaube nicht, denn diese Handschriften gehören dem italienischen Staat, der die Forschungen damals mit allen Mitteln ermöglicht hat. Es wird sich also, wie ich nebenbei bemerken möchte, sehr empfehlen, das gesamte Material endlich dem Staat zu übergeben, der wie ich gesehen habe, ein vertragliches Recht darauf hat.»
«Weshalb macht er es nicht schon längst geltend?»
«Das weiß ich nicht. Vermutlich ist die einfachste Erklärung die richtige: man hat es vergessen. Bedenken Sie, daß Italien inzwischen Republik geworden ist. Aber um diese Seite der Angelegenheit brauchen wir uns im Augenblick nicht zu kümmern. Es fehlt – –»
«Ja?» fragte Maria gespannt.
«Es fehlt nichts, die verzeichneten Handschriften sind vollzählig und vollständig da.»
«Um so besser!»
Achselzuckend öffnete Fox den schmalen Schrank, hinter dessen Glasscheiben grüne Vorhänge gespannt waren. «Hier haben Sie nun eine überaus kostbare Sammlung von alten Erstausgaben. Auch dieser Schrank war damals aufgesprengt – übrigens eine Kleinigkeit –, aber auch von den Büchern fehlt keines.»
«Was haben die Leute dann eigentlich hier gewollt?»
Fox nickte. «Diese Frage eben ist die Gedankenfallgrube, aus der ich nicht herauskomme. Wenn jemand nach – sagen wir – Wertsachen sucht, schneidet er keine Manuskriptbündel auf, das ist doch klar. Also hat er wohl nach irgendwelchen Papieren gesucht. Daß nichts mitgenommen wurde, beweist, daß die Etruskerforschung für den Dieb völlig uninteressant war. Auch

von Erstausgaben verstand er nichts, sonst hätte er hier das beste Geschäft gemacht, in Amerika würde ihm jedes dieser alten Bücher mit Gold aufgewogen. Aber nein. Also erhebt sich die Frage: Welche Art von Dokumenten suchte er, und ferner: fand er sie und hat er sie mitgenommen?»

Maria dachte eine Weile nach, dann fragte sie: «Gibt es für uns eigentlich einen Grund, uns darum zu kümmern? Die Forschungsergebnisse meines Großvaters sind da. Weiter wollte mein Vater nichts wissen. Warum ärgern Sie sich?»

«Ich ärgere mich nicht», sagte er, «sondern ich plage mich mit Gedanken herum. Das Leben hat mich gelehrt, nicht allzu harmlos zu sein. Glauben Sie, daß ein Dieb nur so zum Spaß in Papieren herumwühlt?»

«Also gut», sagte Maria, «plagen Sie sich mit Gedanken herum, wenn es Ihnen Vergnügen macht, ich verstehe nichts davon. Aber bitte tun Sie's nicht gerade heute. Ihren Arm, Dottore, führen Sie mich zu Tisch und versprechen Sie mir, an nichts als an die Gegenwart zu denken. Was kann ich tun, um Sie aus der bewußten Fallgrube zu befreien?»

Maria Zanetti brauchte sich nicht sehr zu bemühen. Nach Wochen wieder in Gesellschaft, und noch dazu in dieser Gesellschaft, vergaß Fox seinen Kummer sehr bald. «Wahrscheinlich wäre es besser gewesen», sagte er, «man hätte mich nicht so lange allein gelassen.»

«Sie haben es ausdrücklich gewünscht!»

«Leider sind nicht alle unsere Wünsche klug. Ja, wenn ich Erfolg gehabt, wenn ich etwas gefunden hätte!»

«Sie haben mir versprochen –»

«Gewiß. Aber so? Wenn man lebt wie ich, verfliegt das

Dasein sonderbar schnell. Sie meinen: Was sind ein paar Wochen? Ich will es Ihnen sagen: sie mögen sein, was sie wollen, auf jeden Fall sind sie unwiederbringlich.»
«Und das Leben ist schön!»
«Es ist beklemmend schön. Bisweilen. Zum Beispiel heute.»
Er blickte über den See, der im klarsten und stillsten Abendschein ruhte. Weit drüben an der Insel mochte ein Hecht in einen Schwarm von Fischen geraten sein, sie sprangen aus dem Wasser, ein glitzernder Tanz im letzten Licht.
«Ist es wirklich wahr», fragte Maria, «dass Sie noch nichts von diesem lieblichsten aller Seen kennen? Unbegreiflich. Aber ich werde Sie auf der Felsenstrasse nach Riva fahren; wir wollen ein Motorboot mieten und San Vigilio besuchen, das verständige Leute den schönsten Punkt der Erde genannt haben, und Sirmione, zu dessen Ölbäumen das wunderbare Blau des ganzen Sees heraufschimmert. Wir werden auch einmal in das Schweigen der Berge hinaufgehen, wohin kein Fremder kommt – aber heute abend, Dottore, wollen wir zur Feier des Wiedersehens für eine Stunde oder zwei in den Garten des Grandhotels und tanzen, meinen Sie nicht? Es ist nur, damit Sie sich wieder an die Welt gewöhnen.»
«Mir scheint», sagte er, «der Wald Brezeliand wird um so größer und tiefer, je näher man seinem Ende zu sein glaubt. Sie führen mich hinaus, jedoch der Zauber wird immer unentrinnbarer. Können Sie das verantworten?»
«Ich muß lachen!» sagte Maria. «Als ob die Fee Morgane jemandem verantwortlich wäre! Ist nicht das Wort schon grotesk?»

Jetzt aber begann die weite Fläche des Sees noch einmal so überirdisch zu leuchten, daß sie zur efeuübersponnenen Mauer hinunter gingen, um dem scheidenden Glanze recht nahe zu sein. «Sie haben recht», sagte Fox, «man sollte aus jedem Augenblick machen, was nur möglich ist. Wer mir heute früh gesagt hätte, daß ich abends mit Ihnen an dieser Efeubrüstung entlang gehen würde –!»

Erst als es dunkel war und die Sterne sich im Wasser zu spiegeln begannen, als ein Nachthauch leise Klänge herantrug, die sich in das Schwirren der Zikaden mischten, fiel ihnen wieder ein, daß sie sich vorgenommen hatten, auszugehen.

Im Garten des Grandhotels hingen die bunten Lampen zwischen den Bäumen, ein später Dampfer lag hell erleuchtet am Steg. «Hübsch...!» sagte Fox. «Aber ein wenig entzaubert – gegen vorhin.»

Es wurde im Freien getanzt, auch das war hübsch. Als jedoch nicht lange nach zehn Uhr die Musiker in den Saal wechselten, um die Hotelgäste, die schlafen wollten, nicht zu stören, und als sich zeigte, daß es im Saal sehr heiß war, sagte Maria: «Gehen wir? Es war vielleicht nicht besonders klug von mir, daß ich auf meinem Willen bestand. Nun, morgen ist auch ein Tag... und übermorgen...»

An der Gartenpforte der Villa Zanetti setzte sie ihn ab und fuhr nach Fasano weiter. Fox sah die roten Lichter in der Dunkelheit verschwinden, und während er sich umwandte, trat er auf etwas Hartes, Rundes – im Schein der Taschenlampe zeigte sich, daß es eine Bernsteinkette war, die da auf der Straße lag. Er steckte sie ein, ohne sich viel dabei zu denken.

Als er aber die Gartenpforte aufschließen wollte, stutzte er: sie war bereits offen.
Er konnte sich genau erinnern, wie er sie beim Weggehen abgeschlossen und dabei gedacht hatte, daß Cecco mit seiner Frau bereits fort sei und hoffentlich einen Schlüssel mitgenommen habe.
Fox erschrak in dem plötzlichen Gefühl, daß hier etwas geschehen sein müsse.
Es war allerdings möglich, daß das Hausmeisterehepaar bereits heimgekommen war und Cecco die Gartenpforte aus Versehen offengelassen hatte. Die Haustür selbst war verschlossen.
Ohne zu überlegen, ging er zu dem Schlafzimmer der beiden und klopfte. Da sich nichts rührte, klinkte er auf, die Stube war leer, die Betten standen unbenützt. Er pfiff durch die Zähne und lief zum Arbeitszimmer.
Auch hier schien alles in Ordnung zu sein.
In der nächsten Sekunde jedoch sah Fox, daß die Türe des kleinen Bücherschranks mit dem grünen Vorhang nur angelehnt war. Er zog sie vollends auf. Die Bücher standen in ihrer gewöhnlichen Ordnung. Aber die Tür selbst war nicht mit einem Schlüssel, sondern gewaltsam geöffnet worden – bei ihrer leichten Bauart genügte dazu ein starkes Taschenmesser –, der Riegel stand außen, deshalb hatte man sie nicht wieder völlig schließen können.
Fox richtete die Arbeitslampe auf dem Schreibtisch so, daß sie wie ein Scheinwerfer in den Schrank leuchtete. Behutsam nahm er die oberste Reihe Bücher heraus – hinter ihr zeigte sich eine tadelnswert dicke Staubschicht auf dem Brett. Die zweite und dritte Bücherreihe wurde ebenso herausgenommen, auch hier war die Staubschicht.

Hinter der untersten Reihe jedoch sah Fox, was er gesucht und erwartet hatte: Staub gab es hier nur in den beiden Ecken – sonst aber war das Brett ziemlich sauber, es mußte etwas dagelegen haben, was jetzt verschwunden war.
Er holte die Lampe heran und leuchtete in ihrem grellen Schein das Brett gründlich ab. –
Ziemlich spät, erst gegen halb zwölf Uhr, kamen Cecco und Giulia von ihrem Familienbesuch heim; sie wurden von einem anderen Ehepaar begleitet, schwatzten und lachten unaufhörlich.
Als sie die Pforte hinter sich abgeschlossen hatten, sahen sie ganz nahe eine Gestalt auf dem Rasen stehen. Giulia war so erschrocken, daß sie nicht einmal aufschrie.
«Ich bin's!» sagte Fox beruhigend aus dem Dunkel. «Ich habe hier auf Sie gewartet.»
«Ist etwas los?» fragte Cecco.
«Kommen Sie», antwortete Fox.
In der Diele brannte das Licht. Er öffnete die Tür zum Arbeitszimmer.
Jetzt schrie Giulia.
«Die Bücher habe ich selbst ausgeräumt», sagte Fox. «Trotzdem war jemand hier, das kann ich Ihnen versichern. Der Schrank ist aufgebrochen – und diesmal fehlt etwas!»
Cecco schlug die Hände zusammen. Giulia sank auf den nächsten Stuhl und starrte das Unheil wortlos an.
«Haben Sie denn nichts gemerkt?» fragte der Hausmeister.
«Ich war mit Fräulein Zanetti im Grandhotel und bin vor etwa einer Stunde zurückgekommen.»

«Man muß die Polizei –»
«Überlassen Sie das mir», sagte Fox in seiner bitterbösesten Laune. «Ich bin daran schuld, ich hatte vergessen, daß niemand im Hause war. Und jetzt, da die Kuh glücklich aus dem Stall ist, wollen wir den Rollladen schließen. Es ist lächerlich, ja, das ist es. Gehen Sie getrost schlafen, hier gibt es für Sie einstweilen nichts zu tun.»
Fox setzte sich an den Schreibtisch, und während er in die Rocktasche nach Zigaretten griff, kam ihm die gefundene Kette in die Finger. Er legte sie auf den Tisch und zog die Lampe ganz nahe heran. Für eine Halskette war sie zu eng, niemand, auch eine Frau nicht, hätte sie über den Kopf streifen können, und das wäre notwendig gewesen, denn die Bernsteinperlen waren auf eine Seidenschnur gereiht, deren Enden kein Schloß trugen, sondern durch eine Plombe fest miteinander verbunden waren, ähnlich wie bei einem Paket oder einem Stromzähler, nur daß die Plombe hier nicht aus Blei, sondern aus Gold war. Das winzige Plättchen zeigte auf der einen Seite den Goldstempel, auf der andern einen senkrechten Strich neben einem Dreieck. Ein Blick durch die Lupe ergab, daß dieses Zeichen nicht geprägt oder gestempelt, sondern eingraviert war.
Fox vergegenwärtigte sich, wo er die Kette gefunden hatte: etwa drei Schritte von der Gartentür entfernt, und zwar in Richtung Fasano. –
Als der Hausmeister in aller Frühe aufstand, sah er Dr. Fox bereits vom Wasser heraufkommen und vermutete, daß er überhaupt nicht zu Bett gegangen sei; damit traf er das Richtige. Cecco war deshalb nicht sehr verwundert, als er später beim Betreten des Arbeitszimmers

das Durcheinander beseitigt fand. Der Dottore war eben dabei, die letzten Bücher in den Schrank zu stellen. Cecco half ihm. «Fehlt wirklich etwas?» fragte er.
«Die Bücher sind vollzählig», antwortete Fox, offenbar ohne das Bedürfnis, mehr zu sagen.
Dann saß er lange am Frühstückstisch neben dem Bambusgebüsch, ohne etwas anzurühren.
Als Giulia einmal kam, um nachzusehen, ob sie abräumen könne, fragte er: «Sie sind auch aus Gardone?»
«Gewiß, meine Mutter –»
«Ja?» fragte Fox aufmerksam.
«Meine Mutter hat dem alten Herrn Zanetti während seiner letzten Jahre das Haus in Ordnung gehalten und für ihn gekocht.»
«Dann ist es ihm also nicht schlecht gegangen», sagte der freundliche Dottore. «Übrigens war er ja nicht immer allein.»
«Wenn Sie das wissen», erwiderte Giulia vertraulich und sah sich um, «dann sprechen Sie nicht darüber. Man hat es uns ausdrücklich befohlen.»
«Wer?»
«Fräulein Marias Vater. Der bewußte Punkt soll nicht berührt werden. Es ist zu schmerzlich für die Familie, und außerdem –»
«Ja, natürlich. Herr – nun – helfen Sie mir, Giulia, der Name fällt mir im Augenblick nicht ein.»
«Luigi, er war der ältere der beiden Brüder. Der alte Herr liebte ihn besonders, deshalb versteckte er ihn ja auch hier, als die Partisanen kamen. Aber schließlich fanden sie ihn doch und nahmen ihn mit nach Salò; man hat nicht einmal erfahren, wo sein Grab ist. Das waren schreckliche Zeiten.»

Da ihr Mann auftauchte, fügte sie rasch hinzu: «Sagen Sie Cecco nicht, daß wir davon gesprochen haben. Darf ich abräumen?»

Fox ging ins Haus. Cecco, der eine Messingtürklinke blankrieb, fragte, ob Fräulein Maria noch am Vormittag käme. Man hörte seine brennende Neugier, er konnte die Schweigsamkeit des Dottore einfach nicht länger ertragen. Fox blieb stehen, überlegte eine kurze Weile und meinte dann: vielleicht wäre es ganz gut, jetzt, da die Sonne hereinschien, das Arbeitszimmer noch einmal zu besehen. Cecco begleitete ihn schleunigst; er machte abermals den Vorschlag, die Polizei zu benachrichtigen, schon wegen der Fingerabdrücke –

«Da würde man wahrscheinlich mich verhaften», sagte Fox, «denn die meisten Abdrücke stammen natürlich von mir – und von Ihnen, Cecco. Nein, das hat wenig Sinn. Was mir aber schon den ganzen Morgen im Kopf herumgeht, ist die Frage, ob man Fräulein Zanetti, wenn sie kommt, überhaupt etwas davon erzählen soll. Es wird sie beunruhigen, glauben Sie nicht auch?»

«So gesehen –» überlegte Cecco.

«Die Familie war ohnehin nicht sehr glücklich in diesem Hause.»

«Sie meinen?»

«Tun Sie nicht, als ob Sie mich nicht verstünden! Das traurige Ende des Herrn Luigi Zanetti –»

«Sein Bruder spricht niemals davon!» sagte Cecco erschrocken.

«Eben!»

«Glauben Sie, daß es damit zu tun hat?»

«Leider hat mir Herr Zanetti nur Andeutungen ge-

macht», antwortete Fox. «Nehmen Sie eine Zigarette. Herr Zanetti – ich meine jetzt den Ingenieur –»
«Luigi war ebenfalls Ingenieur.»
«Aber nicht in der Motorenfabrik.»
«Nein, er war Funktechniker.»
«Haben Sie ihn gekannt?»
«Natürlich, da er ja erst am Ende des Krieges –» Cecco stockte.
«Ich weiß, ich weiß. Ewig schade um diesen hochbegabten Menschen.»
«Ja, das kann man wohl sagen. Und man wußte seine Begabung zu schätzen! Wir hatten damals das Hauptquartier hier am See. Glauben Sie, daß ein Tag verging, ohne daß er dorthin geholt wurde? Und dann schrieb er wieder die ganze Nacht hindurch und rechnete. Er war, denke ich manchmal, die letzte Hoffnung vor dem großen Zusammenbruch.»
Fox schwieg gespannt.
«Aber freilich», sagte Cecco immer erregter, «auch ein Genie kann nichts ausrichten, wenn es zu spät ist.»
Nach einer Weile sagte Fox achselzuckend: «Man sollte mit dem Wort Genie sparsamer umgehen, glaube ich.»
«Er war eins!» rief Cecco leidenschaftlich. «Wie hätte er sonst diese große Erfindung machen können! Aber sie ließ sich eben nicht mehr ausführen, daran lag es. Ein Vierteljahr noch, Signore, und alles wäre anders gekommen, das hat er mir oft genug gesagt. Was hätten die anderen denn getan, wenn sie nicht mehr imstande gewesen wären, unsere Flugzeuge aufzuspüren! Nein, Luigi war ein genialer Mensch, und deshalb hat man ihn erschossen.»

«Das ist nicht sehr logisch», sagte Fox mit einem abwesenden Lächeln, gab ihm noch eine Zigarette und schob ihn hinaus. «Fräulein Zanetti kommt. Sagen Sie ihr nichts. Denken Sie an Luigi.»

Während er Maria auf der Schwelle begrüßte, faßte er in Gedankenschnelle alles zusammen, was er eben von Cecco gehört hatte. Es wäre ihm lieber gewesen, Maria erst eine halbe Stunde später zu sehen, aber daran ließ sich nun nichts ändern. Er begann das Gespräch in der scheinbar oberflächlichen Weise, die es ihm möglich machte, rasch von einem Thema zum anderen zu springen, ohne daß man merkte, wie folgerichtig er auf den Punkt lossteuerte, auf den allein es ihm ankam. Maria ließ sich führen, wie er wollte.

Gewiß, ihr Onkel Luigi war ein hochbegabter Ingenieur gewesen. Weshalb man nicht von ihm sprach? Es war wohl traurig genug, daß er ein so schreckliches Ende genommen hatte, erschossen von den eigenen Landsleuten, er, der sich niemals um Politik und dergleichen kümmerte, sondern froh war, wenn man ihn in Ruhe ließ, damit er an seinen Erfindungen arbeiten konnte. Aber als das Hauptquartier an den See verlegt wurde – in Wirklichkeit war der Krieg damals ja längst verloren – ließ man Luigi nicht mehr aus den Augen. Ein Wunder, daß er hier im Hause wohnen durfte und nicht in eine Art Schutzhaft kam, damit von seinen Arbeiten nichts bekannt wurde.

«Waren diese Arbeiten denn so wichtig?»

«Offenbar!» antwortete Maria. «Ich habe nie recht verstanden, worum es sich handelte, ich war damals ja noch ein Kind. Mein Vater ist natürlich viel besser unterrichtet und weiß mehr von diesen Dingen.»

«Luigi wohnte also hier im Hause?»
«In Ihrem Zimmer.»
Dr. Fox ging ein paarmal auf und ab und sagte schließlich: «Ich habe eine sehr große Bitte an Sie. Würden Sie so freundlich sein, Ihren Vater in Mailand anzurufen und ihm mitzuteilen, daß ich ihn unbedingt sprechen muß? Und zwar hier im Haus – und noch heute! Er soll es möglich machen, herzukommen, denn es hat keinen Zweck, daß umgekehrt ich nach Mailand fahre; außerdem gibt es für mich heute noch manches Wichtige zu tun, was ich nicht aufschieben kann. Wollen Sie also diesen Anruf erledigen? Und wenn er keine Zeit hat oder ärgerlich wird – zaubern Sie ein bißchen, ich muß ihn hierhaben, heute abend!»
Maria blickte ihn an. «Sie wünschen also, den Tag über ungestört zu bleiben?»
«Ich wünsche es durchaus nicht, aber es wird notwendig sein», antwortete er.
«Gut. Ich schicke Ihnen die Antwort durch einen Boten.»
«Und ich muß Sie um Verzeihung bitten –»
«Auf Wiedersehen, vielleicht morgen.»
«Hoffentlich morgen!» rief er ihr nach.
Eine Stunde danach war Fox im Rathaus und erhielt die Erlaubnis, die Einwohnerkartei durchzusehen; ein Karabiniere hatte von seinem Vorgesetzten den Befehl, ihm dabei zu helfen. Die beiden arbeiteten bis in den Nachmittag, Fox schrieb sich eine Reihe von Namen und Adressen auf.
Als er heimkam, fand er von Maria die Nachricht, daß ihr Vater spätestens gegen Abend in Gardone sein werde. Da Fox seit mehr als vierundzwanzig Stunden

nicht geschlafen hatte, ließ er sich Kaffee kochen – «aber den stärksten, den Sie fertig bringen!» – schwamm ein paar Minuten im See und blieb dann im Garten, wo er ruhelos und tief nachdenklich an der Ufermauer hin und her ging und kaum einmal über die Efeubrüstung schaute, um den zauberschönen Farbenwechsel der Nachmittagsbeleuchtung zu betrachten. Die Sonne war noch nicht untergegangen, als Herr Zanetti ankam.

«Setzen wir uns unter diese Bäume!» sagte er nach einer herzlichen Begrüßung, von der Fahrt durch die Sommerhitze deutlich angestrengt.

Fox schüttelte den Kopf. «Ich muß Sie bitten, mit mir ins Haus zu kommen, übrigens ist es dort kühler.»

Sie gingen in das Arbeitszimmer, Fox schloß die Fenster.

«Das sieht aber merkwürdig aus!» sagte Herr Zanetti voll Unbehagen.

«Heute nacht sah es noch viel merkwürdiger aus!» entgegnete Fox und berichtete von dem ungebetenen Besuch, den das Zimmer gehabt hatte.

«Es wäre mir sehr viel Arbeit erspart worden, wenn Sie mir seinerzeit alles gesagt hätten!» schloß er. «Sicher wären wir schon erheblich weiter und vor allem: ich fürchte fast, daß es jetzt zu spät ist!»

«Ich verstehe Sie nicht!» antwortete Herr Zanetti zurückhaltend.

«Ich habe erst heute erfahren», sagte Fox, «daß Ihr Bruder Luigi –»

«Was hat das damit zu tun!»

«– unmittelbar vor seinem Tod in diesem Haus an einer Erfindung gearbeitet hat, die man für außerordentlich wichtig hielt.»

«Das ist wahr», sagte Zanetti, «aber –»
«Gibt es für Sie einen Grund, mir etwas zu verschweigen?»
«Nicht den mindesten, indessen –»
«Sie sind selbst Ingenieur. Glauben Sie, daß ein Ingenieur eine wichtige Erfindung, eine Neukonstruktion oder dergleichen macht ohne genaue Berechnungen und schriftliche Aufzeichnungen?»
Zanetti lachte. «Gewiß nicht!»
«Und wo sind Sie, diese schriftlichen Aufzeichnungen, Entwürfe, Formeln, Berechnungen?»
«Oh!» sagte Herr Zanetti. «Das ist freilich ein Gedanke. Luigi hat bis zu seinem Tode wochenlang hier gearbeitet, vor dem Haus stand ein Posten. Ich sehe ein, daß ich Ihnen davon Genaueres erzählen muß. Sie glauben also, daß man überhaupt nicht nach den Etruskerforschungen meines Vaters gesucht hat?»
Fox schüttelte nervös den Kopf. «Die Tatsachen sprechen allmählich dagegen, Herr Zanetti. Vergegenwärtigen Sie sich bitte: Der erste Einbruch geschah, als niemand im Hause war, man durchwühlte dabei lediglich den Schreibtisch und das Repositorium, suchte also nach Papieren. Das Ergebnis scheint negativ gewesen zu sein, sonst wäre ein zweiter Besuch überflüssig gewesen. Dieser geschah von gestern auf heute, das heißt, in der einzigen Nacht, in der durch meine Unvorsichtigkeit der Laden nicht heruntergelassen und das Haus wieder einmal unbewacht war. Es gibt also jemand, der das Haus dauernd beobachtet und zudem glaubt, daß es jetzt, da ein gewisser Dr. Fox hier wohnt, allerhöchste Zeit ist, nochmals nachzusehen, ob sich denn wirklich nichts finden läßt. Einmal, ein

einziges Mal geht die Katze aus dem Haus, und schon tanzen die Mäuse. Mit den Etruskern hat das nichts mehr zu tun. Hätten Sie mir doch auf dem Flug nach Mailand alles erzählt!»

«Es war ein großer Fehler», sagte Zanetti. «Ich will es nachholen. Aber man spricht nicht gern von einem so dunklen Punkt in der Familie.»

IV

Mein bruder Luigi – berichtete der Hausherr – war bedeutend älter als ich und in manchen Seiten seines Wesens das Gegenteil von mir. Ich muß gestehen, daß wir uns niemals gut vertrugen, ich fürchte, es gab Zeiten, in denen Luigi mich haßte, aber das ist ja unwichtig, heute leider unwichtig, nichts liegt mir ferner, als Nachteiliges über den Toten zu sagen.

Er war nicht faul, o nein, schätzte jedoch die geregelte Arbeit nicht und beschäftigte sich lieber mit seinen eigenen Ideen, die uns durch ihre Ungewöhnlichkeit oft genug verblüfften.

Sein Fach war die Funktechnik im weitesten Umfang. Schon als ganz junger Mensch fand er auf diesem Gebiet einige Verbesserungen, die heute längst Allgemeingut sind, ohne daß man ihren Urheber kennt. Als Mathematiker und theoretischer Physiker befaßte er sich aber nicht mit Bastler-Kleinigkeiten, sondern nahm, wenn ich so sagen darf, immer gleich das Ganze in Angriff. Daß er dabei auch manchen Mißerfolg hatte und auf ungangbare Abwege kam, versteht sich von selbst.

Ich will mich aber möglichst kurz fassen und Ihnen zu erklären versuchen, worum es sich bei seinen letzten Arbeiten handelte und weshalb sie so wichtig waren. Sie müssen sich dabei zunächst freilich eine kleine technische Auseinandersetzung gefallen lassen, ich kann darauf nicht verzichten, damit Sie mich verstehen, und darum handelt es sich doch.

Wenn gegen Ende des Krieges die Schwärme der feindlichen Flieger immer dichter und verhängnisvoller, die unseren dagegen immer kleiner und hilfloser, wenn unsere Unterseeboote sofort versenkt und vernichtet wurden, so lag das hauptsächlich daran, daß jene Erfindung gemacht worden war, die heute unter dem Namen Radar bekannt ist. Bilderbuchmäßig ausgedrückt, beruht das Prinzip des Radars auf der Tatsache, daß elektrische Wellen ebenso reflektiert werden wie das Licht und der Schall. Sendet man Wellen aus und diese treffen auf einen festen Gegenstand – sagen wir auf ein Flugzeug – so werden sie reflektiert und signalisieren dies bei ihrer Rückkehr zur Sendestelle. So kann man also jedes Flugzeug oder Unterseeboot entdecken, auch bei Nacht und Nebel.

Was läßt sich dagegen tun? Erinnern Sie sich bitte, daß es Gegenstände gibt, die den Schall nicht reflektieren, sondern ihn einfach verschlucken. Denken Sie ferner daran, daß es Gegenstände gibt, die das Licht nicht reflektieren, sondern verschlucken und die deshalb lichtlos erscheinen oder, wie man gewöhnlich sagt, schwarz. Könnte man den Mond mit einer absolut schwarzen Farbe anstreichen, so würde er das Sonnenlicht nicht reflektieren und für uns durchaus unsichtbar sein, ein ganz einfacher Gedanke, an den man sich freilich erst gewöhnen muß.

Läßt sich so etwas auch bei den elektrischen Wellen erreichen? Da ist eine sehr wichtige Frage. Wenn wir nämlich einen Stoff hätten, der sie restlos verschluckt, dann könnte er durch Radar nicht aufgefunden werden. Ein ‚elektrisch schwarzes' Flugzeug oder Unterseeboot wäre sicher vor jeder Entdeckung durch Radar.

Diese Überlegung ist schon lange bekannt, sie stammt nicht etwa von meinem Bruder. Man ist sogar noch weiter fortgeschritten und vielleicht in der Lage, einen solchen elektrisch schwarzen Schutzmantel herzustel-

len – nur wäre das unsinnig, denn dieser Mantel würde ein so riesiges Gewicht haben, daß ihn kein Flugzeug in die Luft zu heben und kein Unterseeboot damit zu schwimmen vermöchte.
Luigi wußte das natürlich und befaßte sich deshalb überhaupt nicht mit dem Problem. Er arbeitete an ganz anderen Dingen – und dabei griff nun jene übermächtige Hand ein, die man gedankenlos den Zufall nennt. Eines Tages bemerkte er, daß ein Funkempfänger, mit dem er seine Versuche anstellte und an dem er immer wieder Änderungen vornahm, über Nacht nicht mehr funktionierte. Luigi suchte den Fehler und fand ihn sehr bald, das war keine Leistung. Allerdings stellte sich dabei etwas höchst Unerwartetes heraus: ein spannenlanges Drahtstück aus Kupfer hatte seine Leitfähigkeit verloren, der Strom ging einfach nicht mehr hindurch – Grund genug für einen Elektrotechniker, besonders für einen wie Luigi, aufmerksam zu werden.
Luigi fand, daß er selbst daran schuld war. Er hatte den Draht auf eine von ihm ausgeklügelte Weise zwischen eigens konstruierte Spulen eingefügt und sich davon eine besondere Wirkung erhofft – allerdings nicht diese! Wie sich die Sache genau verhielt, kann ich Ihnen nicht sagen, Luigi hat mir nichts weiter davon erzählt, es blieb sein Geheimnis.
Vielleicht wäre auch das noch nicht allzu wichtig gewesen. Aber mit einem jener verblüffenden Gedankensprünge, denen die Technik so viel Fortschritte verdankt, kam er sogleich zu der Überlegung, daß hier vielleicht der lange gesuchte Schutz gegen Radar gefunden sein könnte. Gelang es, diese Umwandlung des

Kupfers methodisch zu erreichen und blieb das Metall auch als dünne Schicht – etwa als aufgespritzte Haut – elektrisch schwarz, so konnte man damit die Flugzeuge und Unterseeboote überziehen und sie ohne wesentliche Gewichtsvermehrung radarsicher machen.
Damit war nun wirklich ein Grund zur Aufregung gegeben! Ließ sich das erreichen, so konnte der Krieg tatsächlich in der letzten Minute noch eine andere Wendung nehmen, von zukünftigen Anwendungsmöglichkeiten gar nicht zu reden. Sie wissen, wie bei uns alle Welt auf ein Wunder dieser Art hoffte; überall wurde von solchen Dingen gemunkelt und sogar offiziell gesprochen, dies freilich mehr, um die Stimmung noch zu retten.
Luigi war eigensinnig, er gab sein Geheimnis nicht preis, und so bewachte man ihn denn samt seinem Geheimnis, natürlich in aller Güte und Höflichkeit, man durfte es ja nicht mit ihm verderben. Mag der Strohhalm noch so dünn sein, der Ertrinkende klammert sich an ihn wie an einen Balken.
Wie weit Luigi, als das Ende kam, mit seiner Arbeit war, kann ich nicht sagen, ich hatte ihn seit einem halben Jahr nicht mehr gesehen. Er fiel der Revolution zum Opfer. Hat nicht auch die französische Revolution einen Lavoisier zur Guillotine geschleppt?

Fox hörte diesen Bericht, ohne Zanetti zu unterbrechen. Dann sagte er etwas Merkwürdiges, nämlich: «Bis heute wußte ich nicht, daß ich farbenblind bin.»
Der andere sah ihn verständnislos an.
«Man sollte doch meinen», fuhr der Doktor fort, «daß ein normales Auge unterscheiden kann, ob etwas gol-

den oder silbern ist. Aber – » er griff in die Tasche, «was sagen Sie hierzu?»

« Das ist eine von Luigis Drahtproben! » rief Zanetti und sprang auf, blaß vor Erregung. « Wie kommen Sie dazu?»

«Sagen Sie mir erst, ob es golden oder silbern ist. Und Kupfer ist ja weder das eine noch das andere, sondern rot, nicht wahr?»

«Man kann es tatsächlich nicht genau angeben», erwiderte Zanetti. «Über diesen Punkt haben wir damals lange gesprochen, als Luigi es mir zum erstenmale zeigte. Wo haben Sie es gefunden?»

«Es lag in dem Bücherschrank mit dem grünen Vorhang, und zwar ganz hinten, wo die Bücherbretter an die Rückwand stoßen; es war in den Spalt gerutscht und fiel erst vollends heraus, als ich die Bücher wieder einräumte, sonst wäre es wohl auch mir entgangen.»

Zanetti ging zu dem Schrank und griff hinter die Bücher. « Hier ist freilich Platz genug», sagte er. Dann hielt er das Endchen Draht unter die Lampe. Mit dem Taschenmesser kratzte er die eigentümlich schillernde Oberfläche an, das Metall war auffallend weich. «Genau wie damals. Um aber jeden Irrtum auszuschließen, können wir eine sehr einfache Probe machen.» Er bog den Draht zu der Form einer großen Haarnadel und ging zu einer Steckdose an der Wand. « Wenn ich den Draht jetzt mit beiden Polen in Berührung bringe, müßte es Kurzschluß geben – Sie sehen aber, es geschieht nicht, der Draht leitet nicht! » Er wandte sich wieder dem Bücherschrank zu. «Sie glauben also, daß Luigi hier seine Aufzeichnungen versteckt hatte?»

«Es wäre denkbar», erwiderte Fox achselzuckend. «Er hatte ja weder viele Möglichkeiten noch viel Zeit, und in seinem eigenen Zimmer wollte er die Papiere gewiß nicht lassen – unverdächtiger waren die Etruskerforschungen. Sie erinnern sich, daß der Mann, der hier etwas finden wollte, bei seinem ersten Besuch den Bücherschrank nur öffnete, die Bücher aber unangetastet ließ. Man könnte sich vorstellen, daß ihm diese Unterlassungssünde hinterher einfiel und er es kaum erwarten konnte, sie wieder gut zu machen.»

«Wenn das zutrifft», sagte Zanetti und wischte sich mit dem Taschentuch übers Gesicht, «und es könnte sehr wohl zutreffen, dann wären jetzt also vielleicht Luigis Aufzeichnungen über seine Entdeckung in fremden Händen?»

«Ja, seit schätzungsweise zwanzig Stunden. Wieviele Kilometer legt heute ein Flugzeug in zwanzig Stunden zurück?»

«Nicht auszudenken! – Und wer kann Interesse an der Sache haben?»

«Sagen Sie mit lieber, wer *kein* Interesse daran haben kann!» antwortete Fox bitter. «Da wird einem erst klar, wie groß die Welt ist. Und hier sitzen wir nun.»

«Hilflos, durch meine Dummheit!» jammerte Zanetti und schlug sich theatralisch mit beiden Fausten gegen die Stirn.

«Nun», sagte Fox, «was die Dummheit betrifft, so kann ich Ihnen leider nur zur Hälfte recht geben. Daß ich's nur gestehe: ich bin sehr bald zu der Überzeugung gekommen, daß hier niemand nach den Ergebnissen der etruskischen Forschung gesucht hat. Ich zerbrach mir den Kopf. Aber der Einfall, hinter den Büchern im Schrank nachzusehen, kam mir nicht, und zwar weil der Schrank beim erstenmal unausgeräumt geblieben war.

Ein sehr großer Fehler, wie wir jetzt wissen, ein Fehler, der mich nicht ruhen läßt, vollends da mir jetzt bekannt ist, wie wichtig die Dinge sind, um die es sich handelt.»

«Glauben Sie, daß Cecco –?» Zanetti lief aufgeregt im Zimmer herum.

«Nein. Denn erstens ist er ein sehr anständiger Bursche – freilich kann man sich in diesem Punkte täuschen. Zweitens aber: Weshalb sollte er diese alberne Einbruchskomödie machen, da er doch Zeit genug hatte, alles ganz ungestört zu erledigen? Übrigens habe ich festgestellt, daß er in der vorigen Nacht tatsächlich bei seinen Eltern war; ich wartete im Garten auf ihn, er kam mit seiner Frau in aller Harmlosigkeit nach Hause. Auch die Nachbarn zur Rechten und zur Linken sind unverdächtig, alte Leute, die hier so hindämmern, ohne sich noch viel um die Welt zu kümmern.»

Mit plötzlichem Eifer rief Zanetti: «Sie vergessen den See! Wer über den See kommt, hinterläßt keine Spuren!»

«Wie gut, daß Sie mich daran erinnern!» erwiderte Fox. «Vielleicht hätte ich ihn sonst tatsächlich vergessen.»

«Was werden Sie tun?» Und da Fox nachdenklich schwieg, fügte Zanetti die Frage hinzu: «Weiß Maria von diesem zweiten Einbruch?»

«Bis jetzt nicht, ich wenigstens habe ihr nichts davon gesagt. Aber weshalb sollte man es ihr verschweigen?»

«Ich könnte meine Tochter nach Mailand mitnehmen.»

«Wann?»

«Jetzt! Da ich morgen früh dort sein muß, ist es angenehmer, während der Nacht zu fahren, und Sie, glaube ich, brauchen mich hier nicht mehr?»

«Wohl kaum. Aber ich bitte Sie, Maria hier zu lassen», sagte Fox. «Sie hat am See viele Bekannte, ich hoffe, einiges von ihr zu erfahren, was uns nützt, ihre Hilfe könnte mir wertvoll sein.»

«Ich richte mich nach Ihnen», antwortete Zanetti. «Werden Sie mich auf dem laufenden halten? Sie begreifen meine Nervosität! Wenn Ihre Vermutungen richtig sind, handelt es sich jetzt um eine Angelegenheit, deren Bedeutung für die ganze Welt und ihren Frieden man erst bei der Überlegung erfaßt, was geschehen könnte wenn Luigis Arbeit in unrechte Hände käme. Ich werde rasend bei dem Gedanken!»

«Werden Sie es nicht!» sagte Fox. «Möglicherweise war er noch nicht am Ziel, das würde den Wert seiner Aufzeichnungen für Praxis wohl sehr herabdrücken.»

«Sie vergessen, daß die Forschung mittlerweile große Fortschritte gemacht hat. Aus Anfängen von damals kann sie heute im Handumdrehen Folgerungen ziehen, die seinerzeit unmöglich waren. Aber ich glaube nicht an bloße Anfänge, sondern fürchte, daß Luigi tatsächlich am Ziel oder doch wenigstens beinah am Ziel war und daß nur die schwierigen Umstände seiner letzten Lebenszeit es nicht mehr möglich machten, seine Ergebnisse praktisch zu verwerten. – Ich höre also von Ihnen?»

«Und zwar buchstäblich», sagte Fox, «denn ich glaube nicht, daß ich Ihnen etwas schriftlich mitteilen werde. Nach diesem vorläufigen Bankerott unserer gemeinsamen Firma werden wir alle Vorsicht nachholen müssen, die wir bisher außer acht gelassen haben. Wundern Sie sich also nicht, wenn Sie zunächst keine Nachricht von mir oder Maria bekommen – das heißt: wenigstens keine, die unsere Angelegenheit betrifft.»

Zanetti nickte. «Grüßen Sie meine Tochter», sagte er sehr ernst.

Als Fox am nächsten Morgen wie gewöhnlich vom See herauf kam, teilte ihm Cecco mit, daß Signorina Maria dagewesen sei; sie hätte ihn jedoch weder beim Baden noch beim Frühstück stören wollen und käme am Nachmittag wieder.

Der Dottore nickte, sehr damit einverstanden, daß er für's erste nicht zu reden brauchte. «Haben Sie einen Spaten, Cecco?»

«Natürlich. Wozu?»

«Ich will Regenwürmer suchen.»

«Zum Angeln?»

«Ich wüßte nicht, was ich sonst mit Regenwürmern tun könnte.»

«Signore», sagte Cecco nachsichtig, «Sie werden um diese Jahreszeit keinen einzigen Wurm finden, wenn Sie nicht einen guten Meter tief graben. Aber Sie brauchen auch keinen, denn die fetten Barben, die in den Ritzen der Ufermauern wohnen, ziehen ein Stückchen Käse vor, glauben Sie mir, ich habe Erfahrung. Indessen brauchen Sie auch keinen Käse, wenigstens nicht jetzt, Sie sollten vielmehr bis zum Nachmittag warten, nachmittags beissen die Barben viel besser, vollends heute: das Barometer sinkt ein wenig, nachmittags wird es vielleicht gewitterig, das ist sehr günstig zum Angeln.»

«Auch gut», sagte der Dottore, offenbar mit seinen Gedanken nicht ganz bei der Sache. «Bitte erinnern Sie mich daran?»

«Woran, Signore?»

«Daß ich angeln will», antwortete Fox und ging ins Haus.

Als Maria Zanetti nachmittags kam, konnte sie die Bemerkung nicht unterdrücken: daß Dr. Fox mit der wichtigen Arbeit, von der er gestern gesprochen hatte, wohl fertig sei. Sie fand ihn nämlich in der Badehose auf der Ufermauer sitzend; er angelte, aber nicht mit der Rute, sondern er hielt die Angelschnur einfach in der Hand und sah tiefsinnig ins Wasser hinunter.

Maria schwang sich auf das Mäuerchen und setzte sich neben ihn. Das Wasser war glasklar, man sah jeden Stein auf dem Seeboden – und man sah auch, wie die dicken Barben behäbig aus den Mauerritzen hervorschwammen, das Bröckchen Käse am Haken betrachteten, mit aller Vorsicht daran knabberten, jedoch keineswegs gesonnen schienen, wirklich anzubeißen.

«Die Fische sind gar nicht so dumm», sagte Fox; in seinem Ton lag eine gewisse Anerkennung. «Was aber Ihre vorige Bemerkung betrifft, Maria, so irren Sie sich. Ich habe selten heftiger gearbeitet als gerade jetzt, und das Angeln – wenn man es überhaupt so nennen darf – hilft mir dabei.»

«Nein, die Fische sind nicht dumm», antwortete Maria, «aber vielleicht die Menschen? In diesem klaren Wasser ist der Haken allzu deutlich sichtbar; wenn ich eine Barbe wäre, noch dazu eine so alte und erfahrene, würde ich zu Ihnen herauf lächeln.»

«Sie meinen also, man würde besser im Trüben fischen?»

«Mir fehlt die Erfahrung, aber meinem Gefühl nach –»

«Ja –» sagte er, ohne die Augen von dem Köder abzuwenden, «dann helfen Sie mir dabei!»

«Wieso?»

«Es gibt allerhand Trübes hierherum», antwortete Fox. «Wir haben wieder einmal ungebetenen Besuch gehabt.»

Er berichtete ihr, was in der vorvergangenen Nacht geschehen war – «geschehen zu sein scheint!» verbesserte er sich, «denn ich bin zwar aus mehreren Gründen fest davon überzeugt, könnte es aber nicht beeiden. Die kurze Anwesenheit Ihres Vaters war für mich sehr wertvoll.» Er begann von Luigi und dessen Arbeiten und von seinen eigenen Vermutungen zu sprechen.

Maria hörte ihm mit wortloser Aufmerksamkeit zu.

Schließlich fragte sie: «Und das Stückchen dieses merkwürdigen Drahtes?»

«Ich werde es Ihnen nachher zeigen. Wenn es die einzige Probe war, die bei den Papieren lag, dann hat der nächtliche Besucher wieder einmal Pech gehabt, es wäre wohl höchst wertvoll für ihn.»

«Warum sagen Sie ,wieder einmal'? Ach ja, ich verstehe: Sie glauben, daß schon der Einbruch im vorigen Jahr Luigis Arbeiten gegolten hat?»

Fox nickte.

«Eine sehr üble Sache!» sagte Maria, erregter, als sie merken lassen wollte.

«Wie übel sie ist», bestätigte Fox, «habe ich erst aus den Darlegungen Ihres Vaters erkannt.»

«Was werden Sie tun?»

«Ich angle, wie Sie sehen, und ich freue mich, daß Sie neben mir sitzen.»

«Ist das nicht etwas wenig?»

«Sie unterschätzen sich! Ihre Hilfe wird für mich äußerst wertvoll sein.»

«Welche Art von Hilfe?»

«Feststehen dürfte, daß unser unbekannter Freund, wenn ich ihn so nennen darf, das Haus dauernd beobachtet und die beiden einzigen Gelegenheiten herausgefunden hat, bei denen er es betreten konnte, ohne Spuren zu hinterlassen, die von außen sichtbar waren; ich habe das bereits Ihrem Vater auseinandergesetzt. Also muß er sich ständig hier aufhalten. Sucht man ihn, so scheidet deshalb die Unzahl der durchreisenden Fremden von vorneherein aus. Das ist eine Erleichterung.»

«Aber der See ist groß!» entgegnete Maria mit einer hoffnungslosen Handbewegung. «Ich weiß nicht, wieviele Menschen dauernd in unsererGegend sind. Wo sollen wir da beginnen?»

«Es ist hübsch, daß Sie ‚wir' sagen – Sie wollen mir also wirklich helfen?»

«Das ist doch selbstverständlich! Vorausgesetzt, daß ich's überhaupt kann.»

Fox zog seine Angelschnur langsam hoch. «Ich glaube, es kommt auf die Methode an...» sagte er gedankenvoll. «An einem solchen Brocken Hartkäse kann der Fisch mit seinem weichen Maul stundenlang herumknabbern, ohne daß ihm der Einfall kommt, richtig zu beißen.» Er verkleinerte den Köder vorsichtig bis auf einen winzigen Rest, der nur noch die Spitze des Widerhakens verdeckte. «Versuchen wir's einmal so!» murmelte er und ließ die Schnur wieder ins Wasser. «Vielleicht besteht zwischen der Psychologie der Fische und der Menschen doch eine gewisse Ähnlichkeit...»

Aus dem Gemäuer kam eine besonders fette Barbe hervor, olivgrün, mit dunklen Punkten, und näherte sich dem Haken. Man sah deutlich ihre vier Bartfäden spielen, ja sogar, wie sie langsam das Maul öffnete –

Fox hieb an – der Fisch zappelte in der Luft.

«Sehen Sie, sehen Sie!» rief er zufrieden. «Es kommt tatsächlich auf die Methode an. Man darf den Leuten, vielmehr den Fischen, nicht mit groben Brocken kommen; auf einen winzigen kleinen, kaum bemerkbaren, fallen sie eher herein.» Fox machte den Fisch mit aller Behutsamkeit vom Haken los, ohne den rosigen Gaumen zu verletzen, und warf ihn ins Wasser zurück. «Auf Wiedersehen, meine Dame!» sagte er. «Ich danke Ihnen für den Hinweis; es lag nicht in meiner Absicht, Ihnen etwas Ernstliches zu tun. Meine Empfehlungen an die Verwandtschaft.» Er legte die Schnur zusammen. «Inzwischen hat Giulia den Kaffeetisch gedeckt, ich freue mich sehr, daß ich mir nun gemeinsam mit Ihnen den Kopf zerbrechen kann, ohne auf die Barben achten zu müssen. Ich will mich nur anziehen und bitte für ein paar Minuten um Entschuldigung.»

Als er zurückkam, sagte Maria: «Ich bewundere Ihre Ruhe – zumal wenn ich bedenke, was hier auf dem Spiel steht!»

«Hatten Sie wilde Hast erwartet?» fragte er. «Damit wäre wohl ebenso wenig auszurichten wie beim Angeln. Übrigens fischen wir einstweilen tatsächlich im Trüben, im sehr Trüben sogar, und ich möchte nur hoffen, daß dies den Vorteil hat, den Sie vermuten; mir ist klares Wasser lieber, wenn ich auch zugeben will, daß das trübe einen gewissen Reiz hat. Hier ist nun der Draht, auf den Sie so neugierig sind.»

Maria nahm ihn in die Hand und betrachtete ihn mit dem lebhaftesten Interesse. «Wenn man bedenkt, was vielleicht daran hängt –» sagte sie.

«An dem Draht?»

«Es war bildlich gemeint, Dottore! Könnte nicht ein neuer Krieg entstehen, wenn man das – entschuldigen Sie den dummen Ausdruck, aber ich kenne mich in solchen Dingen nicht aus – wenn man das Rezept hätte?»

«Es wäre denkbar», antwortete Fox.

«Also hinge das Leben von vielen Millionen Menschen und das Schicksal der ganzen Welt an diesem Stückchen Draht?»

«Möglicherweise.»

«Ein abenteuerlich furchtbarer Gedanke!» sagte sie schaudernd. «Und wir sitzen hier und halten dieses Schicksal in der Hand!»

«Stecken wir's also in die Tasche!» erwiderte Fox und nahm die große, seltsam opalisierende Haarnadel wieder an sich. «Hier habe ich übrigens noch etwas, nämlich ein Verzeichnis derjenigen Leute, die in Gardone wohnen und vielleicht als Interessenten in Frage kämen. Ein sehr naiver Weg, ich weiß, aber irgendwo muß man beginnen. Wollen Sie es einmal durchlesen? Sie sind hier ja beinahe daheim und kennen die Einwohner, ich nicht.»

«Sie glauben, daß der Mann in Gardone wohnt?»

«Ich glaube es nicht unbedingt, aber es erscheint nicht ausgeschlossen. Wie könnte er sonst beide Male den einzig richtigen Augenblick für seinen Besuch mit solcher Geschwindigkeit herausgefunden haben?»

«Möglich», antwortete Maria lächelnd und begann zu lesen. «Aber das sind ja lauter Ausländer!»

«Ja, es ist bereits eine engere Wahl», sagte Fox, «die Liste war gestern viel länger, ich hatte Gründe, sie zu verkürzen.»

Nach einer Weile schüttelte Maria den Kopf. Sie hatte das Verzeichnis überflogen und gab es ihm zurück. «Keiner davon ist mir auch nur dem Namen nach bekannt», sagte sie. «Ich sehe schon, daß ich Ihnen nicht helfen kann.»

«Wir fangen erst an», erwiderte er und gab ihr einen zweiten Bogen. «Ich habe mir heute vormittag ein anderes Verzeichnis gemacht, diesmal nicht von Gardone, sondern von Fasano – Sie wohnen dort bei Freunden, nicht wahr?»

Maria überflog auch dieses Blatt. Als sie damit zu Ende war, sagte sie: «Lassen Sie mich ein wenig nachdenken, ja, einige der Namen kenne ich wohl», und begann von neuem zu lesen, diesmal sorgfältiger, es dauerte ziemlich lange.

Fox wartete geduldig und ohne sie zu stören. Mittlerweile zog er eine Bernsteinkette aus der Hosentasche und ließ die länglich-eiförmigen Perlen durch seine Finger gleiten.

Das leise, eigenartig flache Klappern veranlaßte Maria, aufzublicken.

«Man merkt, daß Sie im Orient waren», sagte sie.

«Kennen Sie das?» fragte er lächelnd. «Ja, es ist merkwürdig, wie rasch man sich die Sitte oder Unsitte angewöhnt, mit einer solchen Kette zu spielen; ich möchte wissen, welcher Aberglaube ursprünglich dahintersteckt. Im fernen Osten habe ich es jedoch lange nicht so häufig beobachten können wie in den östlichen Mittelmeerländern; Sie werden dort kaum einen Kaufmann oder Beamten finden, der keine solche Kette in der Tasche und zur rechten Zeit in der Hand hat, besonders natürlich im Kaffeehaus.»

«Also kennen Sie auch den nahen Orient?»

«O, ich bin von den Ruinen des alten Troia bis nach Jerusalem geritten.»

«Geritten?»

«Auf einem richtigen, vierbeinigen Pferd. Man sieht dabei mehr von der Gegend, und darauf kam es mir an, ich hatte Zeit und folgte den Spuren der Kreuzfahrer, die dort zum Teil noch verblüffend gut erhalten sind, mancher von den Berggipfeln trägt großartige Burganlagen aus der Stauferzeit. Aber das ist eine Geschichte für sich.»

«Eine wirkliche Geschichte?»

«Sogar eine sehr lange, vielleicht erzähle ich sie Ihnen später einmal, fürs erste haben wir andere Sorgen. Diese Kette hier gehört übrigens nicht mir, ich habe nur vergessen, sie bei der Polizei abzugeben.»

«Also gefunden?» fragte Maria und wandte sich, ohne eine Antwort abzuwarten, wieder dem Verzeichnis zu. «Gortschakow, ja, der ist mir bekannt, ein alter Mann, ein Fürst aus der Zarenzeit. Nitescu, ein schwindsüchtiger Rumäne, ich wußte nicht, daß er noch lebt. Hier ein Engländer, und das ist ein Amerikaner. Und hier sogar mein Freund Johannes Dariotis aus Athen!» Sie lachte etwas zu schrill.

«Ihr Freund?»

«Verstehen Sie darunter lieber das Gegenteil! Ich bin ihm bisweilen in Gesellschaft begegnet, wir lieben uns nicht sehr.»

Fox zog die Brauen hoch. «Dafür muß es Gründe geben – Sie machen mich eifersüchtig!»

«Er ist ein Affe», sagte sie.

«Sehr viele Frauen haben eine ausgesprochene Vorliebe für Affen, ich meine: für richtige», erwiderte Fox. «Und von jeher finde ich das für uns Männer nicht sehr schmeichelhaft. Sieht er so aus?»

«Herr Dariotis? Nein. Er sieht recht gut aus und weiß es auch. Ein Mann von etwa dreißig Jahren, aber ich liebe diesen brünetten Typ nicht.»

«Er ist schon länger hier?»

«Wenn Sie es wünschen, kann ich mich danach erkundigen, aber ich glaube nicht, daß er für unsere Angelegenheit in Frage kommt. Soviel man mir gesagt hat, besteht seine ganze Tätigkeit darin, daß er einen reichen Vater hat; schon deshalb mag ich ihn nicht. Wir Zanetti sind eine fleißige Familie, das werden Sie gemerkt haben. Was tut man den ganzen Tag, wenn man nichts tut?»

«Nun», antwortete Fox, «vielleicht angelt man, zum Beispiel, das sehen Sie ja an mir. Haben Sie die Möglichkeit, festzustellen, ob dieser Herr Dariotis gegenwärtig hier ist?»

Maria sah ihn erstaunt an. «Sie glauben doch nicht im Ernst – ? Oder wie soll ich das auffassen?»

«Solange ich nichts weiß, ist es mir unmöglich, Ihnen mit einer Meinung zu dienen», erwiderte Fox.

Maria Zanetti, das ließ sich nicht verkennen, war einigermaßen stolz darauf, daß er ihre Hilfe tatsächlich in Anspruch nahm. Sie hatte offenbar den Ehrgeiz, etwas zu leisten, mochte es auch noch so nebensächlich sein, und verabschiedete sich bald.

Fox winkte ihr nach und dachte, daß er wieder einmal Glück gehabt habe. Nicht etwa, weil Maria diesen Herrn Dariotis kannte, sondern weil sie ihn nicht leiden mochte, wahrscheinlich hatte es da irgendetwas gegeben – nun, gleichviel, auch Abneigung kann eine Triebfeder sein, und keine schwache, wenn man sie nur ordentlich aufzieht.

Er ging in sein Zimmer, setzte sich ans Fenster und begann die Bernsteinkette zu untersuchen. Einige der Perlen des weichen Materials hatten frische Kratzer, die Lupe zeigte, daß diese Kratzer wahrscheinlich entstan-

den waren, als er in der Dunkelheit auf die Kette trat. Das Zeichen auf der goldenen Plombe – ein senkrechter Strich neben einem Dreieck, erklärte sich jetzt mit ziemlicher Sicherheit: griechische Buchstaben, ein Jota und ein Delta, die Initialen des Herrn Johannes Dariotis. Das ist nicht viel, aber doch etwas! dachte Fox und schickte nach einigem Überlegen den Hausmeister zur Polizei, damit er dort die Kette abliefere.
Maria hatte beim Weggehen erklärt, sie hoffe, ihm noch an diesem Abend Bescheid sagen zu können. Da sie aber nichts von sich hören ließ, blieb er allein mit einer Karaffe roten Bardolinoweins auf der Badeplattform und genoß die immer stillere und größere Sternennacht. Es war sehr finster. Er hätte gern geraucht, ließ es dann aber doch bleiben, niemand brauchte an dem glühenden Pünktchen zu sehen, daß hier ein Mensch saß; zumal vom Wasser aus blieb er vor dem schwarzen Hintergrund der Gartenbüsche gewiß unsichtbar. Überall am See, auch weit drüben in San Vigilio und Malcesine, flimmerten die Lichtlein des Ufers. Zwei oder drei Mal kam ein dunkler Kahn, langsam und fast lautlos gerudert, ziemlich nahe vorbei. Aus der Ferne klang ein italienisches Lied, vom sanften Schaukeln bunter Lampions begleitet.
Fox hörte eine Turmuhr Elf schlagen und dachte daran, ins Haus zu gehen, als er wiederum einen Kahn bemerkte, der näher als die vorigen ans Ufer herankam und wohl die Badetreppe ansteuerte. Fox blieb still und rührte sich nicht, als jedoch der Außenkiel leicht gegen die unterste der Holzstufen stieß, ließ er seine Taschenlampe aufleuchten.
«Sie sind noch hier?» fragte Maria nicht sonderlich er-

schrocken vom Wasser herauf. «Das ist gut. Lassen Sie mich nur erst das Boot festmachen.»
Eine Minute später stand sie neben ihm und sagte: «Ich weiß etwas Neues.»
«Es muß wichtig sein, weil Sie sich die Mühe gemacht haben, die lange Strecke von Fasano her zu rudern. Wäre es mit dem Wagen nicht einfacher gewesen?»
«Ich wollte meine Freunde, bei denen ich wohne, nicht aufmerksam werden lassen; so bin ich einfach in den Garten gegangen und still davongerudert. Wichtig? Darüber müssen Sie entscheiden. Herr Dariotis ist nicht da.»
«Seit wann?»
«Seit heute abend», antwortete Maria. «Ich bin selbst hingegangen und hatte mir einen Vorwand zurecht gelegt, nach ihm zu fragen. Aber es war mir nicht unangenehm, als ich hörte, daß er vor etwa zwei Stunden weggefahren ist.»
«Wer hat Ihnen das gesagt?»
«Die Dame, in deren Haus er wohnt. Sie glaubt, daß er längere Zeit wegbleiben will, denn er hat einen großen Koffer mitgenommen.»
«Weiter?»
«Das ist alles», antwortete Maria. «Ich hatte nicht den Mut, mehr zu fragen – auch das muß man erst lernen.»
«Die Dame wußte nicht, wohin er gefahren ist?»
«Doch. Nach Paris, er hat dort eine kleine Wohnung oder ein möbliertes Zimmer, ich habe es nicht so genau verstanden.»
«Wo?»
«Danach konnte ich doch nicht fragen!»
«Wahrhaftig nicht?» sagte Fox lächelnd. «Aber Sie kennen Paris?»

«Ja und nein, ich war zweimal für ein paar Tage mit meinem Vater dort und habe, während er seine Geschäfte erledigte, die Sehenswürdigkeiten besucht.»
«Und Einkäufe gemacht!»
«Auch das!» Sie lachte im Dunkeln. «Man sollte öfter hinfahren.»
«Ich wollte es Ihnen vorschlagen», sagte Fox.
Maria verstummte, man konnte beinahe hören, was in ihr vorging, so vielsagend war dieses Schweigen.
«Halten Sie es für notwendig?» fragte sie dann. «Und können Sie wirklich glauben, daß Dariotis mit der Angelegenheit zu tun hat?»
«Ich hätte es vorgezogen, in Ihrer liebenswürdigen Gesellschaft hier am Gardasee zu bleiben, o ja, bei weitem vorgezogen, denn eben wegen dieser Gesellschaft war mir nicht nach Abenteuern zumute. Aber Sie wissen jetzt, worum es höchst wahrscheinlich geht. Ihr Vater weiß es noch genauer und wünscht durchaus, daß der Fall geklärt wird. Ich kann das verstehen, und deshalb werden wir uns wohl entschließen müssen –»
«Was wird mein Vater dazu sagen?»
«Nichts», antwortete Fox und setzte ihr auseinander, daß und warum er Herrn Zanetti bereits auf eine Zeit des Stillschweigens vorbereitet habe. «Es kommt also tatsächlich nur darauf an, ob Sie den Mut aufbringen.»
«Mut wozu?» fragte Maria durch das Dunkel.
«Ein Stück des Weges mit mir zu gehen, ein kurzes Stück», erwiderte Fox mit einer leisen Schwermut, die sie bei ihm nicht gesucht hätte. «Denn es ist leider nicht so, daß ich bei der Fee Morgane im Zauberwald Brezeliand bleiben kann. Ich wünschte es mir wohl, aber die Welt scheint es nicht zu wünschen.»

«Was könnten Sie dafür, wenn Sie nicht mehr herausfänden?» fragte Maria.
«Es scheint nun einmal nicht so im Buche des Lebens zu stehen. Die irrenden Ritter sind tragikomische Helden, sie müssen sich nach dem richten, was das Schicksal ihnen vorschreibt. Diesen Weg haben sie einzuschlagen, es mögen noch so schöne Frauen aus den Fenstern winken.»
Maria sagte: «Aber davon hat man wohl nie gehört, daß die Fee Morgane aus ihrem Wald heraus und mitgegangen ist?»
«Nein, wenigstens weiß ich nichts davon. Ich glaube, sie nehmen immer einen sehr zärtlichen Abschied voneinander.» Er zog Maria vollends an sich. «Etwa so!»
Die Nacht war sternglitzernd und still, weit in der Ferne hörte man einen großen Fisch springen.
«Wie sich die Sterne in deinen Augen spiegeln...» sagte er.
Und Maria fragte: «Wann fahren wir? Denn nun muß ich Sie wohl begleiten – für den Fall, daß schöne Frauen aus den Fenstern winken.»
Er gab sie frei und sie setzten sich brav nebeneinander auf das Holzbänklein, man hatte ja noch einiges zu besprechen. Fox meinte, daß man morgen in der Abenddämmerung aufbrechen werde, bis dahin hatte er noch viel zu tun. Maria wunderte sich zwar über die Gelassenheit, mit der er die Abreise betrieb, war jedoch sehr zufrieden damit. Die Grenzen und die dazu nötigen Papiere machten ihr einiges Kopfzerbrechen.
«Das ist unnötig», erklärte Fox, «ich habe einen Diplomatenpaß des jungen Königreiches Libyen.»
«Sind Sie denn nicht Deutscher?» fragte Maria erstaunt.

«Natürlich. Aber Sie müssen wissen, daß ich mehrere Jahre in Libyen bei einem Araberstamm gelebt habe, zwar nicht ganz freiwillig – trotzdem gehören diese Jahre zu meiner glücklichsten Zeit. Auf solche Weise bin ich libyscher Staatsangehöriger geworden und habe sogar einen Diplomatenpaß. Er war mir schon sehr nützlich.»

«Bei Ihnen gibt es doch immer neue Überraschungen...» sagte Maria. «Wann sehen wir uns?»

«Nicht eher, als bis Sie mich abholen.»

«Werden wir lange unterwegs sein?»

«Das weiß ich nicht, aber ich empfehle Ihnen, zur Vorsicht doch lieber ein zweites Taschentuch mitzunehmen.»

«Ich möchte recht bald wieder hier sein», sagte Maria, schon auf der Badetreppe.

«Und ich möchte am liebsten hier bleiben», antwortete er. «Gute Nacht!»

«Gute Nacht!» Sie machte das Boot los, die Ruder tauchten ins Wasser.

Fox blieb allein zurück, es war noch Bardolinowein in der Karaffe.

V

Es WAR NICHT SCHWER, IN FASANO DAS HAUS ZU FINDEN, in dem Herr Johannes Dariotis wohnte. Die alte Dame, der es gehörte, empfand offenbar jeden Besuch als willkommene Unterbrechung ihrer Einsamkeit.
Befreundet? Nein, so konnte man es nicht geradezu nennen, Fox war nur selten in der Gegend, sehr bedauerlich, denn er schätzte Herrn Dariotis als einen liebenswürdigen Menschen. «Übrigens hat sich die Bernsteinkette gefunden», sagte er nebenhin.
Nein, wahrhaftig? Da würde sich Herr Dariotis aber freuen, er war sehr abergläubisch und hatte den Verlust als übles Vorzeichen genommen, zumal er so schnell abreisen mußte.
Ja, nach London.
Nach Paris. Und wo war sie, diese Kette?
Nun, der Besucher konnte natürlich nicht schwören, daß es gerade die Kette war, die Herr Dariotis vermißte. Er hatte nur zufällig miterlebt, wie irgendjemand eine Bernsteinkette auf dem Fundbüro abgab, vorgestern.
Gestern! Vorgestern konnte es nicht gewesen sein, denn erst in der Nacht von vorgestern auf gestern hatte Herr Dariotis sie verloren. Gestern früh hatte er das ganze Haus und den Garten danach durchsucht, die Dame verstand einfach nicht, wie man sich über einen so geringen Verlust so aufregen konnte. Der Aberglaube!
«Ja, die Vorzeichen!» sagte Fox. «Ich komme freilich nicht deshalb, sondern weil Herr Dariotis mir gegenüber eine Bemerkung gemacht hat, daß er möglicherweise länger wegbleibt und ich vielleicht seine Wohnung mieten könnte?»
Was? Die freundliche alte Dame fiel aus allen Himmeln.

Kein Wort hatte Dariotis davon gesagt! Nein, das mußte ein Irrtum sein. Er zahlte stets pünktlich die Miete und war überhaupt ein so angenehmer Herr – ich bitte Sie, wenn ich ihn jetzt plötzlich auf diese Weise verlieren sollte... ich bin auf die Einnahmen angewiesen...

Wahrscheinlich also hatte der Besucher die Äußerung mißverstanden. Immerhin und für alle Fälle: konnte man die Wohnung einmal sehen?

Gewiß, warum nicht! Die Dame begleitete ihn hinauf, und während er sich in den beiden Räumen ein wenig umtat und vor allem die Möbel und die schöne Aussicht lobte, umplätscherte sie ihn mit unaufhörlicher Redseligkeit – auch für alle Fälle.

«Ich wäre ein sehr ruhiger Mieter», bemerkte Fox.

O, was das anbetraf, man konnte sich wohl keinen ruhigeren Mieter denken als Herrn Dariotis.

Lebte er so zurückgezogen?

Zurückgezogen war wohl nicht das richtige Wort, denn er ging fast jeden Abend aus und pflegte sehr spät heimzukommen, aber in seiner Wohnung empfing er niemals Besuch.

Ein Hausgenosse also, wie ihn die Dame sich nicht besser wünschen konnte. «Nur –» sagte Fox und witterte in der Luft herum, «es fiel mir gleich auf, als ich das Zimmer betrat, ja sogar schon unten im Haus, ich wollte Sie nur nicht unterbrechen. Ist er ein so leidenschaftlicher Schmetterlingssammler?»

«Das nicht», antwortete die Dame mit einem verlegenen Seufzer und blickte zu Boden. «Aber man gewöhnt sich daran.»

«Das ist ja das Betrübliche.»

«Er hat wohl mit dem Magen zu tun. Es sind Hoffmannstropfen.»
«So, nennt man das hierzulande Hoffmannstropfen», sagte Fox. «Bei uns heißt es einfach Schwefeläther. Ein äußerst unpraktisches Laster, finde ich, man riecht es zehn Meter gegen den Wind.»
«Er hat schon mehrmals Entwöhnungskuren gemacht», erwiderte sie, «aber –»
Der Fremde nickte bedauernd. «Ich gehöre nicht zu denen», sagte er, «die einen Splitter in ihres Bruders Auge finden und des Balkens in ihrem eigenen Auge nicht gewahr werden – aber es ist nun doch so, daß dergleichen Süchte den Menschen haltlos machen und zuletzt verderben.»
«Man muß immer nach den Gründen fragen», seufzte die Dame.
«Ja –?»
«Ich weiß es nicht, es geht mich auch nichts an und ich kann es nicht bessern», erwiderte sie.
Um die Zeit des Mittagessens kam Fox in die Villa Zanetti zurück und wunderte sich, als er Marias Wagen vor der Tür sah.
War etwas geschehen?
«Nicht das Mindeste», antwortete sie, deutlich bedrückt.
«Nur –?»
«Ich kann Sie nicht begleiten, Dottore.»
«Weshalb?»
«Nicht aus dem Grund, an den Sie jetzt vielleicht denken», sagte Maria. «Aber ich fürchte, daß ich Ihnen nichts nützen kann, im Gegenteil, Sie würden meine Gesellschaft bald als hinderlich empfinden; eine Frau als Reisegepäck ist bisweilen unbequem. Überdies –»

«Ja?»
«Ich werde den Gedanken nicht los, daß es vielleicht besser ist, wenn jemand, der in unserer Angelegenheit Bescheid weiß, hierbleibt.»
Fox hörte genau, daß dies nur Ausflüchte waren, und hatte Mühe, ein Lächeln zu unterdrücken: es fehlte ihr einfach der Mut.
«Aber meinen Wagen will ich Ihnen gern leihen, wenn Sie ihn brauchen», fügte Maria hinzu.
«Ich brauche ihn nicht», antwortete er und vermied es, ihr Vorhaltungen zu machen, zu denen er nicht berechtigt war. «Im allgemeinen fährt man mit der Eisenbahn bequemer. Würden Sie mir aber den Gefallen tun, mich nach Mailand zu bringen? Dann könnte ich dort den Abendschnellzug nach Paris noch erreichen.»
«Sind Sie mir böse?» fragte Maria.
Er lachte. «Nein, gewiß nicht. Aber das ist wieder einmal ein Beispiel dafür, wie anders die Dinge aussehen, wenn man in Gedanken mit ihnen spielt, und wie anders, wenn sie wirklich werden. Reden wir nicht weiter davon – bleiben Sie im Zauberwalde Brezeliand, in den Sie gehören, ich werde schon zur rechten Zeit den Weg zurück finden.»
«Aber man findet ihn nur, wenn man ihn nicht sucht!»
«Verlassen wir uns also auf das Märchen!» erwiderte Fox. «Ist das nicht wunderbar, kleine Maria?»
«Vielleicht war es gar nicht der richtige Wald?»
«Nun kommen Sie, genießen wir den Tag noch im Garten und im Wasser. Es eilt nicht. Wie lange brauchen wir nach Mailand? Man muß mit der Zeit geizig sein, sie ist das einzige Unwiederbringliche im Leben!»

Durch einen hellgrauen Morgen fuhr der Zug in Paris ein. Über dem Land und den Vorstadtgärtchen hing eine silberne Ruhe – man hatte das Gefühl, daß in diesem Himmel noch Lerchen singen müßten, aber das taten sie um diese Jahreszeit freilich nicht mehr.

Fox verließ den Bahnhof in der besten Laune, das war bei ihm stets ein Zeichen für Unternehmungslust und dafür, daß etwas bevorstand. Er hatte ausgezeichnet geschlafen und während der letzten Stunden vor dem Aufstehen noch einmal alles überdacht, was für die nächste Zukunft wichtig werden könnte. Fatal blieb, daß Maria so wenig über diesen Herrn Dariotis hatte angeben können. Die Hauptsache, das heißt die Frage, ob er mit den Besuchen in der Villa Zanetti wirklich in solcher Verbindung stand, wie Fox vermutete – diese Hauptsache war für's erste ungeklärt. Aber deshalb bin ich hier! dachte Fox.

Er ließ sich in ein Hotel in der Rue de l'Echiquier fahren, wo er schon mehrmals gewohnt hatte, und zwar stets in einem Zimmer im dritten Stock, von dem aus man über die enge Straße hinweg in die Fenster der gegenüberliegenden Modeateliers blicken und den netten Mädchen zuschauen konnte, die dort an Kleidern stichelten, die für eine viel größere Welt als die ihre bestimmt waren.

Der Portier empfing ihn mit der vertrauten Höflichkeit eines alten Bekannten, zufällig war sein altes Zimmer vor einer halben Stunde freigeworden.

Fox badete mit Genuß und klingelte dann nach dem Frühstück, auf das er sich besonders freute wegen der mürben Kaffeehörnchen, die es hier gab. Auf die Frage, ob er länger bleiben werde, antwortete er mit einem Achselzucken – er wußte es wirklich nicht, aber eine Ah-

nung sagte ihm, daß er diesmal nicht mit einem langen Aufenthalt in der geliebten Stadt rechnen durfte.
Dann rief er in der Polizeipräfektur an und ließ sich mit einem Abteilungsleiter verbinden, den er kannte, und sagte nach einer umständlichen Begrüßung: «Es handelt sich vorerst nichts weiter als um eine Auskunft...»
Behaglich im Lehnstuhl unterrichtete er sich dann aus der Morgenzeitung, die man ihm mit dem Frühstück heraufgeschickt hatte, über die neuesten Ereignisse, fand aber kaum etwas Interessantes außer der Meldung, daß im Ärmelkanal und über dem Atlantik ein Unwetter tobte, das zwar seinen Höhepunkt überschritten hatte, nachdem es wüste Schäden angerichtet, das aber noch immer die französische Küste und besonders die Bretagne in Sturm und Regenschauer hüllte. Fox dachte an die silberne Stille des Himmels, zu der er vor einer Stunde aufgeblickt hatte, und wunderte sich, daß man hier nichts mehr von dem schlechten Wetter spürte. Auch der Stundenschlag vom Turm der nahen Kirche Ste. Eugénie störte ihn nicht aus diesen meteorologischen Betrachtungen auf... Wohl aber das Telefon. Man bedauerte, daß man ihn so lange auf Antwort habe warten lassen müssen. Die gewünschte Adresse sei: Rue du Paradis Nummer 2.
Danke!
Gegen elf Uhr kleidete er sich vollends an und ging um die Straßenecke die Rue de Hauteville hinauf, die alsbald von der Rue du Paradis gekreuzt wurde. Er kannte diese kurze Straße nahe dem West- und dem Nordbahnhof, noch näher dem Gefängnis St. Lazare; eine unangenehme, laute Gegend, mit Häusern, die zum Teil noch aus den siebziger Jahren stammen mochten. Und gerade

da sollte Herr Dariotis wohnen, dessen Hauptbeschäftigung es war, einen reichen Vater zu haben?

Das Haus Nr. 2, das er suchte, entsprach durchaus seinen Erwartungen; es war vierstöckig, schmutzig und sah aus, als ob es niemals gelüftet würde. Zu ebener Erde reihten sich Ladengeschäfte von mancherlei Art aneinander; frisches Gemüse leuchtete in Körben; ein Schuhmacher eine Wäscherei, ein Papiergeschäft. Im ersten Stock Büros, weiter oben Wohnungen, wie sie in solchen Häusern sind: eng, dunkel, muffig, mit einem alten Plüschsofa. Durch die Einfahrt blickte man in einen betonierten Hof, durch die Einfahrt des Hinterhauses in einen zweiten.

Fox, der auf der andern Straßenseite – die nicht schöner war – die verstaubte Auslage einer Drogerie betrachtete und im geschäftigen Strom der Passanten sicher war, nicht aufzufallen, dachte wieder daran, warum Herr Dariotis, der Sohn eines reichen Vaters, sich gerade dieses Viertel ausgesucht haben mochte.

Er sah, wie drüben der Hausmeister sich in die Einfahrt stellte und mit einer Unruhe die Straße nach beiden Seiten entlang blickte, die für einen Pariser Concierge entschieden ungewöhnlich war; schließlich begann er ein Gespräch mit der Gemüseverkäuferin, das recht lebhaft zu sein schien.

Fox war der Meinung, dies sei für ihn der richtige Augenblick. Er ging hinüber und fragte, ob hier wohl ein Herr Dariotis wohne.

«Endlich!» sagte der Concierge. «Sie sind der Doktor?»

Fox nickte.

«Ich werde Sie begleiten, Frau Duval ist ausgegangen, um ihre Besorgungen zu machen.»

«Frau Duval?»
«Die Vermieterin, aber ich kann Ihnen die Wohnungstür aufschließen.»
«Und was fehlt Herrn Dariotis?»
«Er schläft.»
«Das ist keine Krankheit.»
«Er wacht aber nicht auf! Wir haben alles versucht.»
«Nun», sagte Fox, «dann ist es wohl das Gewöhnliche?»
Sie hatten inzwischen den dritten Stock erreicht, der Hausmeister öffnete, die Wohnung war genau so, wie Fox gedacht hatte. Die Küchentür stand offen. «Das letzte Zimmer links», sagte der Concierge. «Wasser finden Sie in der Küche. Brauchen Sie mich noch? Frau Duval muß jede Minute zurückkommen. Die letzte Türe links also, gehen Sie nur der Nase nach.»
«Der Nase nach», sagte Fox, «jawohl.» Sogar im Flur war der Äthergeruch sehr deutlich spürbar. «Übrigens – wann ist er gestern abend heimgekommen?»
«O, ziemlich früh, es war gegen zehn Uhr, und er war noch vollkommen nüchtern und normal. Ja, gegen zehn Uhr; denn kurz vorher hatte ich das Telegramm hinaufgebracht.»
«Welches Telegramm?»
Der Concierge hatte es vom Telegraphenboten erhalten und sofort bei Frau Duval abgeliefert; wenige Minuten später war Dariotis heimgekommen, der Concierge sagte ihm, daß soeben ein Telegramm für ihn eingetroffen sei. Dariotis hatte sich bedankt und war eilends die Treppe hinaufgegangen.
Der Grieche lag im Bett.
Fox betrachtete ihn. Ein gar nicht übles Gesicht, die Stirn von wirrem schwarzem Haar fast bedeckt; schwere Li-

der; ein Mund, der vielleicht leidenschaftliche Linien haben konnte, jetzt aber, mit geöffneten Lippen, sehr töricht aussah.
«Das ist allerdings kein Rausch mehr», murmelte Fox, «das ist bereits eine recht hübsche Narkose, die er sich da beigebracht hat.»
Auf dem Tisch, neben Resten eines aus dem Papier verzehrten Abendbrotes, lag das Telegramm, das den Besucher wesentlich mehr interessierte als der Patient.
«Herr Denis trifft Mittwoch hier ein und erwartet Sie. Louha.»
Das Telegramm war von gestern datiert, und zwar aus Brignogan. Fox hatte keine Ahnung, wo dieser Ort liegen mochte. Er legte das Blatt auf den Tisch zurück und wollte gerade anfangen, sich das Zimmer etwas näher anzusehen, als es an der Wohnungstür klingelte.
Ohne Hast ging er den Flur entlang und öffnete.
«Ich bin der Doktor Aubert», sagte der draußen stehende Herr, «man hat mich hergerufen –»
«Ja, bitte sehr,» erwiderte Fox, «die letzte Tür links!»
Er ließ den Arzt eintreten und stieg die Treppe hinunter, angenehmerweise blieb der Hausmeister unsichtbar. Auf der Straße beschleunigte er seine Schritte allerdings, wenigstens bis zur nächsten Ecke. In sicherer Entfernung sah er kleine runde Tische, nahm Platz und ließ sich eine Tasse Kaffee und das Kursbuch geben.
Brignogan war der Endpunkt einer Nebenbahnlinie in der Bretagne, unmittelbar an der Küste gelegen.
Dort also würde Herr Denis am Mittwoch eintreffen, eine Tatsache, die für Herrn Dariotis offenbar sehr wichtig und aufregend war. Es fragte sich nur, ob diese Aufregung freudiger oder schlimmer Art gewesen war,

aber das konnte man nicht ohne weiteres wissen. Fest stand, daß Dariotis seit höchstens zwei Tagen in Paris sein konnte. Das Telegramm bewies, daß er mit diesem Herrn Denis zusammentreffen wollte, nach allem durfte man glauben, daß es sich um eine Verabredung handelte, und es lag nahe, dabei an die Zanetti-Dokumente in Gardone zu denken.

Dumm, daß der Arzt zehn Minuten zu früh gekommen war – aber wohl kein Unglück, denn wenn Dariotis nach Brignogan fuhr, würde er sie ohne Zweifel mitnehmen. Vorausgesetzt natürlich, daß er fuhr, daß er überhaupt fahren konnte, denn diesmal hatte er zweifellos etwas zu tief in die Flasche mit den Hoffmannstropfen geschaut.

Fox schrieb sich die Züge in sein Notizbuch. Viele waren es nicht, und wenn er Brignogan ohne ärgerlichen Zwischenaufenthalt erreichen wollte, kam überhaupt nur ein einziger in Betracht.

Am Mittwoch also. Heute war Donnerstag. Das Notizbuch in der Hand, versank er in ein so gründliches Nachdenken, daß er sich seiner Umgebung erst wieder bewußt wurde, als es zwei Uhr schlug. Er zahlte, ließ sich das Telephon zeigen und rief den Dr. Aubert an, um sich nach dem Befinden seines Freundes Dariotis zu erkundigen.

«Ich habe ihn ins Krankenhaus bringen lassen», antwortete der Arzt, «er hat eine ordentliche Portion erwischt. Sein Herz ist damit nicht einverstanden, jedenfalls muß man ihn während der nächsten zwei oder drei Tage beobachten und nötigenfalls etwas nachhelfen. Gefahr? Nein, ich glaube nicht, wenigstens noch nicht diesmal. Aber natürlich –»

Diese Entwicklung der Dinge vereinfachte die Lage wesentlich und würde Fox wohl die Fahrt in die Bretagne ersparen. Vor allem brauchte er jetzt nichts zu übereilen. Er fuhr in die Stadtmitte zurück, holte ohne Hast das bisher versäumte Mittagessen nach und ging dann über die Quais am rechten Seineufer nach der Ile de la Cité, freilich nicht, um Notre-Dame, sondern um die Polizeipräfektur und seinen alten Freund zu besuchen, mit dem er bereits am Morgen telefoniert hatte.

Im allgemeinen vermied er es so lange wie möglich, die Hilfe der Polizei in Anspruch zu nehmen, denn er hatte die Erfahrung gemacht, daß er – bei aller Ruhe – ohne sie schneller vorwärts kam. In diesem Falle jedoch erschien es einfacher, sich einen Beamten in Zivil mitgeben zu lassen. Das Wiedersehen dehnte sich aus, infolgedessen war es schon sechs Uhr, als er in Begleitung eines ungemein kleinbürgerlich aussehenden Herrn an der Türe von Frau Duval, rue du Paradis 2, dritter Stock, läutete.

Frau Duval zeigte sich über den Besuch wenig entzückt. Nein, Herr Dariotis war nicht daheim, sondern seit heute mittag im Krankenhaus St. Louis. Sie machte Miene, den beiden Männern die Tür vor der Nase zuzuschlagen, erschrak aber gehörig, als der sehr kleinbürgerlich aussehende Herr sich als Kriminalbeamter auswies. Sie ließ die beiden eintreten und sagte in der schlechtesten Laune: «Mein Gott, auch das noch! Sobald dieser Dariotis zurückkommt, werde ich ihn hinauswerfen. Habe ich ein Zimmer zu vermieten oder einen Taubenschlag? Und überhaupt!» Die Arme, es war heute schon das fünfte oder sechste Mal, daß der Friede ihrer Wohnung gestört wurde; vormittags hatte der Concierge einen Fremden hereingelassen, von dem niemand wußte, was er eigentlich wollte, Arzt war er jedenfalls nicht, denn Dr. Aubert kam eine Viertelstunde später; nachmittags das Fräulein; dann die Krankenschwester, und jetzt –

«Welches Fräulein?»

«Ich kannte sie nicht», antwortete Frau Duval erbittert, «deshalb fertigte ich sie durch den Türspalt ab, ohne zu öffnen, obwohl sie behauptete, seine Schwester zu sein, aber diese Art Schwestern – nun ja. Ich habe sie kurzerhand ins Krankenhaus gewiesen. Eine Stunde später kam dann die Ordensfrau vom Hospital St. Louis und holte Wäsche für ihn.»

«Es tut uns leid, Sie nochmals stören zu müssen», sagte Fox höflich und drängte sie sanft aus dem Zimmer des Herrn Dariotis.

«Was meinen Sie dazu?» fragte er den Beamten. Sein Gesicht war durchaus nicht mehr so vergnügt wie bisher.

«Dies entpuppt sich als eine Geschichte, in der der Teufel seine Finger hat!»

Eine halbe Stunde später gingen sie zum Krankenhaus und konnten dort sogleich feststellen, daß keine Ordensschwester in die rue du Paradis geschickt worden war, um Wäsche für den Patienten zu holen. Nein, welche Idee!

«Natürlich nicht!» knurrte Fox, als sie wieder auf der Straße waren. «Aber geholt worden ist etwas, allerdings keine Wäsche. Und das Telegramm, das heute vormittag noch auf dem Tisch lag, ist ebenfalls verschwunden.» «Kann ich Ihnen noch weiter nützlich sein?» fragte der Beamte.

Danke, nein, Fox äußerte ziemlich ergrimmt die Ansicht, daß die Schwierigkeiten jetzt erst anfingen und daß ihm sein Optimismus wieder einmal einen Streich gespielt habe.

Der Himmel war inzwischen dunkler geworden, jetzt begann ein dünner Regen. Auch das noch! sagte Fox geärgert und fuhr in sein Hotel. Dort setzte er sich ans Fenster, aber die hübschen fleißigen Mädchen der benachbarten Schneiderwerkstätten waren längst heimgegangen, er sah nichts als dunkle Fenster in schmutzigen Mauern, naßblanke Dächer und darüber einen Himmel, dessen Farbe nicht weniger an Schmutz erinnerte.

Es geschieht mir aber ganz recht! dachte er, und es kommt, wie es immer kommt: wenn der Mensch zu übermütig wird und sich allzu sehr auf sich und sein Glück verläßt, wird ihm ein ordentlicher Dämpfer aufgesetzt, der liebe Gott sorgt schon dafür, daß die Bäume nicht bis zu ihm hinauf wachsen, denn das kann er nicht brauchen, der Mensch muß im richtigen Augenblick daran erinnert werden, wie dumm er ist.

Rückblickend vergegenwärtigte er sich noch einmal die Ereignisse des Tages und den Inhalt des Telegrammes und begann zu pfeifen, unversehens in viel besserer Laune als kurz zuvor. Dieses Telegramm hatte zwar den harmlosesten Text gehabt, den man sich denken konnte, aber es schien doch sehr wichtig zu sein, denn für Dariotis, der nach Aussage des Concierge völlig nüchtern heimgekommen war, hatte es offensichtlich den Anlaß gegeben, sich diesen Kanonenrausch aus der Ätherflasche zuzulegen.

Jetzt aber war das Telegramm verschwunden...

Fox dachte an die merkwürdige Klosterfrau, die nicht existierte und dennoch Wäsche abholen und dabei alle Schubladen durchsuchen konnte.

Diese unheimliche Person machte ihm mehr zu schaffen als die angebliche Schwester des Griechen, die eine

Stunde vorher erschienen und durch die Tür abgefertigt worden war. Zwar hielt er es nicht für ausgeschlossen, daß es sich dabei um ein und dieselbe Person handelte, aber das war eine Frage zweiter Ordnung – im Vordergrunde stand augenblicklich die Tatsache, daß Dariotis die Papiere gehabt hatte – und daß sie jetzt nicht mehr bei ihm zu finden waren.

Und das, dachte Fox, ist ein entscheidender Fortschritt, also dürfte der Tag doch nicht gar so voll Pech gewesen sein. Weiter steht fest, daß das Telegramm aus Brignogan ihn in erhebliche Aufregung versetzt hat – weshalb war die Aussicht, Herrn Denis zu treffen, so berauschend? Welche Fäden mag es hier geben?

Um sich ein wenig abzulenken, ging er aus. Dem Portier sagte er, daß er leider bereits am kommenden Morgen abreisen müsse und bat, ihn um sechs Uhr zu wecken. In den Steinplatten, mit denen die Straße gepflastert war, spiegelten sich die Lichter, es regnete mit zunehmender Eindringlichkeit. Fox ging die nicht eben lange Strecke bis zum Fuße des Montmartre hinauf, wo sich die noch viel bunteren Lichter der Vergnügungslokale noch viel lustiger auf dem noch viel nasseren Pflaster spiegelten. Eigentlich war es ein hübscher Anblick... besonders bei dem Gedanken, daß er morgen in den Einöden der Bretagne sein würde, und der Zeitung nach war das Wetter dort erheblich schlechter. Trotzdem erschien die Reise als das Nächste, was jetzt getan werden mußte; denn es war aussichtslos, die Papiere in Paris zu suchen, vermutlich aber gab es zwischen ihnen und Herrn Denis, dessen Besuch in Brignogan bevorstand, einen Zusammenhang, und der Umstand, daß Denis nicht einfach nach Paris gekommen war, sondern

in einem weltentlegenen Winkel der Bretagne wartete, konnte eine Fahrt dorthin lohnend machen.
Als der Wecker nachdrücklich, aber nicht gerade brutal rasselte – er wurde von der Portierloge aus bedient und war unerreichbar hoch an der Wand angebracht – lag ein bleischweres Morgenlicht in der Stube, das auch nicht viel heller wurde, als Fox aufstand und die Vorhänge zurückzog. Es regnete, dunkle Wolken kamen aus Westen. Trotzdem ist es nicht übel, dachte er, als der Zug den Nordbahnhof und bald genug die schmutzigen Vorstadtstraßen hinter sich ließ. Die Regentropfen schlugen fast waagrecht an die Fensterscheiben, der Zug war nur schwach besetzt, Fox allein in seinem Polsterabteil. Er lehnte sich voll Behagen in die Ecke zurück und lächelte nachdenklich.
Die Bretagne also. Er war noch nie dort gewesen, darüber mußte man sich doch wundern. Hatten nämlich Professor Helfering und Maria Zanetti recht, so gehörte er in diese Gegend, in die Heimat jener alten Sagen, deren Entstehungsgeschichte nicht weniger dunkel war als der Himmel. Im Seminar Helferings hatte er einmal, und zwar vom Gesichtspunkte des Archäologen aus, eine große Arbeit über dieses Thema gemacht, bei der ihm sein Sprachtalent sehr zustatten gekommen war für das Verständnis eines altfranzösischen Textes, in dem sich noch mancher schwierige Rest des Keltischen finden ließ. Fox erinnerte sich, wie ihm das Thema unter den Händen über alle vernünftigen Grenzen floß und er vom Hundertsten ins Tausendste gekommen wäre, hätte nicht Helfering kopfschüttelnd gebremst. Denn sobald er sich mit dieser grauen Vorzeit zu beschäftigen anfing, versank er in sie auf die seltsamste Weise – eben

dies war damals der Anlaß gewesen, daß man ihn als unbezweifelbaren Nachkommen der ewig auf Abenteuer ziehenden und ewig verliebten Artusritter neckte – «et auoit la roine cele nuit ostees ses dames et ses damoisieles pour con que eles ne s'aperceuicent de la venue de Lancelot».

In welchem Schloß diese galante Szene spielte, wußte er nicht mehr, vielleicht war es le Château mort, das tote Schloß, dessen Name ihm schon damals solchen Eindruck gemacht hatte, daß er's in aller Unheimlichkeit vor sich zu sehen meinte, und der Ritter Lanzelot vom See, der sogar Ginevra entführte, die Gemahlin des Königs Artus, war von jeher sein besonderer Liebling gewesen neben dem geheimnisvollen und selbst wieder verzauberten Zauberer Merlin in seinem leuchtenden Grabe.

Und wie schade, daß er so leichten Herzens auf die Gesellschaft der schönen Maria Zanetti verzichtet hatte, denn heute ging die Fahrt ja in das Land, wo der Zauberwald Brezeliand lag, der im «Parzival» so häufig genannt wurde – aber freilich, den Wald konnte nur finden, wer ihn nicht suchte, und fiel man in die sanfte Gefangenschaft der Fee Morgane, so gab es keinen Rückweg mehr – vollends nun kamen ihm die Verse des alten Chaucer in den Sinn:

In the olde daies of the King Arthoure,
Of wich the Bretons speken grete honoure,
Al was this land fulfild of fayerye;
The elf-queen with hyre jolly compagnye
Danced ful oft in many a greene mede –

aber draußen regnete und stürmte es, die Wiesen waren nicht grün, sondern beinahe schwarz, und die Elfenkönigin hatte sich, statt zu tanzen, gewiß frierend in eine von den hohlen Weiden verkrochen, die jetzt immer häufiger auftauchten und mit ihren dicken Köpfen und den vielen dünnen, dem Wind nachgreifenden Armen selber recht gespenstig aussahen.

Von seiner Gabe, die Wirklichkeit zu verlassen, konnte Fox an solchen Tagen und bei solchem Wetter den erstaunlichsten Gebrauch machen. Der Schaffner, der ab und zu im Gang vorbeikam, sah den einsamen Reisenden stets in der gleichen Haltung, wie er auf das leere grüne Samtpolster der gegenüberliegenden Ecke starrte – und der Reisende selbst war ziemlich verwundert, als der Schaffner ihn nachmittags daran erinnerte, daß er in einigen Minuten umsteigen müsse, wenn er nach Brignogan kommen wollte.

Ein ächzendes, rüttelndes Nebenbähnchen trug ihn durch das Pays de Léon noch eine Strecke nordwärts. Jetzt regnete es nicht mehr, aber die Säume der dunklen Wolken schleiften über die Heide, die sich recht und links der Bahn bis zum Horizont ausdehnte. Nur selten tauchte eine Hütte auf, das Dach einer Hütte, denn mehr sah man nicht, oder ein Pferch voller Schafe, die sich, eng aneinandergedrängt, gegenseitig wärmten. Zwischen Heidekraut und spärlichem Gras waren Streifen weißen Sandes zu sehen, und endlich tauchte voraus die dunkle Kimm des Meeres auf, zugleich eine Ortschaft, dies war Brignogan.

VI

FOX LIESS SEINEN KOFFER IM BAHNHOF UND GING AUF einer sandigen Straße nach dem kleinen Fischerhafen; bei sonnigem Wetter erlebte man hier gewiß eine angenehme Enttäuschung durch die bunten Farben der Boote und Segel, den blauen Himmel, die glitzernde See. Jetzt aber grollte das Meer schwarzgrün unter schiefergrauen Wolken, der Hafen lag ausgestorben, die Ortschaft leer, und ein heftiger Wind pfiff kalt um die Dächer, von denen manche noch mit Schilf oder Stroh gedeckt waren. Da es nur diese eine Straße gab, fand der Fremde die Postagentur ohne Schwierigkeit.

«Mein Freund Johannes Dariotis in Paris hat gestern ein Telegramm erhalten, dessen Text ich hier aufgeschrieben habe», sagte er zu dem Beamten und gab ihm den Zettel. «Aber er liegt im Krankenhaus, ich mußte mich für ihn auf den Weg machen. Wo, bitte, wohnt dieser Herr Louha?»

Der Beamte sah ihn über die Brille hinweg an, sein rotes Gesicht war mit silbernen Bartstoppeln bedeckt, die blauen Äuglein hatten einen nicht unverdächtigen Glanz. «Herr Louha?» fragte er lächelnd. «Sie sind hier nicht bekannt?»

«Nein. Wenn Sie mir aber den Weg zeigen –»

«Heute ist es zu spät.»

Fox blickte auf die Uhr.

«Dieses Telegramm», sagte der Mann, «wurde zwar hier aufgegeben, durch mich, aber es stammt nicht von hier. Es gibt auch keinen Herrn Louha, der es abgeschickt haben könnte. Sondern es wurde mir von einem Weiler gebracht, der Louha heißt und etwa eine Gehstunde entfernt ist.»

«Der Absender wohnt also in Louha?»

«In der Nähe», antwortete der Beamte begütigend, «ganz in der Nähe. Es ist kein Herr, sondern eine Dame, die Dame von Louha, sie heißt eigentlich Bernard. Aber ich sage ja, für heute ist es zu spät, besonders bei diesem Wetter. Übernachten Sie bei mir, ich lasse Ihr Gepäck vom Bahnhof holen.»

«Ich kann Ihre Gastfreundschaft nicht dermaßen in Anspruch nehmen!»

«Sie können es um so mehr, als ich der Eigentümer dieses Hotels bin.»

«Welches Hotels?» fragte Fox.

«In dem Sie sich befinden, mein Herr! Die Postagentur versehe ich nebenbei, weil ich so gut schreiben und rechnen kann und habe sie deshalb in mein Haus verlegt. Das Zimmer ist frei, es wird mir ein Vergnügen sein, Sie zu bewirten.»

«O, das ist ausgezeichnet!» sagte der Fremde. «Aber ich möchte mir dazu einen recht guten Wacholderbranntwein wünschen – glauben Sie –»

«Was das anbetrifft, mein Herr –!»

«Noch besser. Ich mache Ihnen einen Vorschlag. Schikken Sie jemanden nach meinem Gepäck, schließen Sie Ihren Postladen und trinken Sie einen mit mir!»

«Ich wüßte nicht, was ich lieber täte», sagte der Mann mit den Bartstoppeln. «Es ist auch notwendig, denn ich finde, man friert bei diesem Hundewetter den ganzen Tag und sollte wenigstens innerlich ein bißchen heizen.»

Er führte den Gast in eine niedrige, aber recht gemütliche Stube, der man ansah, daß ihre Besucher hauptsächlich Fischer waren. Fox erinnerte sich jetzt daran, daß er seit dem frühen Morgen nichts gegessen hatte. Er

bestellte Brot, geräucherten Fisch und Schafkäse, der Wacholder war gut.
«Vielleicht bleibe ich ein paar Tage hier», sagte er. «Es wird darauf ankommen, ob mein Besuch bei dieser Frau Bernard –»
«Sie kennen die Dame nicht?» fragte der Wirt.
«Ich wußte von ihr bis heute so wenig wie von dem Vorhandensein dieses schönen Ortes namens Brignogan.»
«O, dann!»
«Sie meinen?»
«Also kennen Sie auch das Schloß nicht?»
«Gibt es hier so etwas?» fragte Fox.
«Hier nicht, aber Madame Bernard ist die Besitzerin des Schlosses Louha, von dem Sie ohne Zweifel schon gehört haben? Nein?» Mißbilligend schüttelte der Wirt den Kopf. «Wie ist das möglich! Nun, Sie werden sehen. Höchst romantisch, das kann ich Ihnen versichern.»
«Madame oder das Schloß?»
«Vielleicht beide. Aber Madame hat sie wieder in die Höhe gebracht.»
«Die Familie oder das Schloß?»
«Diesmal bestimmt beide, soweit überhaupt noch von einer Familie die Rede sein kann. Madame ist eine geborene Baronesse de Louha, sie heiratete einen reichen Pariser Parfümfabrikanten namens Bernard, daher der bürgerliche Name und das Geld. Herr Bernard ist übrigens schon ziemlich lange tot, was ich durchaus verstehen kann.»
«Madame –?»
«Sie werden sehen», sagte der Wirt zum zweitenmal. «Es gäbe da einiges zu erzählen, aber ich bin Postbeamter und kenne meine Vorschriften und Pflichten.»

«Natürlich. Die Familie wohnt schon lange hier?»
«Wenn Sie die Barone von Louha meinen: länger als man denken kann. Sie müssen wissen, daß unser Land um das Jahr 400 nach Christus von britischen Eroberern besetzt wurde, die über den Kanal kamen; daher der Name Bretagne.»
«Und von diesen Briten stammen die Louha ab?»
«Das ist schriftlich bezeugt, allerdings erst aus späterer Zeit, denn damals konnten die Leute ja noch nicht schreiben.»
Fox heuchelte die treuherzigste Verwunderung. «Nun sagen Sie mir nur noch, daß auch das Schloß –»
«Die Grundmauern gewiß, sie sind aus Granitquadern ohne Mörtel in die Felsen des Ufers eingefügt, man staunt, wie dergleichen möglich ist. Eine Sehenswürdigkeit, unbedingt.»
Der Fremde meinte, unter diesen Umständen sei es begreiflich, daß Madame Bernard so viel Besuch habe.
Viel Besuch? Nein, das könne man wahrhaftig nicht behaupten. Den Winter pflegte sie übrigens in Paris zu verbringen, sehr begreiflich, denn was täte sie in dem alten Eulennest, in dem noch nicht einmal das elektrische Licht lag und man sich an das Feuer des offenen Kamins setzen mußte, um nicht völlig zu erfrieren.
An die Träume, die er in dieser Nacht hatte, erinnerte sich Fox noch lange, sie führten ihn mit allen großen Gestalten aus der Tafelrunde des Königs Artus zusammen. in den Wald Brezeliand und zu einer Begegnung mit der Fee Morgane, die das glänzend schwarze Haar glatt gescheitelt und in den Ohren Perlen trug und einer Dame glich, die jetzt jenseits hoher Berge am Ufer eines blauen Sees war – und als er in der Morgenhelle die Augen öff-

nete, sah er als erstes ein Stück Blau, aber das war kein Wasser, sondern eine Insel des Himmels zwischen Wolken, die sich nicht mehr schwarz und tief unfreundlich über Meer und Erde wälzten, sondern wie weiße Segel vor dem Winde hoch dahinfuhren, und auf dem unruhigen Morgenmeer lag hier und dort ein Sonnenglitzern zwischen ziehenden Wolkenschatten.
Als er sich auf den Weg machte, gab ihm der Wirt alle Segenswünsche mit und stellte ihm seine Hilfe in Aussicht, falls er bis zum Dunkelwerden noch nicht wieder zurück sei. Sie lachten beide.
Ein Feldweg führte zwischen mageren Schafweiden dahin, landeinwärts hob sich die Ebene zu fernen Hügeln, Heidekraut wuchs in windiger Einsamkeit, an der Küste aber gab es manche Felsklippen, seltsam genug in dem unendlichen Sand, den Sturm und Wellen in Jahrtausenden über das Land gedeckt hatten, und in dem sich bisweilen eine kleine Herde von Kiefern zusammendrängte, den Schafen gleich, die zu ihren Füßen weideten.
Als Lanzelot hier nach Abenteuern suchte, muß es anders ausgesehen haben! dachte Fox, ohne zu merken, daß es gerade die Einsamkeit der Hochebene war, die alle Grenzen wesenlos machte und auch ihn jetzt wieder zu Träumen verführte.
Nach einer Stunde begann der Weg ein wenig anzusteigen und führte zu einer Landzunge, auf deren höchstem Punkt der Steinturm eines Leuchtfeuers stand; man konnte sich gut vorstellen, wie es in schwarzen Sturmnächten mit tröstlicher und zugleich warnender Regelmäßigkeit seinen Blinkstrahl auf die tobende See hinausschickte.

Von hier aus blickte Fox zu einer klippengesäumten Bucht hinab, auf deren gegenüberliegender Seite, aus graurötlichen Felsen gewachsen, das Schloß Louha stand – er sah die dem Wasser zugekehrte Seite: steiles Gemäuer, auf dem ein Kranz von Zinnen entlang lief, darüber eine kurze Reihe kleiner Fenster, überragt von einem vierkantigen Normannenturm. Wie ein Sperrfort bewachte es den Eingang zur Bucht. Eine Handvoll Fischer- und Hirtenhütten bildeten landeinwärts den Weiler Louha.
Am Fuße des Leuchtturmes setzte sich Fox auf einen runden Steinblock und betrachtete das Bild, das vor anderthalb Jahrtausenden nicht anders ausgesehen haben mochte: le Château mort, das tote Schloß. Die Wogen, die an den Felsen hochbrandeten, ein paar Bäume, sturmgekämmt, und über Bucht und Land fliehende Wolkenschatten, die mit matt aufleuchtender Farbigkeit abwechselten – dies war das einzige, was hier lebendig erschien. Der Wind sang dazu, die Melodie stieg und fiel, ohne Gleichmaß, wild, ein uraltes Lied – es erzählte davon, daß nur die Oberfläche des Lebens mit ihrem bunteren Schimmer wechselt, der Grund aber ewig unverändert bleibt. Fox hörte und verstand es recht wohl. Vielleicht, dachte er, sollte man hier wohnen, immer, und auf dieses Lied lauschen; wie nebensächlich würde dann alles, und wie gut lernte man den eigentlichen Sinn der Welt begreifen. Jedoch die Baronnesse de Louha scheint mit der alten Melodie nicht zufrieden gewesen zu sein, sie hat einen reichen Parfümfabrikanten geheiratet, aber der ist nun auch schon tot, ich kann mir auch nicht vorstellen, daß es ihm hier sonderlich gefallen hat.

Er stand auf und ging durch den tiefen Sand bergab und zur anderen Seite der Bucht.
Von der Landseite machte das Schloß zwar keinen freundlicheren, aber doch einen wohnlicheren Eindruck. Spätere Jahrhunderte hatten hier, über einem schroffwandigen Felskanal, die Zugbrücke durch eine steinerne ersetzt und eine Art Wohngebäude angefügt, das zwar noch düster genug, aber doch nicht so kasemattenmäßig aussah wie jener älteste Teil über dem Wasser.
Durch einen ziemlich langen Torgang, aus dessen Mauern noch mancher alte Eisenhaken ragte, betrat er den engen Schloßhof. Ein schönes, freilich sehr verwittertes Portal stand offen, und da der Fremde, obwohl er lange genug wartete und alles aufmerksam betrachtete, von niemandem bemerkt wurde, betrat er schließlich einen weißgetünchten Flur, wo er aus einer ebenfalls offenen Seitentür einiges Geräusch hörte.
Es war die Küche, ein riesiger, gewölbter Raum, der durch seine fast völlige Leere noch größer erschien. Ein alter Mann und eine Frau in mittleren Jahren, blond und stämmig, nahmen Holzscheite aus einem Korb und schichteten sie an der Wand auf. Zwei kupferne Wasserkannen, blank geputzt, waren hier das Freundlichste, denn der alte Mann bemerkte den Fremden überhaupt nicht, während die Frau ihn mit deutlichem Mißtrauen betrachtete.
Fox, um Liebenswürdigkeit bemüht, fragte nach der Dame des Hauses. Aber die Frau verstand ihn nicht, offenbar gehörte sie zu jenem Teil der Bevölkerung, der nicht französisch, sondern nur das alte, keltische Bretonisch redete. Er gab ihr seine Besuchskarte, und zwar die, auf der Dr. Wilhelm Reineke zu lesen war.

Mit ihren Holzschuhen klapperte sie davon, kam nach ziemlich langer Zeit zurück und forderte ihn mit einer Handbewegung, aber nicht ohne Höflichkeit auf, ihr zu folgen.
Sie führte ihn über eine enge Steintreppe zum oberen Stock hinauf, einen Korridor entlang, um eine Ecke – hier waren zwei Stufen zu steigen – und in eine Art Vorzimmer, wo er zunächst alleinblieb.
Er hatte nichts dagegen, denn der Raum war eigenartig genug. Die Leibungen der drei nebeneinander liegenden Fenster zeigten die geradezu ungeheuerliche Dicke der Mauern, die Fenster selbst waren klein und hatten Scheiben aus so schlierigem Glas, wie es seit dem sechzehnten oder siebzehnten Jahrhundert gewiß nicht mehr hergestellt wurde. An den gekalkten Wänden hingen drei alte Figurenteppiche, dazwischen Bilder aus neuerer Zeit; der Fußboden war weiß gescheuert und ohne Bedekkung, ein paar wenig interessante Möbel standen da. Fox mußte sich erst an die Luft gewöhnen, in der neben dem Holzgeruch die trockene Kälte eines Mauerwerks hing, das wahrscheinlich nicht aus Ziegeln, sondern aus Natursteinen bestand. Er konnte alles in Ruhe betrachten und stellte dabei fest, daß der Raum weder Heizungsnoch Beleuchtungsmöglichkeit hatte. Das Beste – außer den Wandteppichen – waren die Türen, nämlich jene, durch die er eingetreten, und eine zweite: aus Eichenbohlen gemacht, dunkelblank durch die Zeit, mit alten Eisenbeschlägen und weit vorstehenden Schlössern und Klinken.
Hinter dieser zweiten Tür glaubte Fox jetzt den Fußboden leise knarren zu hören und wich zurück.
Es gab keinen Zweifel, daß die eintretende Dame die

Schloßherrin war: eine Frau von etwa fünfzig Jahren, groß, schwarz gekleidet; über dem blonden, aber schon ziemlich ergrauten Haar trug sie ein schwarzes Spitzentuch, als sei sie im Freien gewesen und habe sich durch das Kopftuch vor dem ewigen Wind geschützt. Das Gesicht war regelmäßig, gut und scharf gezeichnet, nur etwas zu großflächig, wie man es an diesen Küsten oft sah; der Eindruck wäre von der klugen und recht schön geformten Stirn bestimmt worden, hätten nicht die sehr hellen Augen, deren Farbe zwischen Grau und Blau lag, einen allzu scharfen Blick gehabt.

«Ich mußte Sie lange warten lassen», sagte Madame Bernard mit einer angenehmen, tiefen und warmen Stimme. «An Besuch sind wir hier wenig gewöhnt, um so mehr freuen wir uns darüber, vorausgesetzt, daß er nichts Schlimmes bringt?»

Fox erwiderte, daß er weder Schlimmes noch Gutes bringe und nur hoffe, nicht zu stören.

«Ich wüßte nicht, wobei Sie mich stören könnten», sagte Frau Bernard, «außer vielleicht in der Einsamkeit, und das ist bisweilen ganz willkommen. Es wundert mich aber, daß ein Fremder den Weg hierher findet.»

«Ich bin Archäolog», sagte er, «und da mir der Posthalter in Brignogan, bei dem ich wohne, von Louha erzählte –»

«Setzen wir uns doch! Archäolog? Ich weiß ungefähr, was man sich darunter vorzustellen hat, aber mir scheint, daß der Begriff sehr viel umfaßt.» Madame Bernard liebte es offenbar, in ihren jeweils letzten Satz eine Frage zu legen.

«Sehr viel, das ist wahr», meinte Fox, «und es gibt heute

wohl kaum jemanden, der das ganze Gebiet wirklich überblickt, geschweige denn beherrscht.»
«Sie wollen hoffentlich keine Ausgrabungen machen?»
«O nein, sondern ich bin auf meiner Reise nur deshalb in das Pays de Léon gekommen, weil ich endlich einmal jenes Gebiet zu sehen wünschte, das als einer der Hauptschauplätze der Artussagen gilt – und ich muß gestehen, gnädige Frau: der Anblick des Schlosses Louha war für mich eine solche Überraschung, daß ich mich in die Zeiten Lanzelots und der schönen Ginevra versetzt fühle.»
«Sie wollen also das Schloß besichtigen?»
«Ich hatte die Absicht, diese Bitte umständlicher vorzutragen», antwortete er, «und wäre Ihnen sehr dankbar, wenn ich einiges betrachten und vielleicht sogar abzeichnen dürfte. Schon diese Eichentüren zum Beispiel sind in ihrer Art kostbar genug, man sieht dergleichen nur noch äußerst selten.» Er sprach weiter und sprach mehr, als sonst in seiner Art lag, es kam ihm darauf an, seine Harmlosigkeit klarzustellen, und er hatte den Eindruck, daß es ihm nicht übel gelang. Zwar verlor der Blick, mit dem die Schloßherrin ihn unverwandt betrachtete, nicht an Schärfe, aber Fox sah, wie sie, während er eine ritterliche Vergangenheit heraufbeschwor, aus einer Madame Bernard wieder die Baronesse von Louha wurde, in dem alten Blut schienen Erinnerungen aufzuwachen; sie hatte den Ellbogen auf die hölzerne Armlehne des Stuhles und das Kinn in die Hand gestützt, und nun endlich ließen auch ihre Augen von ihm ab und schauten in eine vergangene Ferne. Die Dame von Louha gewann dadurch, und Fox war sehr zufrieden, daß er so schnell den Punkt gefunden hatte, von dem aus man ihr beikommen konnte. Mitunter dachte

er dankbar an Professor Helfering und wie gut es war, daß er damals so fleißig über den bretonischen Sagenkreis gearbeitet hatte. Während er sprach, wunderte er sich über sein eigenes Gedächtnis, und wenn es ihn einmal im Stich ließ, füllte er die Lücke mit Phantasie aus. Die Dame von Louha hörte versonnen zu. Nur einmal hob sie das Gesicht und ließ die Hand sinken. «Das tote Schloß?» fragte sie. «Wo kommt das vor?»

«Wenn ich nicht sehr irre, im Lanzelot-Roman, es heißt dort Château Le Mort oder auch le château mort.»

«Das mag wahr sein.»

«Verzeihung –?»

«Das tote Schloß!» sagte sie und schien ihren eigenen Worten nachzulauschen. «Mein einziger Sohn ist gefallen. Seitdem – aber was läßt sich daran ändern. Ich fürchte, eines nicht sehr fernen Tages wird ganz Europa ein totes Schloß sein, mindestens Europa. Die Menschen nehmen ja keine Vernunft an. Nun, es wird ihnen wohl so bestimmt sein, oder sie scheinen es nicht anders zu wollen – was übrigens auf dasselbe hinausläuft. Oder was meinen Sie?» Wieder stellte sie eine Frage an den Schluß.

«Ich war lange genug in Gefangenschaft», antwortete er einfach.

«Sie werden nachher sein Bild sehen», sagte Frau Bernard. «Verzeihen Sie, daß ich Sie unterbrochen habe. Oder –» und jetzt lächelte die Dame von Louha, Fox dachte, daß er dies zum erstenmale sehe, «– oder erlaubt es Ihre Zeit, mir morgen weiter zu erzählen? Ich habe manche von diesen Sagen gelesen, aber es ist doch etwas ganz anderes, von einem Gelehrten darüber zu hören. Übrigens wünschte ich sehr, daß auch Yvonne Sie hört.

Yvonne ist meine Nichte, die Tochter meiner Schwester, sie leistet mir für ein paar Wochen Gesellschaft, das Leben wird dadurch erträglicher.»

Fox antwortete, daß er sich nichts Besseres denken könne, als das seltsam zeitlose Dasein in dieser Einsamkeit.

Die Dame von Louha streifte ihn mit einem Blick. «In mancher Beziehung mögen Sie recht haben», sagte sie. «Die Zeit ist nicht so verlockend, daß man sich wünscht, an ihr teilzunehmen. Bedenken Sie aber, daß wir nicht immer in die schöne Tiefe der Vergangenheit untertauchen können, sondern wohl oder übel an der Oberfläche leben müssen, um atmen zu können – und wie sieht es dann aus? Ich will Ihnen kein Klagelied singen, sondern nur erwähnen, daß nahezu die einzige Erleichterung, die wir gegenüber dem Mittelalter haben, ein kleiner Benzinmotor ist, der uns frisches Quellwasser heranpumpt, sodaß wir uns wenigstens ordentlich waschen können. Die Romantik hat auch ihre Schattenseiten. Aber nun soll Ihnen meine Nichte das Schloß zeigen, für mich ist es zu anstrengend, da ich nicht mehr gut zu Fuß bin. Gedulden Sie sich eine Minute. Wir sehen uns beim Mittagessen wieder?»

Fox war recht zufrieden mit dieser Entwicklung der Dinge und wurde es noch mehr, als bald darauf Yvonne kam; sie war etwa fünfundzwanzig Jahre alt, hatte rotblondes Haar und Augen, die man entschieden grün nennen mußte, wenn sie auch stellenweise ganz hellbraune Schattierungen aufwiesen. Sie war ländlich, fast bäuerlich gekleidet, das paßte gut zu ihrem kräftigen Schlag, der an Rubens erinnerte, und sie stemmte auch gern die Arme in die Hüften; über ihrem etwas zu weißen Nacken ringelte sich das rötliche Haar in Löckchen.

Beim Eintreten rasselte sie mit einem Bund großer, wunderlich gebarteter Schlüssel und sagte: «Ich habe nun also die Aufgabe, Sie ins Verlies zu sperren, mein Herr, aber es tut mir eigentlich ein bißchen leid, denn meine Tante hat mir in aller Geschwindigkeit mitgeteilt, daß Sie wunderschöne Geschichten zu erzählen wissen.»

«Ich mache Ihnen einen Vorschlag», erwiderte Fox. «Sperren Sie mich erst ein, wenn ich keine Geschichten mehr weiß.»

«Das wäre eine Lösung wie in Tausendundeine Nacht und zu überlegen.»

«Solange kann ich leider nicht hierbleiben.»

«Wir werden sehen», sagte Yvonne und lud ihn mit einer Kopfbewegung ein, ihr zu folgen. «Gehen wir, da man sich das Beste für zuletzt aufheben muß, erst schnell durch die Wohnräume, es sind nicht viele. Da Sie ein sehr gelehrter Mann sind, werden Sie mir zweifellos mehr darüber sagen können als ich Ihnen. Ich bin eine schlechte Fremdenführerin.»

Die Räume, die er zunächst sah, unterschieden sich wenig von dem Zimmer, das er bereits kannte. Sie waren niedrig und nicht groß, fast in jedem stand ein aufgetürmtes Bett, dessen Himmel von gut geschnitzten Säulen getragen wurde und bis zu den gleichfalls geschnitzten Balken der Decke reichte; einzig das Wohn- und Speisezimmer, zu dem man um die Ecke herum gelangte, war etwas freundlicher und bequem eingerichtet, der runde Eßtisch mußte uralt sein, denn zwischen den breiten Kuppen geschmiedeter Eisennägel, die seine Kante bekränzten, war das Eichenholz zu kleinen Buchten abgenutzt. «Die Leute müssen damals von einer unglaublichen Sparsamkeit gewesen sein», bemerkte Fox, «sie dachten offenbar daran, ihren Nachkommen in fünfhundert oder tausend Jahren die Ausgabe für eine neue Tischplatte zu ersparen!»

«Ich finde es aber hübsch», sagte Yvonne. «Sich vorzustellen, wieviele Generationen hier ihren Brei gelöffelt haben! Der Tisch hat sie überdauert. Wäre es nicht möglich, daß Ihr Freund Lanzelot hier einmal zu Gast gewesen ist? Allerdings nicht gerade hier, denn dieser Teil des Schlosses stammt aus dem sec zehnten Jahrhundert. Klettern wir aber diese steinerne Wendeltreppe hinab, sie führt in den ältesten Bau, wo Sie freilich nicht viel mehr sehen werden als Mauerwerk.»

Mit der lebhaftesten Wißbegier ging Fox stufenauf, stufenab durch alte Gewölbe, die – wenn überhaupt – nur eine Spur von Licht aus schmalen Schächten erhielten, die durch die Mauer führten. An manchen Stellen waren die in den Bau einbezogenen Felsen sichtbar. Yvonne ließ den Strahl der Taschenlampe hier und dort umherstreifen, es war aber nichts Besonderes zu erkennen. Bisweilen hörte man wie aus weiter Ferne ein dumpfes Gepolter, das waren die Brecher, die draußen gegen Fels und Mauer schlugen.

Aus einer schmalen Pforte traten sie schließlich ins Freie, nämlich auf jenen terrassenartigen, zinnengeschützten Wehrgang, den Fox von der Höhe des Leuchtfeuers zuerst erblickt hatte. Die Sonne, ziemlich frei von Wolken, lag warm auf den Steinen, der vierkantige Wachtturm gab Windschatten, über die Brüstung konnte man in das ruhelos brandende Meer hinunter sehen, dessen Spritzer bisweilen bis zur Mauerkrone emporstäubten.

«An windstillen Nachmittagen», sagte Yvonne, «die bei uns freilich selten sind, haben wir manchmal die Geschmacklosigkeit, einen großen bunten Sonnenschirm hierher zu stellen und in seinem Schatten Tee zu trinken. Vielleicht erleben Sie es – denn es ist wirklich ein Erlebnis: diese beinahe tötliche Einsamkeit des Meeres. Ich muß immer an die klagende Weise des Englischhorns im dritten Akt des Tristan denken, und dann bitte ich Wagner alles ab, was ich sonst gelegentlich – er war doch ein Genie.»

Fox wunderte sich insgeheim, er hätte diese Bemerkung von einer Frau wie Yvonne nicht erwartet.

«War Tristan eigentlich ein Artusritter?» fragte sie.

«Zunächst nicht, es ist eine ganz andere Sage. Später wurde er, wenn auch nur lose, mit der Tafelrunde in Verbindung gebracht. Befaßt man sich näher mit diesen Dingen, so ist es überhaupt verdrießlich, zu sehen, wie von den alten Dichtern alles durcheinander gebracht wird, ein kaum entwirrbares Netz von Fäden. Aber in dem Netz hängen die kostbarsten Edelsteine, jene Einzelheiten nämlich, die im Gedächtnis haften bleiben, wie das tote Schloß, das stöhnende Moor, die Dame sans merci – übrigens eine ebenso reizende wie unklare Figur – oder vollends der wunderbare Mantel, den die Fee Morgane für König Artus webte.»

«Was war das für ein Mantel?»

Die Küchenfrau steckte den Kopf durch eines der kleinen Fenster und rief etwas herunter. «Das Essen steht auf dem Tisch», sagte Yvonne.

Madame Bernard empfing die beiden in der Tür, sie hoffte, daß der Besucher einiges gesehen habe, was ihn interessierte. Und wie war es nun mit dem Zeichnen?

Fox antwortete, daß er, mit ihrer Erlaubnis, morgen wiederkommen und das Nötige mitbringen werde.

Während des Essens, das übrigens nur aus Reis und Gemüse bestand, erinnerte Yvonne ihn an den Mantel der Fee Morgane.

«Er war sonderbar genug», sagte Fox lächelnd. «Auf blauem Untergrund sah man einen großen grünen Baum, dessen Laubwerk den ganzen Mantel bedeckte, und darin saßen die buntesten Vögel, so unglaublich naturwahr abgebildet, daß sie fortfliegen und wiederkommen konnten.»

«Wie schön!»

«Leider ist das noch nicht alles, denn der Mantel hatte noch eine andere Eigenschaft, die weniger liebenswürdig war. Er paßte nämlich nur auf die Schultern jener Frauen, die ihren Mann oder Geliebten niemals betrogen hatten. Bei untreuen Frauen hingegen wurde er sofort entweder zu kurz oder zu lang! Nun, König Artus zerbrach sich darüber nicht weiter den Kopf und schenkte ihn seiner schönen Frau Ginevra.»

«Und?»

«Schlimm zu sagen: Das Ding schnurrte augenblicklich zu einem Schulterkragen zusammen – und Lanzelot hielt es für geraten, stehenden Fußes auf Abenteuer auszuziehen. Für König Artus war es ein geringer Trost, daß der Zaubermantel auch keiner einzigen der anderen Damen seines Hofes paßte. Ich bitte um Entschuldigung, aber so steht es geschrieben.»

Bald nach dem Essen verabschiedete sich Fox und wanderte nach Brignogan zurück, wo er mit dem Wirt lange über das Schloß und seine Bewohner sprach, ohne etwas Neues zu erfahren. «Und dieser Herr Denis, dessen Besuch man dort erwartet, kennen Sie ihn?» fragte er.

Der Wirt schüttelte den Kopf. Nicht jeder, der nach Louha wollte, mußte Brignogan berühren, man konnte auch von Brest im Auto hingelangen, es waren nicht mehr als etwa dreißig Kilometer, allerdings über tief sandige Wege, in denen mancher Wagen stecken blieb. Anderntags ging Fox wieder nach Louha. Hinter ihm verklangen die Glocken von Brignogan, ein schöner Sonntagmorgen lag feierlich still auf dem Land. Über der braunen Heide flimmerte die Luft, in breiten, hellrosigen Streifen leuchtete das blühende Kraut; die Hügel im Süden waren mit dem zartesten Blau auf den Horizont gehaucht.

Yvonne und die Dame von Louha empfingen ihn freundlich wie einen alten Bekannten. Sie hatten gestern noch lange über seinen Besuch gesprochen und davon, wie viel einfacher es für ihn doch wäre, im Schlosse zu wohnen. «Wir bekämen dann auch mehr Geschichten zu hören!» sagte Yvonne. Madame Bernard fügte hinzu: «Wie schlicht es bei uns zugeht – weil sich's nicht anders einrichten läßt – haben Sie bemerkt. Wenn Sie damit zufrieden sind und Ihre Zeit es Ihnen erlaubt, bitte ich Sie, bei uns zu bleiben. Übrigens werden Sie in einigen Tagen nicht nur auf unsere Gesellschaft angewiesen sein. Ich erwarte einen Bekannten, einen Herrn Denis, der von Amerika herüber kommt. Aber das wird Sie kaum stören.» Wieder lag eine Frage in ihrem letzten Satz.

Er nahm die Einladung mit vielem Dank an, morgen würde er das notwendigste von seinem Gepäck mitbringen; er hoffe den Damen schon deshalb nicht lästig zu werden, weil seine Zeit gemessen sei.

Die tiefe Sonntagsstille, die er unterwegs gespürt hatte, blieb gläsern über Land und Meer. War es denn nicht so, als ob auch die Natur ein Gefühl für die Ruhe und Feierlichkeit habe, für ein Ausspannen, zumal nach den vergangenen Schlechtwettertagen? Sie sprachen darüber, jeder glaubte dies schon bemerkt zu haben. «Es liegt aber auch eine Art Bangigkeit darin», sagte die Dame von Louha, «finden Sie nicht? Das Meer scheint zu schlafen und zu träumen. Wovon? Über die Kimm steigt langsam eine weiße Wolke herauf, ein hellgoldener Turm, das sind seine Träume: Gewitter und Sturm. Es mag ihm gehen wie den Menschen, für die der Friede nichts weiter ist als ein kurzes Aufatmen in der ewigen Angst und Unruhe; deshalb können sie ihn nicht genießen und sich seiner freuen, sondern sie blicken immer zum Horizont, was sich da wohl zusammenbraut. Ein fluchbeladenes Geschlecht!»

«Von wem aber kommt der Fluch?» fragte er. «Doch nur von den Menschen selber, die mit unbegreiflicher Blindheit und ebenso unbegreiflicher Sicherheit stets den Weg ins Verderben einschlagen.»

«Stets?» fragte Yvonne.

«Ich sehe nichts anderes», erwiderte Fox. «Es ist die einzige, aber auch furchtbarste Folgerichtigkeit, die sich auf Erden bemerken läßt. Man spricht gern von der guten alten Zeit, nun, ich denke, daß es sie nie gegeben hat, nur liegt es im Wesen des Menschen, daß er das Schlimme schneller vergißt als das Gute, und so scheint, je weiter eine Vergangenheit zurückliegt, das Gute immer mehr zu überwiegen. Aber ich glaube, daß die Geschichte dagegenspricht. Betrachten Sie doch nur die Steine, auf denen wir stehen, die Mauern und Zinnen – sieht das sehr friedlich aus?»

Yvonne sagte: «Trotzdem muß das Leben damals viel

harmloser gewesen sein. Denn wie oft mögen Normannen und Angeln und nordische Seeräuber versucht haben, diese Mauern zu ersteigen – es ist ihnen aber nicht gelungen, denn sonst stünde das Schloß nicht mehr. Heute? Ein Volltreffer aus einem schweren Geschütz, das man gar nicht sieht, und unser Kastell ist ein Trümmerhaufen. Aber das waren doch wirklich noch bessere Zeiten, in denen die Artusritter stundenlang auf Armeslänge auf einander losdraschen und der Tüchtigere gewinnen mußte – heute würde die ganze Tafelrunde in einer Minute und von einem Kinde umgelegt, wenn es nur eine Maschinenpistole hat.»

«Das ist im Grunde das Gleiche, was ich vorhin meinte», sagte die Dame von Louha, «und so gehen sie dahin.»

Fox hatte diese Wendung des Gespräches mit Unbehagen beobachtet und es kommen sehen, daß Frau Bernard gramvoll ihres einzigen Sohnes gedachte – le Château mort. Jedoch fuhr sie fort: «Übrigens werden Sie in Herrn Denis, der uns diese Woche besuchen wird, einen Mann kennen lernen, der unsere Meinungen teilt. Für die Zukunft sieht er sogar noch schwärzer, als wir es tun, und hofft nicht mehr viel für die Menschheit.»

«Vermutlich ist er also kein Durchschnittsamerikaner», sagte Fox.

«Weder Durchschnitt noch Amerikaner», antwortete Frau Bernard und stand auf. Es war eine Eigentümlichkeit von ihr, daß sie Gesellschaft kaum länger als eine halbe Stunde vertrug. Diesmal schob es Fox auf die Erinnerungen, die durch das Gespräch wachgeworden waren. «Wir hätten vorsichtiger sein sollen», sagte er zu Yvonne.

Sie antwortete: «Vorsicht nützt da nichts, sie denkt immer an ihn. Deshalb trägt sie ja auch nur Schwarz. Ja, das ist ein glückloses und zugleich undurchsichtiges Leben. Ich bin so froh, daß Sie bei uns bleiben wollen. Diese Abende! Glauben Sie, daß mir jedesmal graut, wenn ich hierherkomme? Aber man muß es tun, wie sollte das sonst enden. Wie es wirklich endet, daran will ich lieber nicht denken.»

«Und dann?»

«Sie meinen: das Schloß? Meine Mutter und ich, wir werden es erben – und dann wünsche ich mir nichts als den Volltreffer, von dem ich vorhin sprach, aber natürlich zu einer Zeit, in der ich nicht gerade hier bin.»

«Sagen Sie das im Ernst?»

«Nicht ganz, zugegeben», antwortete sie. «Ich weiß es zu schätzen, die Letzte einer Familie zu sein, die seit anderthalb Jahrtausenden in diesem Felsenneste sitzt. Aber manchmal rebelliert es in mir dermaßen, daß allein meine Gedanken die Mauern zum Bersten bringen könnten. Gibt es nicht etwas Ähnliches in der Bibel?»

«Damals waren es keine Gedanken», sagte Fox, «sondern Posaunen, vor denen die Mauern von Jericho einstürzten, ich nehme jedoch an, daß Sie dieses Mittel nicht versuchen wollen.»

«Kommen Sie, sehen wir uns das Kastell ein wenig von außen an, vielleicht fällt uns ein anderes Mittel ein», sagte Yvonne lachend, «man muß doch auch einmal spüren, daß man nicht wirklich gefangen ist!»

Yvonne war heute nicht so ländlich derb angezogen, vielleicht des Sonntags wegen, sie trug ein groß und bunt geblumtes Kleid, dazu hübsche Schuhe mit höheren Absätzen. Die eng anliegende Seide hob jede Körperbewegung hervor, dessen war sie sich deutlich bewußt.

Sie ging auf einem schmalen Heidepfad voran. «Ich möchte Sie zu einer Stelle führen», erklärte sie, «die ich von jeher besonders liebe, weil man von dort aus den Umriß des Schlosses unter einem ungewohnten Gesichtspunkt erblickt, und da Sie zeichnen wollen, müßte Ihnen die Ansicht willkommen sein. Ich hatte schon immer den Gedanken, daß man von dort aus ein Bild malen sollte, aber ich selbst kann es freilich nicht.»
«Gibt es keine Chronik von Louha?» fragte Fox.
Darüber wußte sie nichts – «denn als es hier noch interessant war, schrieben die Leute nichts auf, damals konnten wohl nur die Mönche schreiben, und die gab es nicht bei uns. Ich hätte zu jenen Zeiten leben mögen.» Sie sprach im Gehen über die Schulter zurück, Fox betrachtete sie und dachte, daß es in einem Schlosse mit ihr als Burgfrau vermutlich recht lustig zugegangen wäre. Und die grünen Augen – vielleicht war sie verwandt mit der Meerfee, die den jungen Lanzelot auf dem Grunde der See erzogen hatte.
Nach einer Viertelstunde erreichten sie eine geringe Anhöhe, die dem Leuchtfeuer ungefähr gegenüber lag. Von hier aus zeigte die kleine Bucht mit dem an ihrem Eingang verborgenen Kastell überraschend schöne Linien. Yvonne hatte gewiß recht, wenn sie den Blick als besonders eigenartig empfand.
Sie setzte sich in den Sand. «Nun fangen Sie an; wenn die Zeichnung so wird, wie ich mir's denke, werde ich sie Ihnen abbetteln. Sie müssen aber alles Nebensächliche und natürlich auch das dumme Leuchtfeuer weglassen, damit richtig herauskommt, was die Natur gemeint hat.»
Fox, nicht gesonnen, einen Beweis für seine Talentlosig-

keit zu liefern, erwiderte, daß man unmöglich auf den ersten Blick sehen könne, was die Natur gemeint habe, er müsse sich erst in das Bild einleben.

«Lassen Sie sich dabei nicht stören!» sagte Yvonne und streckte sich vollends aus. «Ich will auch ganz still sein. Wenn der Wind wehte, würde man das Rieseln des Sandes hören, es kann wie leise Violinen klingen, manchmal muß ich dabei an die ersten Takte des Lohengrinvorspiels denken. Aber dazu muß man die Augen schließen.»

«Tun Sie das!» sagte er, auf den Ellbogen gestützt neben ihr und begann sich in das Bild einzuleben. «Ganz windstill ist es übrigens nicht, hier bewegt sich ein Stirnlöckchen.»

«Das ist eine von den Nebensachen, die Sie weglassen sollen.»

«Im Augenblick wüßte ich nichts Hauptsächlicheres und finde es recht fesselnd. Verschieben wir das Zeichnen auf morgen!»

«Morgen habe ich keine Zeit.»

«Eben deshalb, denn ich muß leider gestehen, daß mich dieses Löckchen von meinen künstlerischen Bestrebungen ziemlich ablenkt.»

«Unziemlich!»

«Aber angenehm.»

«Ach –» sagte Yvonne mit einem sehr gekonnten Seufzer, «Sie wissen nicht, an wen Sie Ihre Aufmerksamkeit verschwenden. Man hat mich für diesen Sommer hierher verbannt, weil ich eine unglückliche Liebe hatte.»

«Die Liebe will ich Ihnen glauben, das Unglück nicht!»

«Als ob ich mich gerade hier trösten könnte!»

«Vielleicht kann ich es», sagte Fox dicht über sie geneigt und strich das Löckchen sanft aus ihrer Stirn.

VII

Durch die wunderbare Stille des Sonnenunterganges wanderte Fox nach Brignogan. Er hatte die Sonne im Rücken; das rotgoldene Licht, waagrecht über die Ebene streifend, ließ seinen eigenen Schatten vor ihm ins Endlose wachsen. Von der See klang fernher der tiefe Ton einer Dampfsirene, in diesem Bild aber war es die Muschel eines Tritons, oder Lanzelot oder Gawan kamen übers Meer, vielleicht hatte die Fee mit den grünen Augen ihnen das Horn geschenkt, und wer darauf blies, fand Einlaß in das tote Schloß.

Auch die Einsamkeit kann unruhig machen, dachte Fox und wußte doch, daß nicht sie es war, sondern Yvonne, und Yvonne liebte die Einsamkeit nicht.

«Sie haben sich geärgert?» fragte der Wirt des Einzimmerhotels in Brignogan.

«Durchaus nicht, und wenn, dann über mich selbst. Wie kommen Sie zu der Vermutung?»

«Der Wacholder schmeckt Ihnen nicht so gut wie sonst.»

«Nehmen Sie an, daß es der Abschiedsschmerz ist.»

«Wie, Sie wollen uns schon wieder verlassen?»

«Ich ziehe für ein paar Tage nach Louha. Kann ein Teil meiner Sachen hierbleiben? Ich werde dort nicht viel brauchen.»

«Nach Louha, so», sagte der Wirt. Man spürte seine brennende Neugier, aber er beherrschte sich.

Fox ging in sein Zimmer hinauf und rückte den Tisch ans Fenster, dort war es noch recht hell und er konnte die Leute sehen, die auf der Straße gingen. Nach einigem Überlegen begann er einen Brief an Maria Zanetti:

«Sie vermuten mich in Paris, vielleicht auch an einem anderen Punkte, wo das Leben aufgeregt wirbelt, ge-

wiß aber nicht da, wo ich bin, nämlich an der bretonischen Küste; ich schreibe diese Zeilen aus Brignogan, einem Fischerort, den man idyllisch nennen würde, wenn man nichts weiter zu tun hätte.
Meine Sehnsucht nach dem Wasser war mäßig, zumal ich im Gardasee genug gebadet hatte, und sollten Sie daraus schließen, daß etwas anderes mich hierher geführt hat, so ist diese Annahme richtig. Während meines kurzen Pariser Aufenthaltes war ich in unserer Sache nicht ganz erfolglos, aber es hätte keinen Sinn gehabt, längere Zeit dort zu bleiben. Zwar fürchte ich – nein, ich bin überzeugt! – auch hier nicht das zu finden, was ich suche, ebenso überzeugt bin ich aber auch, daß sich hier einige wichtige Seiten der Angelegenheit aufklären und wir dann wissen werden, was sich tun läßt. Das klingt verschwommen, im Augenblick jedoch kann ich nicht mehr sagen – wenigstens was unsere Sorgen angeht.
Über anderes freilich wäre mehr zu sagen. Zum Beispiel, daß es vielleicht doch besser gewesen wäre, Sie hätten Ihren Freund begleitet. Es ist nämlich so gekommen, wie Sie fürchteten: ich werde in ein uraltes Schloß am Meer ziehen, es heißt Louha [und ich heiße hier Dr. Reineke], dort wohnt eine Fee mit grünen Augen. Es ist nicht die Fee Morgane – leider, leider! – denn diese haust ja in ihrem Zauberwald, hat dunkle Augen und einen Madonnenscheitel und kann, wie es scheint, aus dem Wald nicht heraus, deshalb läßt sie ihre Freunde allein in die Welt ziehen – die Folgen habe ich bereits schüchtern angedeutet. Immerhin, das Schloß steht auf einer Klippe unmittelbar über dem Wasser, und die Augen sind grün. Ich habe mir die Grundmauern und die unteren Gewölbe angesehen, ohne eine Falltüre oder

etwas Ähnliches zu entdecken. Aber man muß auf alles gefaßt sein, und sollten Sie eines Morgens in der Zeitung lesen, daß ich irgendwo angeschwemmt worden bin, so tun Sie bitte zu meinem Gedenken ein zweites Stückchen Zucker in den Kaffee, ersparen Sie mir aber den Nachruf, Das kommt davon!', er wäre Ihrer nicht würdig.
In eine allgemeinverständliche Sprache übertragen heißt das: Hier, da ich Sie entbehren muß, wird mir deutlich, wie sehr ich Sie liebe. So etwas kann man leichter schreiben als sagen, und ich tue es, weil ich hoffe, daß Sie ein wenig Mitleid mit Ihrem Freund empfinden werden, wenn er jetzt ein Opfer der grünen Augen wird. Setzen Sie sich nun aber nicht etwa sofort auf Ihren Zelter, geliebte Morgane, das Tempo einer solchen Rettungsexpedition wäre für die heutigen Verhältnisse zu langsam und ich schon längst verschwunden, wenn Sie ankämen.
Übrigens habe ich Herrn Dariotis in Paris gesehen, er war aber nicht vernehmungsfähig. Das, was ich suchte, habe ich nicht gefunden, es geht mir damit also umgekehrt wie dem Helden Parzival mit dem Walde Brezeliand, den nur findet, wer ihn nicht sucht. Vielleicht ließe sich diese alte Methode hier, in der Heimat der Sage, mit Erfolg anwenden. Lassen wir uns also überraschen.
Es ist dunkel geworden, Maria, ich kann nicht weiterschreiben, und das Licht mag ich nicht anzünden, sein nüchterner Schein würde den sanften Rest des Abends verderben. Ich liebe Sie. Mit diesem Gedanken will ich schlafengehen.»
Sie wird es nicht glauben, dachte er, aber merkwürdigerweise ist es wahr, erst heute nachmittag bin ich mir darüber klargeworden.

Am Morgen gab er dem Posthalter den Brief und lieh sich von ihm einen Pappkarton, in den er Wäsche und einen zweiten Anzug packte. Er wollte es so halten, daß er in jedem Augenblick aus Louha verschwinden konnte. Seinen Koffer ließ er in der Post, schulterte einen Stock, an dem er den Karton auf dem Rücken trug, und ging davon. Seit seiner Rekrutenzeit hatte er keinen Pappkarton mehr spazieren getragen, es war ein wenig lächerlich, aber die Dame von Louha und Yvonne mochten von ihm denken, was sie wollten, nur nicht das Richtige.
Yvonne stand in der Küchentür, als er das Schloß betrat, vielleicht hatte sie auf ihn gewartet, jedenfalls bekam er von ihr ein Lächeln aus den Augenwinkeln; sie trug wieder das bäuerliche Gewand, und es gehörte nicht viel Einbildungskraft dazu, sich vorzustellen, daß zu Lanzelots Zeiten eine Frau auf eben dieser Steinschwelle gestanden haben mochte, die ebenso aussah.
«Haben Sie sich schon überlegt, wo Sie wohnen wollen?» fragte Yvonne. «Die Zimmer am oberen Flur habe ich Ihnen letzthin gezeigt und kann Ihnen die Wahl überlassen, denn unser Hotel erfreut sich keines besonderen Zuspruchs, die Leute sind während der letzten tausend Jahre so anspruchsvoll geworden. Aber ich denke, wenn noch einmal tausend Jahre vorbei sind, wird unser Haus als Gipfel des Luxus angestaunt werden. Man muß es nur erwarten und den augenblicklich schlechten Geschäftsgang überstehen können. Aber verzeihen Sie, daß ich mich noch nicht erkundigt habe: Wie geht es Ihnen?»
Fox gab ihr das Lächeln aus den Augenwinkeln zurück. «Sie vergessen Herrn Denis», sagte er, «für den wohl schon eines der Zimmer bestimmt ist.»

«Wahrhaftig. Betrachten wir also die anderen, hoffentlich sind sie groß genug, alle Ihre Lederkoffer darin unterzubringen.»

«Es ist die reine Höflichkeit», entgegnete Fox, «mit einem Pappkarton kann man leichter hinausgeworfen werden. Verzeihen Sie aber meine Neugier – wer ist das, dieser Herr Denis? Man möchte doch seine Nachbarn kennen.»

«Er ist mir ebenso unbekannt wie Ihnen, ich habe seinen Namen letzthin zum erstenmal gehört, und Sie werden bemerkt haben, daß sich meine Tante über ihn ausschweigt. Hier, dieses Zimmer wird er bewohnen. Wollen Sie nebenan schlafen?»

Fox sah eine Tür in der Wand zwischen den beiden Räumen. «Wenn er aber schnarcht?» fragte er. «Eine Pistolenkugel würde durch diese Eichenbohlen kaum hindurchgehen, aber ein schönes, regelmäßiges Schnarchen hat größere Durchschlagskraft und wirkt unter Umständen störender.»

«Also lassen wir dieses Zimmer unbesetzt?»

Er nickte. Herr Denis sollte nicht das Gefühl haben, von jemandem, der nebenan wohnte, überwacht zu werden.

Der übernächste Raum hatte nur eine Tür, nämlich die auf den Flur. «Das ist gut!» sagte Fox.

«Warum?»

«O, nur für den Fall, daß ich es bin, der schnarcht. Was dachten Sie?»

Yvonne wurde rot.

«Ich lege meinen Karton hier auf den Tisch und bin damit eingezogen.»

Yvonne ging und kam mit der Bretonin wieder, die einen Arm voll Bettwäsche trug. Sie fand Fox in tiefsinniger Betrachtung der schönen alten Türschlösser. «Ich überlege mir gerade», sagte er, «was Sie wohl tun, wenn für eine dieser Türen der Schlüssel verloren geht. Mit einem Dietrich ist bei den vielen Zuhaltungen nichts auszurichten, und abschrauben kann man die Schlösser auch nicht, denn sie sind mit starken Eisennägeln befestigt, die man bestimmt nicht herausbringt, weil sie durch die Gerbsäure des Eichenholzes unverrückbar eingerostet sind.»

«Deshalb nehme ich niemals einen Schlüssel vom Bund», antwortete Yvonne. «Warum sollte man aber zuschließen? Übrigens können Sie von innen den Riegel vorschieben, wenn Sie sich fürchten.»

«Ich fürchte mich sehr ...» sagte Fox.

Nachdem er seinen Karton ausgepackt hatte, ging er spazieren, ohne Begleitung zu wünschen. Er wollte allein sein, denn er mußte seine Gedanken für die nächste Zukunft in Ordnung bringen, außerdem suchte er einen Badeplatz, möglichst nicht in der Bucht, sondern außerhalb am Strand, wo Klippen und Sandstrecken abwechselten.

Es war Ebbe, das Meer hatte einen feuchten, aber festen Streifen freigegeben, auf dem sich gut wandern ließ. Im zart hingewellten Sande lagen Quallen, Seesterne, Muschelschalen; Regenpfeifer liefen geschäftig hin und her, die Sonne leuchtete durch das silberne Gefieder schwebender Möven. Schon von weitem sah Fox einen dünnen Lichtstrahl aus dem Sande blitzen, als er aber hinkam, war es nichts als ein angeschwemmtes Glasfläschchen, in dem einmal Medizin gewesen sein mochte. Er blieb jedoch vor dem Ding stehen und betrachtete es

gedankenvoll, ja zuletzt so versunken, wie ehemals Parzival die drei Blutstropfen im Schnee. Schließlich hob er's auf und steckte es in die Tasche.
Nachmittags berichtete er Yvonne, daß er einen herrlichen Badeplatz entdeckt habe, tiefen, weichen Sand zwischen zwei Felsen, die Windschutz boten.
«Ich kenne ihn», sagte sie, «es ist von hier aus kaum eine Viertelstunde, und jetzt muß Flut sein. Man sollte das schöne Wetter ausnützen, meinen Sie nicht?»
In bunten Bademänteln gingen sie am Strand entlang; sobald man sie vom Schloß aus nicht mehr sehen konnte, nahm er ihren Arm und sagte: «Wir haben nur noch einen Tag für uns. Ich muß unter einem sonderbaren Stern geboren sein, daß mir das Schicksal immer in die Quere kommt.»
Yvonne sah ihn an. «Sie meinen diesen Herrn Denis? Er scheint Ihnen Unbehagen zu machen, ich habe es schon gestern bemerkt und mich bei meiner Tante nach ihm erkundigt. Er ist wohl geborener Franzose, lebt aber in den Vereinigten Staaten. Mehr konnte ich nicht herausbekommen; Sie wissen, daß die Dame von Louha nicht gerade redselig ist. Aber was geht's uns an? Er wird das Haus nicht auf den Kopf stellen, dazu sind beide nicht mehr jung genug.»
Die Dame von Louha war nicht gerade redselig, damit hatte Yvonne recht, und Fox kannte die Gründe dieser wachsenden Schweigsamkeit nicht – noch nicht, hoffte aber, sie auf dem Umweg über Herrn Denis kennen zu lernen. Das würde freilich schwer sein, wenn die beiden ein Geheimnis miteinander hatten – und welche Rolle spielte dabei der brave Johannes Dariotis mit seiner Vorliebe für Hoffmannstropfen? Die Annahme, daß die

abhanden gekommenen Aufzeichnungen des toten Luigi Zanetti in Zusammenhang standen mit der Tatsache, daß Herr Denis den Griechen hier erwartete, hatte viel für sich, mußte jedoch nicht unbedingt zutreffen. Das sind, dachte Fox, diese Gedankenverbindungen, zu denen man greift, wenn man sonst nichts in der Hand hat. Es kann Enttäuschungen geben, darüber wollen wir uns klar sein, und dann war die Mühe umsonst. Schade, daß Yvonne wirklich nichts zu wissen scheint.

Völlig unvermittelt fragte sie: «In die Quere?»

Er sah sie erstaunt an.

«Sagten Sie nicht vorhin, daß Ihnen das Schicksal immer in die Quere kommt? Wieso aber? Man wird, denke ich, auf unsere Gesellschaft wenig Wert legen. Und hier sind wir nun, Sie meinten diese Felsen?»

Das Meer griff mit weiten, aber sanften Wellen heran, die in gläserner Klarheit über den Sand liefen; und wo sie auf einen der verstreuten, blanken Blöcke trafen, spritzten sie spielend empor.

«Dies freilich», sagte Yvonne, ließ ihren Mantel herabgleiten und dehnte sich, «gibt es nur hier. Oder möchten Sie jetzt im Strandgewimmel eines großen Badeortes sein?»

«Jetzt nicht», antwortete Fox, hob Yvonne auf und trug sie ins Wasser. Sie war schwer und üppig, er hatte erwartet, daß sie schreien würde, aber sie blieb still und sah ihn aus grünen Augen an, bis eine Welle heranschäumte und beide umwarf.

Als sie zwei Stunden später den Eingang der Bucht wieder erreichten, fuhr ein altmodisches Auto nach Westen davon, auf hohen Rädern schwankte es durch den Heidesand, sie hörten das Rattern des Motors, ein ganz ungewohntes Geräusch.

«Herr Denis scheint einen Tag früher gekommen zu sein, und zwar aus Brest», sagte Yvonne, «ich habe dieses ehrwürdige Fahrzeug schon bisweilen gesehen, es ist vermutlich das einzige, das nicht in unserem Sand stecken bleibt. Und wohin sollte es wohl sonst in dieser Richtung fahren, wenn nicht nach Brest zurück? Du brauchst aber kein so böses Gesicht zu machen, mein Lieber, ich sagte dir doch, daß wir uns um Herrn Denis nicht zu kümmern brauchen.»

Daß Fox ein wenig ärgerlich war, hatte einen anderen Grund. Er würde die Begrüßung zwischen der Dame von Louha und ihrem alten Freund gern beobachtet haben. Nun war es zu spät – ach, wieder einmal, es war in seinem Leben schon öfter zu spät gewesen, und immer aus demselben Anlaß.

Aber gleich darauf lächelte er – Yvonne verstand auch dies falsch und drückte seine Hand.

Er wurde Herrn Denis erst am Abend vorgestellt, und zwar unter beinahe opernhaften Umständen. Die untergehende Sonne füllte den großen und düster gestimmten Raum mit rötlichem Licht, Frau Bernard stand mit ihrem Gast am Fenster, hinter ihnen war das Meer, dunkel, aber mit rot glühenden Wogenkämmen, und darüber leuchtete der durchsichtige Himmel wie ein Opal. Herr Denis hatte einen ausgezeichneten Kopf; das weiße, volle Haar lag in natürlichen Wellen um eine klare Stirn, ein kurzer Spitzbart ließ das Gesicht schmal und fein erscheinen; der dunkle, kluge und fast stechende Blick mochte um so mehr eine Erinnerung an den Kardinal Richelieu wachrufen, als auch bei Herrn Denis die

etwas schweren Lider in den äußeren Augenwinkeln auffällig herabgezogen waren. So stellte man sich – alter Bildnisse eingedenk – den französischen Edelmann der früheren Zeit vor. Vielleicht aber wirkte der Gast hier, in diesen unmäßigen Mauern und neben den beiden keltisch großen Frauen, etwas zu zierlich; seine Bewegungen, sein Benehmen überhaupt stand damit durchaus im Einklang, und er nannte Frau Bernard mit Rücksicht auf ihre Familie niemals anders als «die Baronin». Übrigens hatte er eine Eigenart, von der Fox dachte, daß sie nicht recht zu seinem Typ passe: er rauchte leidenschaftlich eine kurze, gerade Shagpfeife, für die er den süß riechenden Virginiatabak bevorzugte. Von dieser Pfeife schien er unzertrennlich; hatte er sie nicht zwischen den Zähnen, so hielt er sie wenigstens in der Hand, und mehrmals am Tage bestand er einen erbitterten Kampf mit ihr, nämlich immer dann, wenn sie gereinigt werden mußte oder verstopft war und sich seinen Bemühungen, den guten Zug wieder herzustellen, mit aller Tücke des Objekts widersetzte. Er bohrte dann, verzweifelnd murmelnd, mit einem Grashalm oder einem Draht oder einem Pfriemen in ihr herum und hatte auf solche Weise eigentlich stets eine Nebenbeschäftigung, die ihn oft genug daran hinderte, einen Satz seiner sonst wohlgeordneten Rede zu Ende zu bringen.
Also – ah, cette pipe maudite! – gewiß, Madame la Baronne hatte ihm bereits erzählt, daß er die liebenswürdige und interessante Gesellschaft eines Gelehrten finden würde, den die Sagen des Landes und dieses alte, wahrhaft ungewöhnliche Schloß hier festhielten. Herr Denis konnte das gut verstehen, auch er hatte von jeher eine Neigung, fast eine Leidenschaft für jene Kunst, aus

dem Schweigen und dem farblosen Grau der Vergangenheit Musik und leuchtende Farben aufklingen zu lassen. «Nur ist es nicht bloß eine Kunst, sondern man braucht dazu auch sehr haltbare wissenschaftliche Grundlagen, will man sich nicht nur auf die Einbildungskraft verlassen.»

«Sie selbst aber», fragte Fox, «stammen nicht aus diesem windumwehten Land im Norden?» An der Aussprache hatte er sofort gehört, daß dies unmöglich war, wußte jedoch nicht, wo er den Geburtsort des Herrn Denis suchen sollte.

«Nein, wir sind im Süden daheim», antwortete jener, «in Savoyen, wo heute zum Teil schon Italienisch gesprochen wird, ich muß den Kopf schütteln, wenn ich mir vorstelle, wie die Schneegipfel unserer Heimat, die bis zu viertausend Metern aufsteigen, in dieser Heideebene wirken würden, wo schon eine Bodenwelle als Berg gilt. Aber es ist überall in der Welt schön, wenn man die Eigenart der Natur versteht.»

«Sie kommen aus Amerika?»

«Aus Nordamerika, ja.» Herr Denis tat das mit einer Handbewegung ab, die für einen so großen Erdteil entschieden zu klein war. «Man kann auch dort leben, gewiß, viele tun es mit Vergnügen, aber ich, ich bin so sehr Europäer, daß ich in gemessenen Zeitabständen doch immer wieder herüber muß; es hängt wohl mit der Vergangenheit zusammen.»

«Sie sind drüben berufstätig?»

«Jawohl», antwortete Herr Denis, ohne sich zu diesem Punkte weiter zu äußern. «Indessen gibt es bei mir auch berufliche Bindungen zur alten Heimat, von den verwandtschaftlichen und freundschaftlichen nicht zu reden. Wo aber, zum Beispiel, finden Sie dort ein Gebäude, das diesem hier nur entfernt ähnlich ist? Gewiß, es gibt dergleichen. Man kauft es hier, numeriert die Steine beim Abbruch, baut es jenseits des großen Wassers wieder genau so auf – und der Zauber ist verloren, denn die Geister eines Lanzelots, Parzival oder Sir Galahad ziehen nur über unsere Heide, und nur über unseren Ebenen, an unseren Klippen harft der Wind seine alten Heldenlieder. Glauben Sie mir, man erholt sich hier von vielem!»

Er nahm die Hand der Dame von Louha und drückte einen Kuß darauf, es war ein Bild wie aus einem alten Roman, und in dieser Art beliebte es Herrn Denis auch, die Unterhaltung weiterzuführen: ein wenig umständlich und weitschweifig, aber mit pathetischer Grazie und europäisch gutem Geschmack.

Die Dame von Louha ließ zu Ehren des offenbar sehr geliebten Gastes zwei Flaschen Burgunder aus dem Keller holen. Es hatte nicht den Anschein, daß die beiden allein gelassen zu werden wünschten, im Gegenteil, sie legten Wert auf die Gegenwart der jüngeren Generation, die Stimmung wurde zusehends beschwingter, auch Madame Bernard erinnerte sich bisweilen an ein Lächeln. Fox vertrug sich ausgezeichnet mit Herrn Denis, es machte ihm Vergnügen, auf dessen Ton und Art einzugehen, seit den längst dahingeschwundenen Abenden in Helferings Heim hatte er sich kaum so blitzend und glänzend unterhalten – und dabei wurde er innerlich immer verdrossener. Es fiel ihm schwer, zu glauben, daß dieser scharmante Südfranzose mit Herrn Zanettis «Sache» etwas zu tun hatte. Was aber hatte er mit dem Griechen Dariotis zu tun? Weshalb hatte Madame la

Baronne das Telegramm an Dariotis geschickt, und woher kannte sie den Griechen?

Noch nie war es Fox saurer geworden, sich aufs fröhlichste an der Unterhaltung zu beteiligen und zugleich – während er kaum wußte, wovon er sprach – an diese völlig anderen und schwierigeren Fragen zu denken. Als er sich bei einem allzu deutlichen Zwiespalt ertappte und fürchten mußte, durch seine sonderbare Art der Zerstreutheit aufzufallen, gab er's auf und widmete sich der Gegenwart. Herr Denis – dessen wurde er jetzt erst inne – hatte mittlerweile das Gespräch darauf gebracht, daß die provençalische Dichtung des frühen Mittelalters, zumal die von den Troubadours vorgetragenen Liebeslieder, an Wert den bretonischen Artusromanen nicht nachstünden, und nun überraschte Fox die kleine Gesellschaft, indem er, höflich widersprechend, aus seinem wunderbaren Gedächtnis zwei oder drei Dutzend altfranzösischer Verse rezitierte, die ihm in der Gunst des Augenblicks einfielen und so gut auf das Schloß Louha bezogen werden konnten, daß sich sogleich die lebhafteste Diskussion darüber erhob, ob der unbekannte Dichter im 12. Jahrhundert das Schloß wirklich gekannt und gemeint habe. «Wenn ich noch einmal jung wäre», sagte Herr Denis hingerissen, «so würde ich mir keinen anderen Beruf erwählen als den Ihren – vorausgesetzt, daß auch ich ein so gutes Gedächtnis und eine solche Sprachbegabung hätte.»

«Leider steht es mit meiner Begabung in anderer Hinsicht betrüblich viel schlechter», sagte Fox, der schon lange auf eine Gelegenheit wartete, diese Bemerkung anzubringen. Er habe die Absicht, fügte er hinzu, vom Leuchtfeuer aus die Bucht und das Schloß zu

zeichnen, wolle es auch morgen versuchen, sehe jedoch den Mißerfolg voraus.
«Dann machen Sie es auf moderne Art», sagte Herr Denis lachend, «da brauchen Sie nichts zu können. Je schiefer, desto genialer.»
Tatsächlich ging Fox am folgenden Nachmittag zum Leuchtfeuer hinauf und begann zu zeichnen, freilich nicht studienhalber, sondern weil er hier an dem einzigen Wege saß, der von Brignogan nach Louha führte, und um diese Zeit kam der Pariser Zug, mit dem er letzthin selber gefahren war.
Wer aber nicht kam, das war Herr Johannes Dariotis, auf den er wartete. Der Grieche ließ sich Zeit, auch die beiden folgenden Tage gingen vorüber, Fox mußte wohl oder übel ein Blatt nach dem andern zeichnen. Am vierten Tage war er fast überzeugt, daß er wiederum vergeblich zum Leuchtfeuer hinaufstieg; diesmal begleitete ihn Yvonne.
Allerdings kümmerte er sich, schlecht gelaunt, nur wenig um sie, aber sie tat, als ob sie damit zufrieden sei, lag neben ihm im Sand, in der Sonne, schlief sogar eine Zeit lang, und als sie sich einmal aufrichtete und ihm über die Schulter aufs Papier blickte, sagte sie: «Du darfst dich auch nicht schlechter machen, als du bist. Die Zeichnung wird recht frühgotisch. Wenn du das in Holz schneidest, bekommst du einen Preis.»
«Man muß sich eben einfühlen», erwiderte er, «wir sprachen schon davon.»
«Aber damals handelte es sich um andere Dinge.»
«Ja, und um einen anderen Ort», antwortete er. «Hier sieht uns jeder.»

Yvonne schob die Unterlippe vor, fand sich aber damit ab und legte sich wieder ins Gras.
Nach einer halben Stunde sagte Fox: «Zum Beispiel kommt dort hinten ein Mann.»
«Wo?»
«Auf dem Wege von Brignogan.»
Sie setzte sich auf. «Wie hast du das gemerkt?»
«Du solltest Sie zu mir sagen, denn wir bekommen Gesellschaft.»
Yvonne zog sich den Rock übers Knie und faßte nach ihrer Frisur. «Ein lebendiger Mensch, wahrhaftig, und um diese Tageszeit. Er muß sich verirrt haben.»
Fox hatte den einsamen Wanderer schon lange erkannt und lächelte zufrieden. «Bleiben Sie jetzt nur still!» sagte er bedeutsam.
Der Mann hatte den Fuß des Hügels erreicht und kam langsam herauf. Einigermaßen überrascht von dem Blick zur Bucht hinab blieb er stehen, betrachtete das Bild, setzte sich, ohne die beiden zu sehen, da ein Sandbuckel sie verbarg, und war im Begriffe, das Köfferchen, das er auf den Knien hatte, zu öffnen, als Fox sich räusperte.
«O Verzeihung!» sagte der Fremde ziemlich erschrokken. «Ich wußte nicht — ist dies wohl das Schloß Louha?»
«Es gibt hier kein anderes», sagte Fox.
Der Fremde stellte sein geringes Gepäck ins Gras und atmete erleichtert auf. «Besonders freundlich sieht es aber nicht aus.»
«Man hat es wohl auch mit anderen Absichten gebaut», erwiderte Fox. «Indessen ist das schon lange her.»
«Es ist aber bewohnt?»

Fox nickte.
«Angenehme Leute?»
«Ja, wir.»
«O Verzeihung!» sagte der Mann wiederum. «Mein Name ist Dariotis. Habe ich die Ehre mit Frau Bernard und Herrn Denis?»
Fox klärte den Irrtum auf. «Sie werden erwartet?»
«Vermutlich, obwohl die Herrschaften mich nicht persönlich kennen. Man muß also noch um diese Bucht herumgehen?»
«Wenn Sie es nicht vorziehen, hinüber zu schwimmen», sagte Yvonne. «Wir werden Sie begleiten. Vorausgesetzt, daß Sie fertig sind, Herr Dr. Reineke?»
«Für heute gewiß», antwortete Fox, nahm seine Sachen zusammen und stand auf. «Sie haben Ihr Gepäck in Brignogan gelassen?»
«Nein, mein Besuch wird sehr kurz sein; das ist alles, was ich aus Paris mitgenommen habe.»
«Um so besser, der Weg durch diesen Sand ist beschwerlich genug.»
«Das kann man wohl sagen», antwortete Dariotis. Er sah erschöpft und elend aus, Fox streifte ihn mit einem nachdenklichen Blick.
Yvonne ging voraus, deutlich mißtrauisch gegenüber dem Fremden, von dessen bevorstehender Ankunft ihr niemand etwas gesagt hatte, vielleicht auch wegen der Winzigkeit seines Köfferchens und seines Aussehens, das – obwohl er gut gekleidet war – ihr nicht gefiel, sie hätte selbst nicht angeben können, weshalb.
Dariotis schien dieses Mißtrauen zu spüren. «Die lange Fahrt hierher», sagte er zu Fox, «und besonders zuletzt das Rütteln der Nebenbahn, schließlich der Sand... das

ist kein Vergnügen für jemanden, der aus dem Krankenhause kommt.»
Gefällig nahm Fox das Köfferchen. «Ich hoffe, es war nichts Ernstliches?»
«Nein, wohl nicht. In der Hauptsache die Nerven, wissen Sie. Ich hatte in letzter Zeit allzu viel Aufregungen. Aber hier, in dieser Stille, könnte man sich wohl erholen. Leben Sie dauernd in Louha?»
Fox erklärte das Notwendige: auf einer Ferienreise begriffen... aber demnächst mußte er nach Hamburg zurückkehren, wo er Assistent an einem Universitätsinstitut war.
Yvonne erwartete die beiden unter der Tür. «Ich werde Ihnen Ihr Zimmer zeigen,» sagte sie zu Dariotis, während sie die Treppe hinaufgingen. «Das Bett wird gerade überzogen. Ich hofte, die Unterkunft gefällt Ihnen? Wir stekken hier noch im Mittelalter, aber auch das hat seine Reize. Darf ich Sie nun gleich zu meiner Tante führen?»
Fox, der in seine nebenanliegende Stube getreten, aber deren Türe nur angelehnt hatte, hörte, wie sich die Schritte der beiden über die Steinplatten des Flurs entfernten, gleich darauf verließ auch die Bretonin das Zimmer des Neuangekommenen und verschwand nach der anderen Seite.
Jetzt war für ihn der Augenblick, sich etwas mehr für Herrn Dariotis zu interessieren, den er bisher mit gleichgültiger Höflichkeit behandelt hatte. Er ging in dessen Zimmer. Der kleine Koffer auf dem Tisch war nicht verschlossen. Fox klappte ihn auf, und das erste, was er sah, war ein Fläschchen – er brauchte den Kork nicht herauszuziehen, sondern es nur an die Nase zu halten, um zu wissen, was darin war. Unbegreiflich zerstreut

steckte er es in seine Tasche. Ein paar schnelle, aber gründliche Griffe in die wenigen Sachen, die sonst noch vorhanden waren, überzeugten ihn, daß es hier nichts weiter gab, was ihn anging, besonders keine Papiere – plötzlich aber blieb ihm etwas Hartes, Kaltes in der Hand. «Sieh da!» murmelte er und nahm die Pistole vollends heraus. Merkwürdig, was die Leute manchmal mit sich herumschleppen. Auf einen leichten Druck sprang das Magazin aus dem Griff. Während er mit dem Daumen eine Patrone nach der anderen abzog und in seine Hand gleiten ließ, dachte er, als Cadeau für die Dame des Hauses sei das Ding wohl kaum bestimmt, und wenn Herr Dariotis sich selbst erschießen wollte, so hätte er diese destruktive Absicht in Paris unauffälliger ausführen können und nicht in die äußerste Ecke Frankreichs zu fahren brauchen.
Da Fox jedoch Schritte auf dem Flur zu hören glaubte, tat er die Waffe schleunigst wieder an ihren Platz – aber er hatte sich getäuscht, niemand kam.
Eine Minute später war er wieder in seinem eigenen Zimmer und füllte den Inhalt des Fläschchens in jenes um, das er am Strand gefunden und mitgenommen hatte. Auch diesmal war die Türe nicht geschlossen, sondern stand ein wenig offen, durch den Spalt konnte man hören, was etwa im Flur vor sich ging.
Er war mit dieser Beschäftigung längst fertig und stand, nach seiner Gewohnheit am Fenster, freilich nicht, um die Landschaft zu betrachten; Nachdenken half im Augenblick nicht, man mußte einfach warten, die Dinge würden sich ohnehin schnell genug entwickeln.
Nach einer Weile kamen hastige Schritte den Flur entlang. Die Türe wurde vollends geöffnet –

«Ich habe mich geirrt», sagte Dariotis auf der Schwelle, «entschuldigen Sie! Aber wo ist mein Zimmer?»

«Nebenan, denke ich.»

«Ein Glück, daß ich mich überhaupt bis hierher durchgefunden habe», sagte der Grieche, blaß und aufgeregt. «Niemand gibt sich die Mühe, mir den Weg zu zeigen, der um sechs Ecken und über sieben Treppen führt, überhaupt, wie wird man hier behandelt! Geht man so mit einem Kranken um? Aber wie riecht es denn bei Ihnen!»

«Was meinen Sie?» fragte Fox.

Dariotis stand da, noch bleicher als vorher, und sog den Geruch ein. Eine schwarze Haarsträhne fiel ihm in die Stirn, auf der Schweißtropfen perlten. Er hielt sich am Türpfosten. «Entschuldigen Sie mich einen Augenblick... !» sagte er mühsam. «Ich muß in meinem Koffer ...gleich nebenan, ja?»

Fox hörte, wie er drüben öffnete. Das Kofferschloß schnappte auf... ein Fluch, der schon fast wie ein Schrei klang.

Zwei Sekunden danach stand der Grieche wieder auf der Schwelle. «Mir ist sehr schlecht!» sagte er. «Die Nerven, das Herz... ich hatte Hoffmannstropfen, wollte sie schon vorhin am Leuchtturm nehmen, die Flasche muß dabei herausgefallen sein – aber ich bitte Sie um Gotteswillen, wonach riecht es denn hier, lassen Sie mich nicht zugrunde gehen!»

«Setzen Sie sich», sagte Fox und führte ihn zu einem Stuhl. «Setzen Sie sich, sonst fallen Sie um. Sie hätten diese Reise nicht unternehmen sollen.»

«Reden Sie doch keinen Unsinn!» rief Dariotis verzweifelt und außer sich. «Ich brauche Hoffmannstropfen, nichts weiter.»

«Was Sie hier riechen, ist Schwefeläther», sagte Fox ruhig. «Den kann man nicht einnehmen.»
«Doch, doch, ich bitte Sie –»
«Trinken Sie einen Schluck Wasser, das ist gescheiter. Hier!»
Dariotis stürzte das Wasser hinunter. «Ich muß aber den Äther –»
«Und ich denke nicht daran, Ihnen das Zeug zu geben, womöglich vergiften Sie sich damit.»
«Immer dieser Unsinn!» rief der andere. «Was wissen Sie denn! Ich bin daran gewöhnt. Wo ist hier eine Apotheke?»
«So, eine Apotheke!» sagte Fox. «Na, in Brest. Wenn Sie gleich weggehen, können Sie morgen um diese Zeit dort sein.»
«Ich werde ein Auto nehmen.»
«Woher?»
«Ich bitte Sie, ich bitte Sie...!» keuchte Dariotis und knetete seine Finger. «Ich kann ohne das nicht mehr auskommen. Welches Unglück, diese verfluchte Reise. Ich weiß nicht, was geschieht –»
«Also gut!» Fox goß einen halben Löffel Äther in das Wasserglas. «Auf Ihre Verantwortung!»
Der Grieche schluckte das Zeug und atmete auf. Mit dem Handrücken wischte er sich den Schweiß von der Stirn und wurde zusehends ruhiger. «Sie sind mein Freund!» sagte er. «Ich werde es Ihnen nicht vergessen».
«Sie können das aber hier nicht weiter so machen!» sagte Fox. «Nicht, daß ich eine Besserungsanstalt gründen möchte, aber es riecht so widerlich. Was sollen Madame la Baronne und Herr Denis denken! Versuchen Sie übrigens nicht, diese Flasche zu finden, ich stecke sie in

meine Tasche, sehen Sie, und werde sie stets bei mir tragen. Gehen Sie jetzt in Ihr Zimmer und ruhen Sie sich von den Anstrengungen der Reise aus. Sie haben Ärger gehabt?»

«Ärger ist kein Ausdruck, man behandelt mich hier wie einen Schuljungen. Stellen Sie sich vor –»

«Ihre Angelegenheiten interessieren mich nicht», sagte Fox. «Ich bin hier Gast und dränge mich nicht in Geheimnisse. Übrigens sind die Leute sehr liebenswürdig, das können Sie mir glauben. Wenn Sie zum Abendessen erscheinen, benehmen Sie sich wie ein vernünftiger Mensch, und Sie werden die Gesellschaft ganz angenehm finden.»

«Ich komme nicht zu Tisch!»

«Das ist Ihre Sache», erwiderte Fox gleichgültig. «Vielleicht tun Sie wirklich besser daran, sich auszuschlafen.»

Nach einer Weile erschien Yvonne, um ihn abzuholen.

«Herr Dariotis hat sich entschuldigt», sagte sie, «nun, ich habe nichts dagegen.»

«Was will er eigentlich?»

«Ich weiß nicht.»

«Es hat Krach gegeben?»

«Ich weiß nicht, ich war in der Küche.»

Die Dame von Louha und ihr Freund Denis waren sichtlich schlechter Laune, aber bemüht, dies zu verstecken. Jedoch die Verbissenheit, mit der Herr Denis seine Shagpfeife mißhandelte und murmelnd verwünschte, ließ die Stimmung sofort erkennen.

Die Unterhaltung bei Tisch ähnelte zunächst einer Waage, die zwar im Gleichgewicht ist, aber eine Fliege, die sich auf eine der Schalen setzte, konnte das ändern, und es machte Fox keine Mühe, diese Fliege herbeizuzaubern, indem er sich einfach nach dem Verbleib des neuen Gastes erkundigte.

«Die Reise hat ihn zu sehr angestrengt», sagte Frau Bernard mit quergefalteter Stirn, «er ist erst gestern aus dem Krankenhaus entlassen worden.»

Fox machte zu dieser Verkettung mißlicher Umstände eine betrübte Miene und hoffte, die Freude über das Wiedersehen werde dadurch nur für heute verdorben.

«Freude?» sagte die Dame von Louha.

«Wiedersehen?» fragte Herr Denis.

Beide erklärten, weder das eine noch das andere käme in Frage, sie hätten Dariotis bisher nicht gekannt und noch nie gesehen. «Er ist einfach aus Paris hierher geschickt worden, um mir etwas zu bringen, Papiere, die dort für mich bereit lagen», sagte Herr Denis.

Fox hütete sich, etwas zu fragen. Aber Yvonne meinte: «Also darf man erwarten, daß er nicht lange bleibt.»

Dies, antwortete die Dame von Louha, sei anzunehmen, und Herr Denis zupfte nervös an seinem weißen Spitzbart. Die Fliege auf der Waagschale erwies sich als ein dicker Elefant, mit ihr sank die Stimmung und damit auch die Lust zu einer so lebhaften Unterhaltung wie an den vorhergehenden Abenden, schließlich strengte man sich gar nicht mehr an, die Lage zu retten, aber Fox war darüber nicht ärgerlich, denn für ihn gab es einiges zu denken.

«Dieser Herr macht keinen guten Eindruck», sagte Yvonne und faßte damit wohl alles zusammen. Niemand widersprach, nur Fox gab zu erwägen, daß Dariotis heute vermutlich besonders schlecht in Form sei.

Die Dame von Louha blickte ihn freundlich an, es gefiel ihr, daß er den Abwesenden in Schutz zu nehmen versuchte. «Hoffen wir das Beste!» sagte sie mit einer Sanftheit, die bei ihr so ungewöhnlich war, daß Fox aufhorchte. Es klang, als ob diese Sanftheit nicht dazu dienen sollte, den Griechen zu entschuldigen, sondern Herrn Denis zu beruhigen.

«Was ist denn hier noch zu hoffen!» sagte er so heftig, wie man es ihm niemals zugetraut hätte. «Ich verstehe überhaupt nicht, weshalb der Mann noch gekommen ist, jawohl, das ist mir durchaus unerklärlich. Meinetwegen hätte er genau so gut in Paris bleiben können oder dort, wo der Pfeffer wächst!» und dabei sah Herr Denis den tief verwunderten Fox an, als sei dieser verantwortlich für irgendein Unglück, von dem er nichts ahnte.

«Sprachen Sie nicht von Papieren?» fragte Fox.

«Er hat sie nicht!» rief Herr Denis und begann, hin und her zu laufen. «Er hat die Frechheit, zu behaupten, daß sie ihm gestohlen worden sind. Lächerlich! Weshalb kommt er dann, mit leeren Händen? Wollen Sie mir das vielleicht erklären?»

Fox wollte nicht.

Die Dame von Louha trat zu ihrem Freund Denis uud legte ihm die Hand auf die Schulter. Yvonne war ebenfalls aufgestanden, um mit dem Abräumen des Tisches zu beginnen und auf diese Weise einen Vorwand für ihr Verschwinden zu haben.

Aber da steckte die Bretonin den Kopf herein und winkte Yvonne, die schleunigst hinausging, jedoch sofort zurückkam.

«Der Postmeister von Brignogan», sagte sie, «hat einen Boten herübergeschickt, der ein sehr dringendes Telegramm für Herrn Denis bringt!»

Ein sehr dringendes Telegramm – das war in Schloß

Louha vermutlich noch nicht vorgekommen seit es diese Bucht bewachte.

Denis riß es auf.

Und während er das Papier an Frau Bernard weitergab, sagte er zu Fox: «Jetzt allerdings brauchen Sie meine Frage, weshalb uns dieser sogenannte Herr Dariotis besucht, wahrscheinlich nicht mehr zu beantworten!»

«Mein Gott. . . !» sagte die Dame von Louha.

Denis nahm das Telegramm wieder an sich, las es nochmals und gab es dann mit einem schnellen und geradezu wütenden Entschluß an Fox.

Der Text lautete:

«Vorsicht, Will Fox unterwegs nach Louha. Schwester Madeleine.»

Der Archäolog Dr. Reineke aus Hamburg betrachtete diese Worte. Da er nicht wußte, ob er das Blatt an Yvonne weitergeben sollte, legte er es auf den Tisch und fragte: «Will Fox? Wer ist das?»

VIII

AN DIESEM ABEND BLIEB MAN LÄNGER ALS SONST BEISAMMEN. Nur bei einem weltfremden deutschen Gelehrten wie Herrn Reineke war es möglich, daß er den Namen Will Fox nicht kannte, der doch erst vor zwei oder drei Monaten in allen Zeitungen genannt worden war, nämlich in Verbindung mit dem geheimnisvollen Verschwinden des italienischen Grafen Respiani, das Fox aufgeklärt hatte. Zwar ließen auch diese Zeitungsberichte manches vermissen, aber was sie erzählten, genügte, um Will Fox –

«Aber dann hieß es, er sei bei dem großen Flugzeugunglück ums Leben gekommen», sagte Yvonne, «und ich kann mich nicht erinnern, daß diese Nachricht dementiert wurde.»

«Hoffen wir das Beste!» sagte nun auch Monsieur Denis genau so wie vorhin die Dame von Louha, und Dr. Reineke glaubte aus diesen Worten eine gewisse Zweideutigkeit zu hören – aber vielleicht lag das nur an seiner Weltfremdheit und war eine Täuschung. Jedenfalls bat er, ihm die Angelegenheit Respiani zu erzählen, und es war erstaunlich, wie genau Herr Denis sie verfolgt hatte – fast, als ob er selber daran beteiligt gewesen wäre.

Haha, das war nun wirklich ein guter Witz! Nein, Herr Denis las von jeher mit Leidenschaft dergleichen Berichte und hatte überhaupt eine Neigung für Kriminalgeschichten. Nur waren sie bedauerlicherweise meist sehr mittelmäßig geschrieben und arbeiteten – für sein Gefühl und seinen Geschmack – mit zu krassen Mitteln, die es den Verfassern allerdings leicht machten, starke Wirkungen zu erzielen; Mord, Raub, Fassadenklettereien, Flucht über die Dächer und dergleichen waren doch eigentlich bloße Moritaten ohne Esprit. «Das ist es ja, was mir diesen Fox so sympathisch macht», sagte Herr Denis, «er scheint dergleichen Mittel in der Praxis ebenso wenig zu lieben wie ich in der Theorie. Ich habe den Eindruck, daß er seine Aufgaben gewissermaßen als eine Art Schachspiel empfindet und dementsprechend behandelt, und eine Schachpartie kann man ja auch nicht dadurch gewinnen, daß man mit der Faust aufs Brett schlägt.»

«Soso, jawohl», meinte der Gast aus Hamburg. «Aber verzeihen Sie die Frage: Pflegt man hier in Louha italienische Diplomaten zu erstechen oder Ähnliches zu tun?»

«Nein, um Himmelswillen, warum?

«Wie ist es dann zu erklären, daß Fox nach Louha unterwegs war, als dieses Telegramm in Paris aufgegeben wurde? Mit Kleinigkeiten scheint sich der Mann doch nicht zu befassen? Und was vollends Herrn Dariotis betrifft –»

Yvonne begnügte sich damit, ihren Freund erstaunt anzusehen. Die Dame von Louha runzelte die Stirn, als müsse sie einen peinlichen Gedanken abwehren. Herr Denis strich seinen Spitzbart und sagte mit einem feinen und geradezu eleganten Lächeln:

«Mein lieber Freund, Sie haben mich offenbar mißverstanden, oder – und das ist wahrscheinlicher – ich habe mich in meinem Ärger mißverständlich ausgedrückt. Sie werden wohl nicht glauben, daß ich diesen Herrn Dariotis auch nur einen Augenblick lang für Will Fox gehalten habe?»

«Obwohl auch das nicht ausgeschlossen wäre», warf die Dame von Louha ein.

Herr Denis, schon wieder im Kampf mit seiner Pfeife, in deren Eingeweiden er herumbohrte, schien das zu überhören und fuhr fort: «Aber gerade weil Dariotis einen so unangenehmen Eindruck macht, halte ich es für möglich, daß er irgendetwas Erhebliches auf dem Kerbholz hat und daß Fox deshalb hinter ihm her ist.»

«Was!» sagte Yvonne seufzend. «Sollen wir etwa noch ein viertes Bett überziehen? Einigen wir uns doch lieber darauf, daß Fox hier in der Maske dieses hellenischen Jünglings auftritt, es macht weniger Mühe.»

Sie war ein merkwürdiges Mädchen, Dr. Reineke betrachtete sie mit deutlicher Anerkennung. Er mußte sich sehr beherrschen, nichts zu sagen, und vor allem nichts zu fragen: seit er das Telegramm gesehen hatte, erschien ihm die geheimnisvolle Soeur Madeleine als die eigentliche Dame in dieser Schachpartie. Es bestand aber die Gefahr, daß er sich durch eine Frage nach ihr verdächtig machte. Also wartete er auf einen günstigeren Augenblick.

Frau Bernard mißbilligte deutlich das ganze Gespräch und benützte die nächste Gelegenheit, es abzubrechen. Darauf blieb nichts weiter übrig, als einander Gute Nacht zu wünschen. Yvonne war die erste, die sich zurückzog, dann folgte Fox ihrem Beispiel. Neben der Tür stand ein Tischchen, auf dem jeder allabendlich einen Kerzenleuchter fand, und so wandelte Fox mit seinem leise wehenden Lichtlein um die Ecke, über ein paar Stufen und den Flur entlang, an dem die Fremdenzimmer lagen.

Schon von weitem sah er durch den Spalt einer nicht ganz geschlossenen Tür einen hellen Schein. Zunächst vermutete er, daß dieser aus seinem eigenen Zimmer

komme. Es zeigte sich aber, daß es die Tür des Herrn Dariotis war, die offen stand, und als der Grieche die Schritte hörte, erschien er, noch völlig angekleidet.
«Geht es Ihnen nicht gut?» fragte Fox.
«Ich habe auf Sie gewartet,» sagte Dariotis. «Es geht mir erbärmlich, das können Sie sich doch denken – ich brauche meine Medizin!»
Fox trat in die Stube und zog die Tür hinter sich zu. Eine Kerze stand auf dem Tisch, ihr geringer Schimmer ließ erkennen, daß die Vorhänge des Himmelbetts aufgezogen waren und daß der Grieche in Kleidern auf dem Bett gelegen hatte, es war ziemlich zerwühlt.
«Geben Sie mir das Wasserglas», sagte Fox. «Ich will Ihnen noch einmal helfen, aber Sie werden einsehen, daß das nicht so weitergeht.»
«Reden Sie nicht lange!»
«Beantworten Sie mir eine Frage.»
«Ja.»
«Wer ist Schwester Madeleine?»
Dariotis blickte ihn verständnislos an.
«Es ist nämlich ein Telegramm gekommen», sagte Fox, «Unterschrift: Soeur Madeleine. Wer ist das?»
«Ich weiß es nicht.»
«Denken Sie nach, es muß Ihnen einfallen, denn eher bekommen Sie Ihre Medizin nicht.»
«Ich schwöre Ihnen, daß ich es nicht weiß!» rief Dariotis verzweifelt. «Bezieht sich das Telegramm auf mich? Gewiß nicht, denn ich kenne bei Gott keine Schwester Madeleine.» Er war beim Anblick des Äthers in einen solchen Zustand geraten, daß Fox ihm glaubte.
Der Grieche bekam das Glas.
«Ein widerlicher Geruch», sagte Fox und trat ans offene

Fenster, um die Flasche dorthin zu stellen. Aber dieser Tag war für Herrn Dariotis offenbar besonders unglücklich oder Fox war besonders ungeschickt – jedenfalls kam es so, daß er im Halbdunkel die Flasche danebenstellte, sie fiel nach außen, man hörte, wie sie am Felsen oder einem Mauervorsprung zerklirrte.

«Um Himmelswillen!» rief Dariotis entsetzt, stürzte an das Fenster und sah ins Dunkel hinab, als ließe sich da noch etwas retten.

Fox, der diese Bewegung mißverstand, packte ihn an der Schulter und zog ihn zurück. «Keine Dummheiten», sagte er, «wenigstens nicht hier. Morgen früh werden wir weitersehen. Ich lasse Sie jetzt allein, denn es wäre mir sehr peinlich, wenn man mich hier in Ihrem Zimmer fände – Sie haben in Louha keinen guten Eindruck gemacht, so viel darf ich Ihnen verraten.»

Er wandte sich nach der Tür, aber in diesem Augenblicke klopfte es.

Fox schob lautlos den Riegel vor, sah den Griechen an, und dieser deutete auf das Bett.

«Wer ist da?» fragte Dariotis.

«Ich, Denis.»

«Warten Sie eine Sekunde, ich liege schon im Bett.»

Und während Fox in das Bett schlüpfte, zog Dariotis die Vorhänge mit einigem Geräusch zu, ging dann zur Tür und öffnete. «Ich muß eingeschlafen sein», sagte er entschuldigend zu Denis, «Sie haben mich warten lassen. Gehen wir zu Ihnen hinüber? Hier ist ein so eigentümlicher Geruch.»

Fox, hinter seinen Vorhängen, dachte, daß er Dariotis vielleicht doch ein wenig unterschätzt habe. Er hörte, wie die Tür ins Schloß fiel und die beiden in die Stube des Herrn Denis traten. Dann kam er aus dem Bett hervor und stellte sich dicht an die Verbindungstür. Es zeigte sich jedoch zu seinem Kummer sofort, daß er nicht nur Herrn Dariotis, sondern auch die Eichenbohlen und die gute alte Handwerkerarbeit unterschätzt hatte – denn was nebenan geredet wurde, ließ sich nur verstehen, wenn der Sprechende lauter wurde als gewöhnlich. Zunächst aber klang es, als ob die Stimmen absichtlich gedämpft seien. Erst mit der Zeit wurde die Unterhaltung aufgeregter und deutlicher:

Aber Sie müssen doch begreifen, daß ich getan habe, was ich überhaupt tun konnte! – Das ist nicht meine Schuld. Ich wurde ins Krankenhaus gebracht, und währenddessen – Wer kommt? Machen Sie sich doch nicht lächerlich! Fox? Wenn das wahr ist, habe ich es nur Ihnen zu verdanken, aber ich glaube es nicht, das ist nur eine neue Ausflucht, weil Sie nicht bezahlen wollen. – Meinetwegen mag telegraphieren, wer will. – Um so schlimmer, desto mehr brauche ich das Geld, und nun hören Sie mir gut zu...

Leider konnte nur Herr Denis, nicht aber Fox gut hören, was Dariotis sagte. Auch was Denis erwiderte, blieb unverständlich. Nachdem Fox noch eine Viertelstunde lang erfolglos versucht hatte, ein Wort von Wichtigkeit aufzufangen, verließ er das Zimmer, um in sein eigenes hinüberzugehen.

Als er öffnete, sah er ein unerwartetes Bild. Auf dem Tisch brannte noch die Kerze, die er selbst dorthin gestellt hatte, und am Tische saß Yvonne.

Sie hatte den Kopf auf die Stullehne zurückgelegt und schlief, wachte aber sofort auf und mußte sich einen Augenblick besinnen, wo sie war.

«Yvonne –!» sagte er. «Was tun Sie denn hier!»

«Ich habe auf Sie gewartet.»

«Das sehe ich. Warum?»

Yvonne stand auf, trat vor ihn und blickte ihn groß an, die grünen Augen waren seltsam dunkel. «Warum?» fragte sie und legte die Hand auf seine Schulter. «Nun, ich will es dir sagen, mein Lieber: Weil es mich wundert, daß ein Mann, der mit Zeichenblock und Bleistift in der Gegend herumgeht und umständlich davon gesprochen hat, wie viel ihm darauf ankommt, Grundriß und Einzelheiten von Louha genau festzuhalten, ja, daß er deshalb hier ist und wie fleißig er sein wird – daß dieser Mann überhaupt nicht zeichnen kann. Das haben Sie sich etwas zu leicht gemacht, Doktor Fox!»

Er trat einen Schritt zurück, nahm den Leuchter und ließ den flackernden Schein auf ihr Gesicht fallen. Sein Sinn für Theatralisches war stärker als die Überraschung. Der Raum, die Nacht, das Kerzenlicht, die Eigentümlichkeit der Lage, das Rauschen des Meeres dicht unter dem Fenster brachten den Reiz des Unwirklichen in den Augenblick. So standen sie einander gegenüber, beide merkwürdig ernst.

«Denken Sie bitte nichts Falsches», sagte er schließlich, wandte sich um und schob den Riegel vor. «Ich tue das nur, damit niemand hereinkommt, also Ihretwegen. Im übernächsten Zimmer, das heißt bei Herrn Denis, findet eine kleine Konferenz statt, und es wäre nicht ganz undenkbar, daß mir einer von den Herren noch Gute Nacht sagen möchte – aber ich will nicht gestört werden, jetzt nicht, und Ihnen wird es wohl angenehmer sein, wenn niemand erfährt, daß Sie zu dieser Stunde hier sind. Es ist bald Mitternacht.»

«Sie weichen mir aus», sagte Yvonne.
«Das ist nicht gut möglich», antwortete er. «Was werden Sie tun?»
«Tun?» fragte sie. «Ach so. Nein. Soll ich noch lange hier mitten im Zimmer stehen? Danke. Tun? Was geht mich das alles an? Ich weiß nichts, wahrhaftig. Wenn ich etwas wüßte, würde ich's dir sagen. Und im übrigen ist es doch viel hübscher, mit Will Fox zusammen zu sein als mit irgendeinem Herrn Reineke aus Hamburg. Ich wenigstens finde das. Doch, ich weiß etwas! Denis überlegt, ob er nicht nach Paris fahren soll, er tut es aber nur ungern.»
«Wer ist Soeur Madeleine?» fragte Fox.
«Das weiß ich nun wirklich nicht, der Name ist auch nie genannt worden. Wäre es nicht gut, wenn du mir sagen würdest, weshalb du hier bist?»
Er lachte. «Dann müßtest du bis zum Morgengrauen bei mir bleiben!»
«Ist das so schlimm?» fragte Yvonne.
«Es ist bezaubernd», antwortete er, «aber nicht wegen der Geschichte, die ich für mich behalten will, sondern wegen deiner grünen Augen, Yvonne. Nehmen wir an, ich wäre wirklich auf einer Ferienreise und dies wäre die letzte Nacht. Aber schau, warum ist der Himmel so rot über der See?»
«Der Mond ist aufgegangen.»
Sie trat ans Fenster. Wunderbar groß, ein rotgoldener Kahn mit Silberhörnern, schwamm der Mond über Dunst und Wasser, ein Flimmern war auf die Wellen hingehaucht.
Fox löschte die Kerze aus.
Als das bunte Grau der Frühe die Stube zu füllen be-

gann, brauchte Fox nicht aufzuwachen, er hatte schon lange das leise Singen des Morgenwindes und das stärkere Rauschen des Meeres gehört. Yvonne atmete ruhig, aber er wußte nicht, ob sie noch schlief.

Plötzlich richtete sie sich auf, lauschte nach dem Fenster hin und legte zugleich ihre Linke auf seinen Mund. Einen Augenblick später flüsterte sie ihm ins Ohr: «Nebenan rührt sich etwas!»

«Ich habe darauf gewartet», antwortete er ebenso leise, «Dariotis kann es hier nicht länger aushalten. Aber ich höre nichts.»

«Du bist die Geräusche hier noch nicht so gewöhnt und kannst sie nicht unterscheiden.» Sie stand auf und machte sich fertig, Fox war schneller und trat ans Fenster. Jetzt hörte auch er, daß Dariotis in seiner Stube herumkramte. Dann wurde es wieder still.

Yvonne deutete auf die Tür, Fox nickte, öffnete und sah hinaus. Als sie jedoch im Begriff war, auf den Flur zu treten, ging auch nebenan die Tür auf, Dariotis erschien, sein Köfferchen in der Hand. Fox hielt Yvonne zurück.

«Sie wollen abreisen?» fragte er mit jener harmlosen Verwunderung, die ihm stets vortrefflich gelang.

Die Antwort des Herrn Dariotis bestand darin, daß er die Pistole aus der Tasche riß – und in diesem Augenblick stellte sich Yvonne vor Fox.

Noch ehe er eine Hand rühren konnte, peitschte der helle Knall des Schusses durch den Flur, von der Deckenwölbung spritzte der Kalk –

Yvonne schwankte. Er fing sie auf, aber sie stand schon wieder fest auf den Füßen.

«Getroffen –?»

«Ich glaube nicht. Nein. Es ging ja in die Mauer.»

Als Fox aufsah, verschwand der Grieche weit vorn im Flur, wo die Treppe hinabführte.
«Yvonne!»
«Wir sehen uns in ein paar Minuten wieder», sagte sie und machte sich los. «Denn ich muß jetzt aufgeregt herbei eilen, das begreifst du wohl! Laß ihn laufen, er kommt gewiß nicht zurück.»
Fox blieb allein. Er wußte, wie dies hatte geschehen können. Als er gestern beim Entladen des Magazins plötzlich fürchten mußte, gestört zu werden, hatte er in der Hast vergessen, daß wahrscheinlich noch eine Patrone im Lauf steckte. Übrigens war deutlich, daß Dariotis nur einen Schreckschuß beabsichtigt hatte; das Geschoß war ziemlich genau über Fox und Yvonne in die Decke des Flurs eingeschlagen – daß jemand auf drei Schritt Entfernung so daneben traf, wenn er es nicht wollte, war völlig ausgeschlossen. «Immerhin!» dachte Fox. «Der sanftmütige Johannes schaltet jetzt aus, denn er muß eine Anzeige wegen Mordversuchs gewärtigen. Aber Yvonne ist bewundernswürdig. Wer hätte das geahnt.» Dann tauchte bei ihm die Frage auf, weshalb Dariotis überhaupt geschossen hatte. Vermutlich war er bei Fox' unerwartetem Auftauchen dermaßen erschrocken, daß sich der Schuß als bloße Schreck- und Reflexhandlung erklären ließ. Dazu noch die fehlende Medizin...! dachte Fox. Er sah sich ein wenig im Zimmer des Griechen um, fand aber nichts Bemerkenswertes. Währenddessen kamen draußen Schritte auf dem Flur heran – voran die Bretonin, mit einem Besen bewaffnet, dann Herr Denis im Schlafanzug, schließlich Yvonne mit der noch nicht ganz hergerichteten Dame von Louha, auf die sie lebhaft einredete.

«Kein Grund zur Aufregung!» rief ihnen Fox entgegen. «Herr Dariotis hat sich nur etwas geräuschvoll verabschiedet.»
«Galt es Ihnen?» fragte Denis, der in der Eile sogar seine Tabakspfeife und offenbar auch seine Zähne vergessen und deshalb kein ganz so soigniertes Gesicht hatte wie gewöhnlich.
«Es war wohl mehr ein Rückzugsgefecht», antwortete Fox. Während er den seltsamen Zug dieser Morgengespenster, der ihn mittlerweile vollends erreicht hatte, betrachtete, wurde er sich der grotesken Komik des Ganzen bewußt und konnte sich so wenig beherrschen, daß Herr Denis der Dame von Louha den Arm bot und mit ihr leicht gekränkt kehrtmachte. Die Bretonin, da sie nun schon mit einem Besen hier war, trat in das leergewordene Zimmer und begann herumzuwirtschaften, wobei sie unverständlich Erregtes äußerte und das Mobiliar nicht eben sanft behandelte.
Fox blieb mit Yvonne auf dem Flur. «Gehen wir baden?» fragte er. «Die Sonne steigt eben aus dem Meer.»
«Der Wind ist noch kalt», erwiderte sie, fröstelnd bei dem Gedanken.
Er nahm ihre Hand. «Ich muß dir, ohne daß jemand zuhören kann, sagen, wie sehr ich dich bewundere.»
Yvonne blickte ihn an. «Was hättest du getan?»
«Und was hast du dir dabei gedacht?»
«Gedacht?» fragte sie. «Wahrhaftig nichts, denn so schnell kann ich nicht denken. Aber lassen wir das doch.»
Eine Viertelstunde später wanderten sie zu ihrem Badeplatz.
Der Wind kam aus Nordosten, ein englischer Wind, er war kühl und rein und brachte über den heranrauschen-

den Wellen einen Salzhauch mit. Strand und Felsen standen farbig in einem scharfen Morgenlicht.

«Ich wollte dieses Bild der großen Einsamkeit mit einer Frau, wie du bist, Yvonne, noch einmal sehen», sagte Fox, «und ich wollte deine Stimme hier noch einmal hören, denn wo anders muß sie erklingen als zusammen mit dem alten Lied des Meeres und der klagenden Weise des Windes? Nichts bleibt hier, und doch ist alles ewig.»

«Du willst Louha verlassen?» fragte sie und wandte den Kopf zur Seite.

«Ich will es nicht, aber ich fürchte, daß ich's tun muß.»

«Und du kommst nicht wieder!»

«Das kann ich heute noch nicht wissen.»

Yvonne nahm seine Hände und zwang sich zu heiterer Gelassenheit. «Lanzelot reitet wieder!»

«Das Abenteuer ist noch nicht zu Ende, diesmal muß ich sagen: leider.»

«Und ich weiß nicht einmal, welcher Art es sein mag.»

«Es mag sein und enden wie es will – ich werde dich eines Tages suchen, Yvonne, wenn ich eine Hand brauche, in der mein Herz sich ausruhen kann.»

Als sie ins Schloß zurückkamen, war der Frühstückstisch gedeckt; es sah ganz so aus, als ob man, entgegen der sonstigen Gewohnheit, auf sie gewartet habe.

Herr Denis, in einem hellen, großkarierten Reiseanzug äußerte sich zunächst noch einmal recht abfällig zu der Schießübung des Griechen, die er in seiner sanft ironischen Weise für ziemlich unangebracht erklärte.

«Mindestens der Zeit nach», sagte Fox, «man läßt sich nicht gern auf diese Art aus dem besten Morgenschlafe wecken. Es war aber doch ein wirkungsvoller Abschluß, wenn er auch keinen Sinn hatte.»

Eben darüber, meinte Herr Denis, sei er sich so sehr im Unklaren, daß er noch heute zu verreisen gedenke. Dariotis habe ihn in seinen geschäftlichen Angelegenheiten übel im Stich gelassen, weshalb er, Denis, sich gezwungen sehe, die Sache selber in die Hand zu nehmen.

«Sie fahren nach Paris?» fragte Fox.

«Woraus schließen Sie das?»

«Aus Bemerkungen, die Sie gestern abend machten. Kam Dariotis nicht aus Paris?»

«Ich werde nicht lange dort bleiben, sondern fahre vielleicht in meine Heimat weiter. Ich habe mir das Auto aus Brest bestellt.»

«Wie macht man das?»

«Das Leuchtfeuer hat Telefonverbindung, man darf sie in dringenden Fällen benützen», sagte die Dame von Louha.

Fox meinte: wie bedauerlich es sei, daß die wahrhaft liebenswürdige Gesellschaft so überstürzt auseinandergehen müsse – denn auch er habe die Absicht, Louha zu verlassen, da sein Urlaub zu Ende gehe –

«Sie sollten aber bleiben!» sagte Yvonne. «Bedenken Sie doch, was Sie vielleicht versäumen!»

«Nämlich?» fragte er verwundert.

«Hat man uns denn nicht den Besuch des berühmten Dr. Fox angekündigt?»

«Das ist wahr», sagte er. «Nun wird der Mann auf meine Bekanntschaft verzichten müssen.»

Denis schüttelte den Kopf. Er glaubte jetzt nicht mehr an das Auftauchen dieses ungemütlichen Herrn und hielt das alarmierende Telegramm nachgerade für einen Bluff, den Dariotis inszeniert hatte, um irgendwelche dunklen Absichten zu verdecken. Wußte etwa jemand, wer diese

Schwester Madeleine war? Niemand – außer vielleicht der Grieche. «Und nur für diese beiden», sagte er überzeugt, «könnte Fox Interesse haben.»
Der Gast aus Hamburg schwieg. Es wäre ihm nicht schwer gefallen, Herrn Denis darauf hinzuweisen, daß er sich mit dieser nachträglichen Wendung in Widersprüche verwickelte, aber gerade die Ungeschicklichkeit des Versuches ließ ihn bedeutungslos erscheinen. Auch Herr Denis selber hatte offenbar den Eindruck, daß er etwas falsch gemacht habe. «Wenn es Ihnen mit der Abreise eilt», sagte er, «darf ich Sie bitten, die Fahrgelegenheit nach Brest mit mir zu benützen, es wird mir ein Vergnügen sein.»
Danke, nein, Reineke wollte nicht nach Brest, sein großer Koffer lag in Brignogan. Herr Denis hob die Schultern.
Am Nachmittag fuhr das hochräderige alte Auto durch den Sand nach Westen, und bald darauf wanderte ein Mann mit einem Pappkarton nach Osten. Das Auto ließ sich Zeit, um so eiliger hatte es der Mann mit dem Pappkarton, denn er wollte von Brignogan aus mit der Nebenbahn noch den Anschluß an den Abendschnellzug erreichen, mit dem Herr Denis von Brest nach Paris fuhr. Das war schwierig, aber er hatte Glück, es klappte auf die Minute, und als er in den Schnellzug stieg, lag bereits Dämmerung über dem Lande, so daß er kaum befürchten mußte, gesehen und erkannt zu werden.
«Yvonne!» sagte die Dame von Louha, als sie die Lampe anzündeten. «Wie siehst du aus, mein armes Kind? Nein, plage dich nicht damit, eine Lüge zu erfinden. Du hast nun einmal kein Glück mit den Männern. Aber ich zerbreche mir den Kopf, woher das kommt.»

IX

Während der Fahrt hatte Fox Zeit genug, über die Entwicklung der Dinge in Ruhe nachzudenken. Seinem Ziel, jene gestohlenen Papiere des toten Luigi Zanetti in die Hand zu bekommen, war er zwar noch nicht nähergerückt, jedoch die Spur, die er seit Gardone verfolgt hatte, war richtig. Daß Dariotis die Papiere nicht mehr und Herr Denis sie noch nicht hatte, stand fest. Aller Vermutung nach befanden sie sich bei der geheimnisvollen Schwester Madeleine. Zwischen ihr und Herrn Denis gab es eine Verbindung, von ihr stammte die Warnung vor Fox. Ganz unsicher blieb jedoch, ob Denis wußte, daß die Dokumente wahrscheinlich jetzt bei ihr zu suchen waren!

Über einen Punkt kam Fox dabei nicht hinweg: er hielt Herrn Denis für einen verhältnismäßig harmlosen alten Mann und konnte, so genau er alles überlegte, sich nicht vorstellen, daß Denis ein Agent war. Noch weniger machte die Dame von Louha diesen Eindruck. Aber vielleicht hatte man in ihnen nur ein Werkzeug einer versteckteren und höheren Organisation zu erblicken, die ihnen selbst unbekannt blieb? Dariotis, darüber gab es keinen Zweifel, war ein süchtiger, haltloser Dummkopf, den man zwar nicht übersehen, aber auch nicht überschätzen durfte; nach dem Auftritt in Louha schaltete er vermutlich aus – wer aber hatte ihn in diese ganze, von langer Hand vorbereitete Angelegenheit verwikkelt? Denis? Der Gedanke ließ sich, da der Grieche von Denis Geld verlangte, nicht von der Hand weisen. Beide mußten sich jetzt geprellt fühlen, ebenso wie übrigens Fox selber, dem diesmal bei aller Umsicht nichts gelingen wollte, und das erbitterte ihn.

Draußen war es finster geworden, hin und wieder flog ein Licht vorbei.
Ich hätte, grübelte er, in Rom, in der Villa Trefontane bleiben und mich von Zanetti nicht in dieses Abenteuer hetzen lassen sollen. Aber natürlich: Maria, die Fee Morgane! Es war herrlich am Gardasee, und es wäre noch schöner geworden, niemals bin ich einer Frau wie Maria Zanetti begegnet, von der, ohne daß man weiß warum, ein solcher Zauber ausgeht – bin ich aber nicht sehr undankbar gegen Yvonne? Maria fürchtete sich vor der bloßen Fahrt nach Paris, und Yvonne...
Seit dem Besuch in Louha vermochte er zwar einen Schritt weiterzusehen, er hatte Denis und dessen Beziehungen zu Dariotis kennen gelernt, aber was half das, da der Weg sich sogleich wieder im Nebel verlor? Es stand zu befürchten, daß inzwischen diese Soeur Madeleine samt den Papieren über alle Berge war. Nein, doch wohl kaum! Denn welchen Sinn hätte dann noch die plötzliche Reise des Herrn Denis?
Man muß es noch einmal versuchen, dachte Fox – und hier sind bereits die Lichter von Paris. Wie rot der Himmel über der Stadt glüht!
Herr Denis verließ den Zug und begab sich, heftig pfeiferauchend, in ein naheliegendes Hotel; Fox, der ihm gefolgt war, sah noch, daß er dem Portier seinen Gepäckschein überreichte, damit dieser den Koffer holen lasse.
Danach ging Fox in sein eigenes gewohntes Hotel, das nur wenige hundert Meter entfernt lag und beendete den Ausflug in das Land der Artusritter mit einem zwar sehr verspäteten, aber desto ausgiebigeren Abendessen und einer halben Flasche Burgunder; seine Gedanken wurden dadurch ziemlich beflügelt.

Sehr zeitig am folgenden Morgen machte er sich auf den Weg und schlenderte nach der Rue du Paradis, wo eben erst der Gemüseladen aufgemacht wurde, während in den kaufmännischen Büros noch die Putzfrauen an der Arbeit waren. Aber die Straße wurde von Minute zu Minute belebter, der Menschenstrom dichter und eilender. Es lag Fox daran, festzustellen, ob Dariotis im Laufe des gestrigen Tages oder der Nacht hierher zurückgekommen war; er glaubte es nicht, indessen hatte er sich vorgenommen, doch ein wenig umsichtiger zu sein und jene kleinen Überraschungen zu meiden, die ihm in letzter Zeit so oft in die Quere gekommen waren. Wiederum vor der verstaubten Auslage der Drogerie auf der gegenüberliegenden Straßenseite stehend, wurde er sich voll Mißbilligung klar, daß weniger der Ehrgeiz ihn jetzt sorgfältiger werden ließ als vielmehr der Gedanke, daß er vor Maria Zanetti eine recht klägliche Figur machen würde, wenn er mit leeren Händen an den Gardasee zurückkam. Er schüttelte über sich selber den Kopf: seit er nicht mehr in der Nähe Yvonnes war, verblaßte ihr Bild unerwartet schnell, um so bedrängender trat Maria in den Vordergrund – und dies zu einer Zeit, in der es für ihn wahrhaftig anderes zu tun gab. Fox! sprach er zu sich selber, wunderst du dich nun, daß nichts aus dir wird?
Vielleicht hätte er diese heilsame Gewissenserforschung weiter fortgesetzt, obwohl sie im gegenwärtigen Augenblick seltsam genug war. Aber da sah er in der Glasscheibe des Schaufensters etwas Verblüffendes:
Aus dem Torbogen der Rue du Paradis 2 trat Johannes Dariotis, das offenbar unvermeidliche Köfferchen in der Hand.

Er ging bis zur nächsten Straßenecke, wo ein Taxiwarteplatz war. Fox nahm den zweiten Wagen und setzte sich neben den Chauffeur.
Der Grieche fuhr quer durch die Stadt zur Gare de Lyon, dem Bahnhof, von dem die Verbindungen nach der Schweiz und Italien gehen. Unterwegs gab Fox dem Chauffeur einen Geldschein und hieß ihn, sich hinter Dariotis an den Schalter stellen. «Sie bekommen das Doppelte, wenn Sie herausbringen, wohin der Herr fährt!» sagte er. «Ich werde einstweilen im Wagen warten.»
Bald darauf kam der Mann zurück. Dariotis hatte eine Fahrkarte nach Brescia gelöst, der nur zwanzig Kilometer von Gardone entfernten Schnellzugstation. «Der Zug fährt erst in einer halben Stunde ab», sagte der Chauffeur. «Der Herr hat seinen Platz im dritten Wagen von vorn.»
«Ausgezeichnet!» sagte Fox. «Aber ich bleibe lieber hier. Ein sonniger Morgen in Paris – gibt es etwas Vergnüglicheres?» Er ließ sich in die belebteste Gegend der Stadtmitte fahren, zu einem Café auf dem Boulevard des Italiens, wo man im Freien frühstücken und das bunte Dahintreiben der Menschen besonders gut beobachten konnte.
Seine Vermutung schien richtig zu sein: Dariotis schied aus, er hatte die zweite Hälfte seiner Aufgabe nicht gelöst, sondern alles gründlich verdorben und mußte bemüht sein, zu verschwinden. Beneidenswert! dachte Fox, morgen wird er wieder in Fasano spazieren gehen und im Gardasee baden dürfen und vielleicht Maria begegnen; sie wird ungemein verwundert sein, ihn zu treffen und sich den Kopf zerbrechen, was inzwischen

wohl geschehen sein mag; ich muß ihr sofort schreiben; sie soll sich hüten, ihn zu fragen – bei ihrer Unerfahrenheit würde er schon aus diesen Fragen manchen Schluß ziehen, und das könnte die Dinge nur noch mehr verwirren, nein, ich will telegraphieren, damit sie schon vor seiner Ankunft weiß wie sie sich gegebenenfalls verhalten muß.

Er begann, den Text des Telegramms aufzuschreiben, es war nicht ganz einfach, denn vorsichtshalber sollte dieser Text nur für Maria verständlich sein. Übrigens ließ er sich durch diese Beschäftigung nicht sehr beim Frühstück stören und ertappte sich zwischendurch dabei, daß er sowohl das Telegramm wie den Kaffee vergessen hatte und überlegte, ob es nicht viel besser und angenehmer gewesen wäre, gleichfalls an den Gardasee zu fahren und die Menschen ihre Geschäfte selber besorgen zu lassen.

Die Sonne war mittlerweile weiter gewandert, der Schatten, in dem Fox bisher gesessen hatte, wich zurück, es wurde recht warm. Er blickte auf, um dem Kellner zu winken, und eben in dieser Sekunde trat eine sehr elegante junge Dame an sein Tischchen.

Es war Maria Zanetti.

Der Kellner, dem es eben jetzt einfiel, einen großen roten Sonnenschirm aufzuspannen, verdarb dadurch diese Pointe des Schicksals recht erheblich, zumal der Schirm sich zunächst nicht öffnen wollte und deshalb einige abrupte Maßnahmen nötig wurden. Aber es war vielleicht ganz gut so, Fox konnte indessen mit seinem Erstaunen fertig werden.

«Welches Glück!» sagte Maria Zanetti mit ihrem lieblichsten Lächeln. «Es war also doch richtig, daß ich

nicht sogleich weitergefahren bin. Ich bin nämlich vor einer Stunde mit dem Nachtschnellzug aus Brescia gekommen und wollte mich hier nicht aufhalten. Als ich aber den wunderbar zartfarbigen Morgen über der Seine sah, dieses Perlmutterschimmern, schob ich meinen Vorsatz um vierundzwanzig Stunden auf.»
«Ich habe –» sagte Fox, «nein, geahnt habe ich es nicht, denn das war wohl unmöglich, aber ich habe so sehr an Sie gedacht, dass es fast... Sie sind also wirklich die Fee Morgane und man kann Sie beschwören!»
«Ihre Eitelkeit hat sich inzwischen nicht vermindert!» Maria strahlte ihn aus dunklen Augen an. «Aber gar so wunderbar ist die Sache nun doch nicht, das sollten Sie wissen.»
«Übrigens war ich heute bereits an der Gare de Lyon», sagte Fox.
«Vermutlich wollten Sie das Reiseziel unseres Freundes Dariotis wissen?» erwiderte sie mit lächelnder Gelassenheit.
«Sie haben ihn gesehen?»
«Natürlich, denn er stieg ja in den Zug ein, mit dem ich gerade gekommen war. Sie wissen aber, daß er mir ziemlich zuwider ist, sonst hätte ich ihn angesprochen und ihm gute Fahrt gewünscht. Lassen Sie mich aber nicht sterben vor Neugier, Dottore! Da ich schon das unwahrscheinliche Glück habe, Ihnen hier zu begegnen –»
«Glück nennen Sie diese Begegnung?»
«O, mein Brief hat Sie nicht mehr erreicht?» fragte Maria Zanetti und zog die Brauen hoch.
«Welcher Brief?»
«Nun», antwortete Maria und setzte sich zu ihm, «Sie schrieben mir aus einem bretonischen Fischernest, daß

Sie in ein uraltes Schloß namens Louha übersiedeln wollten, dort wohne eine Fee mit grünen Augen. Dieser Brief, das muß ich gestehen, hat mir viel zu denken gegeben. Erinnern Sie sich doch: als wir davon sprachen, daß sie den Gardasee verlassen wollten, sagte ich, es sei wohl besser, wenn ich Sie begleite – für den Fall, daß Ihnen unterwegs schöne Frauen aus den Fenstern winken. Hätte ich's doch nur getan!»

Fox blickte sie an.

«Als ich den Brief erhielt, antwortete ich Ihnen sogleich, daß die Fee Morgane – die mit den dunklen Augen! – in ihren bretonischen Zauberwald zurückkehren werde, damit dort kein Unheil geschieht. Kurz: ich bin unterwegs nach Louha!»

«Maria –! Aber um Himmelswillen, an wen haben Sie den Brief adressiert?»

«An Herrn Dr. Reineke, das ergab sich ja aus Ihrer Mitteilung und war doch wohl selbstverständlich. Jetzt aber, da ich Ihnen hier begegnet bin –» Sie schlug die Augen nieder. «Die Dinge sehen anders aus, wenn man sie denkt, und anders, wenn man sie tut – haben Sie das nicht neulich selbst gesagt? Ich war so sehr allein. Jetzt freilich... was wollte ich – bitte, bitte: Lassen Sie sich meinen Brief hierher nachsenden und geben Sie mir ihn uneröffnet zurück! Es könnte einiges darin stehen... ich fürchte, daß ich sehr, sehr unvorsichtig war... und ich weiß ja auch nicht, wie das Abenteuer mit den grünen Augen ausgegangen ist...»

Er antwortete: «Aus meinem Brief werden Sie wissen, daß ich durchaus nicht wegen grüner Augen in Louha gewesen bin. Aber auch das ist gleichgültig, da wir nun hier beieinander sind, Maria.»

«Ich muß also nicht nach Louha fahren?»
Fox hatte sein leises Lachen, wie immer, wenn er glücklich war.
«Bleiben Sie länger in Paris?» fragte Maria.
«Ich bin erst gestern abend gekommen.»
«Von Louha?»
«Ja. Ob ich länger bleiben muß, das weiß ich noch nicht.»
«Sie haben hier zu tun?»
«Das steht zu befürchten. Es soll mich aber nicht davon abhalten –»
«Doch, wenn es mit unserer Angelegenheit zusammenhängt!»
«Ich hoffe, beides läßt sich vereinen», sagte Fox.
«Das wäre schön!» erwiderte sie leuchtend. «Sie müssen mir aber versprechen –»
«Was Sie wollen! Wo werden Sie wohnen?»
Ach, das hatte Maria Zanetti noch nicht überlegt, der Aufenthalt in Paris kam ihr ja völlig überraschend, niemand wußte von dieser Reise, auch ihr Vater nicht; die Freunde in Fasano hatte sie ein bißchen angelogen.»Ich kann es zwar nicht sehr gut», sagte sie lachend, «aber was tut man nicht, wenn man an grüne Augen denkt. Waren sie tatsächlich grün? Das läßt sich doch kaum vorstellen! Schreiben Sie noch heute wegen meines Briefes nach – mein Gott, ich kann mir den Namen des Schlosses immer noch nicht merken –»
«Louha.»
«Ich verlasse Paris nicht eher, als bis ich meinen Brief wiederhabe.»
«Ja, dann werde ich also gleich nächstes Jahr schreiben», antwortete Fox, «die Aussicht, einen ganzen Herbst und

Winter mit Ihnen in Paris zu verbringen, ist zu bezaubernd. Was stand also in dem Brief?»

«Nichts als Beleidigungen», sagte Maria. «Deshalb möchte ich ihn ja zurückhaben.»

Fox legte seine Hand auf die ihre. «Wenn wir nicht hier auf dem belebtesten Boulevard wären, und wenn ein Kaffeehaustischchen nicht das denkbar Nüchternste wäre, und wenn ich nichts weiter zu tun hätte – dann könnte mir vielleicht der verwegene Gedanke kommen, daß Sie mich lieben.»

«Also wäre es vielleicht besser gewesen, Sie hätten mich im Zauberwalde Brezeliand erwartet», antwortete Maria und stand auf. «Sie haben recht, von solchen Dingen darf man nicht zwischen Zeitungsverkäufern und Omnibussen sprechen. Wann sehen wir uns?»

«Sie wollen mich verlassen?»

«Im Gegenteil, das heisst, ich will mir eine Unterkunft suchen, und zwar allein.»

«In Louha –»

«Sind wir nicht. Ich werde heute abend um acht Uhr wieder hier sein, wenn es Ihnen recht ist. Keine Unterhandlungen, bitte, die Fee verschwindet!»

Wahrhaftig, sie ging, sie verschwand, im Strome der Menschen. Fox brauchte einen Augenblick, um inne zu werden, daß er nicht geträumt hatte.

Dann ließ er sich Briefpapier geben, schrieb an Yvonne und bat sie, ihm den Brief, der inzwischen wohl angekommen war, sofort zu schicken, der Inhalt sei vermutlich ungemein wichtig. Er fügte noch einen längeren Schluß hinzu, aus dem seine Wehmut klang über den schnellen Abschied von Louha, von der Bretagne, der See, der Heide und den grünen Augen. Dann suchte er das nächste Postamt, und als der Brief aufgegeben und Fox wieder auf der Straße war, hatte er das Gefühl, daß er – besonders mit der etwas zu sentimentalen Komödie des letzten Absatzes – vielleicht doch nicht richtig gehandelt habe, denn eigentlich war Yvonne zu gut für so freundliche kleine Schwindeleien. Aber das mochte nun sein, wie es wollte – heute abend würde er Maria wiedersehen.

Allerdings lag vor diesem Ziel noch eine lange Zeitstrecke, und sie war eigentlich das Wichtigste. Über der Fahrt zum Lyoner Bahnhof und dem Zusammentreffen mit Maria Zanetti hatte Fox seinen Freund Denis aus den Augen verloren, jetzt begann er sich deshalb Vorwürfe zu machen, wußte aber, daß sie nicht ganz echt waren, und dieses Bewußtsein wiederum plagte ihn heftig, denn er hatte allen Grund, sich leichtsinnig zu schelten. Und heute abend würde er Maria wiedersehen –

Im Hotel des Herrn Denis konnte er nichts weiter erfahren, als daß dieser vor einer halben Stunde ausgegangen sei. Nein, der Herr war im Hotel bisher nicht bekannt gewesen. Er hatte sich übrigens beim Weggehen erkundigt, wo ein italienisches Restaurant sei, man hatte ihm eines auf dem Boulevard de Clichy empfohlen. Fox dankte; einen Augenblick dachte er daran, den Ausweis aus der Tasche zu ziehen, den ihm der Abteilungsleiter in der Polizeipräfektur für alle Fälle gegeben hatte, aber was war jetzt damit anzufangen? Man konnte das später einmal tun, wenn es ernstlich notwendig werden sollte. Er sagte dem Portier, daß er im Laufe des Tages wahrscheinlich nochmals herkommen werde, da er Herrn Denis sprechen müsse, trat in den leuchtenden Pariser Vormittag hinaus und schlug den Weg nach den Tuileriengärten ein, die er besonders liebte. Heute abend –

Um die Mittagszeit bummelte er zum Boulevard de Clichy, fand dort aber zwei italienische Restaurants und mußte nun das richtige suchen. Schließlich entdeckte er Herrn Denis. Es gelang ihm, in einer dämmerigen Ecke Platz zu finden, von der aus er den Freund von Louha sehen konnte, ohne selbst gesehen zu werden; hinter einer Zeitung halb versteckt, beobachtete er ihn mit der größten Anteilnahme, obwohl Denis nichts weiter tat, als was auch jeder andere getan hätte: er las Zeitung, rauchte die unvermeidliche Shagpfeife, ärgerte sich nach jedem Artikel über sie, trank ein Glas Rotwein, bestellte sein Essen.

Aber gerade diese harmlosen Beschäftigungen waren es, die Fox interessierten. Je genauer er Herrn Denis und seine Bewegungen beobachtete, desto richtiger schien ihm die Meinung, zu der er schon von jeher neigte, nämlich, daß Denis ein soignierter alter Herr und gewiß kein Mann war, der seine Finger in den Affären internationaler Agenten hatte.

Der Eindruck verstärkte sich vollends, als Denis die bestellten Spaghetti bekam und zu essen anfing – mit solchem Genuß und solcher Fertigkeit sah man dies eigentlich nur in Italien, aber Denis stammte ja von der italienischen Grenze. Ein elegantes Kunststück, man konnte es nicht anders nennen. Fox versank in Bewunderung – und angesichts dieses Spaghettivirtuosentums tauchte aus der Tiefe seines Unterbewußtseins ein Gedanke, der so komisch und phantastisch war, daß er ihn zunächst überhaupt nicht weiterspann, denn es gab dringlichere Fragen. Immerhin: so gewandt müßte man mit den verschlungenen [oder noch zu verschlingenden] Fäden des Schicksals und den Tatsachen fertig zu werden verstehen!

Nachdem Herr Denis in aller Behaglichkeit noch einen schwarzen Kaffee getrunken und mit einem Strohhalm, den er sich eigens geben ließ, seine Pfeife sorgfältig gereinigt hatte, ging er den Boulevard hinab und in eine Nebenstraße, die Rue Dulong, wo er im Hause Nr. 7 verschwand.

Fox überlegte, ob er ihm dorthinein folgen oder auf der Straße warten sollte, als Herr Denis bereits wieder erschien, die vor einer Viertelstunde gereinigte Pfeife mit äußester Abneigung und manchem Kopfschütteln betrachtete und sich zur nächsten Omnibushaltestelle begab. Es war nicht zu verkennen, daß er in dem Hause Rue Dulong 7 eine Enttäuschung erlebt hatte, die – im Hinblick auf die kurze Zeit – nur darin bestehen konnte, daß er nach jemandem gefragt, ihn aber nicht angetroffen hatte.

Fox ließ ihn gehen und besah sich lieber das Haus und die Schilder ein wenig. Im zweiten Stock – höher konnte Denis in den paar Sekunden unmöglich gekommen sein – war eine Fremdenpension, deren Name Quisisana in dieser lauten Straße allerdings nicht ganz angebracht erschien.

Die muffige Luft im Treppenhaus, in der eine Spur von Gasherdgeruch hing, die umschnörkelten Edelknaben auf den Milchglasfenstern, die in der Mitte ausgetretenen Holzstufen, die sinnlosen Eisenranken des Geländers, die Wohnungstüren mit ihrer ölfarbenen Kleinbürgerlichkeit, das Hamstergesicht des Concierge, das am Treppenflurfenster sichtbar wurde, dies alles kam ihm plötzlich so termitenmäßig vor wie die Stadt überhaupt. Zu denken, daß jetzt langhingestreckte grüne Wogen auf die alten Mauernquadern eines Schlosses in der Bretagne zurollten, sich aufbäumten und in glitzernden Salzschaum zersprühten, daß über der braunen Heide ein Rüttelfalk hoch im Blauen hing, daß man, zwischen naßblanken Felsen im Sande liegend, die einsam klagende Weise des Windes hörte, daß Lanzelot oder Parzival fern, ganz fern am Horizont in tiefen Gedanken dahinritt, während sich im Norden glänzende, weißgoldene Wolkentürme über der Kimm aufballten – und man wäre ja nicht allein, nicht immer allein.

Ob Yvonne, wenn sie das Schloß eines Tages erbte, wohl auch so undurchsichtig werden würde wie die Dame von Louha? Ich war nicht zum letztenmal dort, dachte er. Möglich, daß die Dame den Schlüssel zu dem Geheimnis besitzt, dem ich hier, in den grauesten Straßen von Paris, nachlaufe. Und sehr wahrscheinlich, daß sie weiß, wer diese Schwester Madeleine ist; aber die Dame von Louha schweigt wie das Land, in dem sie wohnt.

Jedoch heute abend –

Maria wird mich fragen, was ich erreicht habe. Man muß das Gesicht wahren. Es wird schwierig sein. Das ist eine elende Komödie.

Über allen diesen Grübeleien war er, fast ohne es zu merken, in die Nähe seines Hotels gekommen. Gut. Die Luft war schwül, vielleicht gab es ein Gewitter. Er ging in sein Zimmer, zog sich aus, legte sich auf das Bett. In einem so anständigen Hotel sollten nicht so viel Sprünge in der Stubendecke sein, das konnte man verlangen. Ein unlogisches Kreuzundquer, und eine Fliege, die da spazierte, richtete sich keineswegs nach den vorgezeichneten Pfaden. Recht hatte sie. Nur die Menschen sind dumm, daß sie sich in Abenteuer hetzen lassen. Freilich, man muß leben. Er dachte an Professor Helfering. Wäre der Doktor Wilhelm Reineke damals Privatdozent geworden, wie Helfering es gewünscht hatte –

Da mußte Fox nun lachen. Er kannte das: bei jedem seiner Abenteuer gab es eine solche vermaledeite Ecke, immer fiel sie mit dem tiefsten Punkt zusammen, mit der griesgrämigen Überzeugung, daß er diesmal erfolglos bleiben würde und daß dies nun wirklich der aussichtsloseste und deshalb letzte Fall sei, mit dem er sich befaßt hatte. Wenn Helfering jetzt hier wäre, würde er sagen – nein, sagen würde er nichts, aber man würde mit allen Nerven spüren, was er dachte. Fox sah die klugen grauen Augen vor sich ... er griff nach dem Telefon neben dem Bett und bat den Portier, ihn um sieben Uhr zu wecken. Dann, immer noch mit dem Blick der klugen grauen Augen beschäftigt, schlief er ein. Wenn dies der tiefste Punkt war, dann mußte es nun also aufwärts gehen. Natürlich mußte es aufwärts gehen, denn heute abend –

Die grauen Augen wurden dunkel und begannen trotzdem zu strahlen.

Als Fox kurz nach sieben Uhr das Hotel verließ, sah er, daß es geregnet und erst vor kurzem aufgehört hatte, das Pflaster war noch naß, im blanken Asphalt der Boulevards spiegelten sich die bunten Lichtreklamen und die Scheinwerfer der Autos.

Maria Zanetti kam auf die Minute.

«Es ist schwül und dumpfig», sagte er, «man sehnt sich nach frischerer Luft. Fahren wir in den Bois? Ich habe gehört, daß die Kaskaden illuminiert sind, das könnte hübsch sein.»

Maria war damit einverstanden. Man nahm ein Taxi.

«Wo sind Sie untergekommen?»

In der Avenue de Wagram hatte sie ein gutes Hotel gefunden, das er von einem früheren Aufenthalt her kannte. «Ich hoffe, Sie haben sich den ganzen Tag über nicht zu einsam gefühlt?»

Gewiß nicht. Morgens hatte sie natürlich bereits einiges eingekauft, «und nachmittags begann es ja zu regnen, das war mir nur recht, ich habe mich gründlich ausgeschlafen, denn die Nacht im Zug war wenig angenehm. Aber nun erzählen Sie endlich, Dottore, denn ich komme um vor Neugier!»

«Das wäre ein nicht nur bedauerliches, sondern auch zweckloses Ende», sagte er, «Ihr Freund Fox hat sich nicht gerade mit Ruhm bedeckt und muß bitten, Ihre Neugier noch ein wenig auf Eis zu legen.»

«Die grünen Augen sind daran schuld!» sagte sie.

Er schüttelte den Kopf. «Ich wollte, es wäre so.»

«Dottore! Sie wünschen also, daß ich nicht vor Neugier, sondern vor Eifersucht sterbe!»

«Nein, verstehen Sie mich nicht falsch, Maria. Wären die grünen Augen schuld, so hätte ich immerhin eine Ausrede. So aber bleibt mir nur übrig, meine Unfähigkeit zu gestehen – und zeigen Sie mir den Mann, der dies gern tut.»

«Ich kann es Ihnen nicht ersparen.»

Mittlerweile hatte der Wagen die Stadt hinter sich gelassen, war in die Parkanlagen des Bois de Boulogne eingebogen und zwischen den dunklen Mauern der Bäume eine schnurgerade Allee entlanggefahren, jetzt hielt er vor dem hell erleuchteten Restaurant nahe dem Wasserfall. Über dem Rasen lag ein dünner Dunstschleier, und während Fox mit Maria die wenigen Schritte zur Glasterrasse hinaufging, kamen ihm die Verse in den Sinn, an die er sich vor langer Zeit schon einmal erinnert hatte:

The elf-queen with hyre jolly compagnye
Danced ful oft in many a greene mede –

aber das war freilich nicht am Rand einer Großstadt gewesen, sondern in der geheimnisreichen Einsamkeit, wo die Elfenkönigin noch nicht aussah wie ein Revuestar aus den Folies Bergère. Maria hat nicht so unrecht! dachte er, die grünen Augen gehen mir mehr nach, als sich ahnen ließ.

«Also nicht die grünen Augen!» sagte er jedoch, als sie einander gegenüber saßen. «Aber freilich eine Frau.»

«Fox!»

«Nein, nicht was Sie denken. Leider nicht!»

«Und wer ist diese Frau?»

«Eine Nonne.»

«Sie halten mich zum Narren!» sagte Maria.

«Nein! – Lassen Sie sich also erzählen.»

Maria hörte mit aller Aufmerksamkeit zu, er faßte sich so kurz wie möglich, sie unterbrach ihn nicht. Als er mit seinem Bericht fertig war, fragte sie: «Und diese Schwester Madeleine, glauben Sie, hat die Papiere meines Onkels Luigi?»

«Sie hat sie zum mindesten gehabt.»

«Und Herr Denis oder wie er heißt?»

Fox hob die Schultern. Er ließ sich nicht gern fragen, vollends nicht in einer Lage wie dieser. «Ich erinnere mich an ein Gespräch, das wir in Gardone hatten», sagte er, «als Sie mir empfahlen, im Trüben zu fischen. Ich entgegnete Ihnen damals, daß man den Fischen wie den Menschen nicht immer gleich mit zu groben Brokken kommen darf – auf einen winzig kleinen, kaum bemerkbaren fallen sie bisweilen eher herein. Damals zeigte sich, daß mein Rezept richtig war. Daß es stets richtig ist, will ich nicht behaupten – aber wir werden sehen, und damit gut! Man muß aus dem Augenblick nehmen, was in ihm ist, Maria. Sitzen wir hier, um uns den Kopf zu zerbrechen?»

«Seien Sie nicht leichtsinnig. Möglicherweise ist Luigis Geheimnis schon verkauft und liegt im Panzerschrank einer Botschaft, oder es ist mit dem diplomatischen Gepäck bereits jenseits der Grenze!»

«Dann wäre es ohnehin zu spät. Aber ich glaub das nicht.»

Maria blickte ihn erstaunt an. «Und weshalb nicht?»

«Verzeihen Sie, wenn ich jetzt nicht über die Gründe für diese Annahme spreche. Erlauben Sie mir lieber, Ihnen zu sagen, daß Sie noch nie so gut ausgesehen haben wie heute; der lange Nachmittagsschlaf ist Ihnen ausgezeichnet bekommen – übrigens habe auch ich geschlafen oder es wenigstens versucht, und es ist ganz merkwürdig, wie sich – manchmal – in einem solchen Dämmerzustande die Gedanken klären und ordnen. Aber nichts mehr davon, ich bitte Sie! Wie sieht es am Gardasee aus? Waren Sie ununterbrochen dort?»

«Nicht immer», antwortete Maria, «ich mußte inzwischen für ein paar Tage nach Mailand fahren. Der See? Nun, glauben Sie, daß er sich in dieser einen Woche verändert hat?»

«Wahrhaftig!» sagte Fox und griff sich an die Stirn. «Wenn ich nachrechne... erst eine Woche ist vergangen, daß wir uns in Gardone gesehen haben – nein, doch ein wenig mehr, aber nicht viel. War es nicht Abend, als wir zum letztenmal auf der kleinen Plattform der Badetreppe saßen? So dehnt sich die Zeit, wenn sie ausgefüllt ist.»

«Es war Nacht», erwiderte Maria und wurde rot. «Im See spiegelten sich die Lichter der fernen Ufer.»

«Fern... ja...» sagte er. «Wie schnell die Bilder des Lebens aufeinander folgen!»

«Man hört, daß Sie an Louha denken.»

«Ich will's nicht leugnen. Ein seltsames Land, Maria, aber den Zauberwald konnte ich auch dort nicht finden, obwohl ich nicht suchte. Es kam gewiß daher, daß die Fee Morgane fehlte.»

«Sie werden nicht verlangen», sagte Maria, «daß die Fee Morgane den Bois de Boulogne in einen Zauberwald verwandelt, das ging über ihre Macht.»

«Wissen Sie übrigens», fragte er, « – aber natürlich wissen Sie es, denn das Wort ist ja italienisch, wenn ich nicht irre: die Fata Morgana, jene Luftspiegelung, die den Wanderer zumal in der Wüste narrt und ihm über dem Horizont grüne Oasen und blinkende Städte vorgaukelt – diese Fata Morgana hat ihren Namen nach der Fee Morgane!»

«Ja», sagte sie, «es ist der letzte Rest, der von dem ganzen Zauberwesen geblieben ist, und nur ein Wort.»

«Nur ein Wort? Es scheint mir nicht so, Maria. Wenn mir heute früh jemand gesagt hätte, daß ich Ihnen begegnen würde... vielleicht ist der Bois doch jener Zauberwald?»

«Aber die Fee Morgane hat kein Schloß in ihm, sondern nur ein Zimmer in einem Hotel an der Avenue de Wagram, wie reimt sich das zusammen? Übrigens spiegelt sie Ihnen auch nichts vor.»

«Wahrhaftig?»

Wiederum blickte ihn Maria in ihrer besonderen Weise groß an. «Schon als wir uns in Rom zum erstenmal begegneten», sagte sie schließlich, «habe ich wohl kein Geheimnis daraus gemacht... nein, lassen Sie doch nicht immer nur mich reden! Was kann denn ich dafür daß Sie mich in Gardone so allein ließen?»

Er lächelte. «Ach, ich wünschte sehr, daß dergleichen nicht mehr nötig wäre. Glauben Siemir: in der Einsamkeit der Bretagne, als der Wind die alten Sagen über den Dünensand hinsang, dachte ich mehr als einmal daran, wie schön es wäre, still in der Villa am blauen See zu leben und die wunderbaren Schätze an Erkenntnis, die in den etruskischen Forschungen Ihres Großvaters ungehoben im Dunkeln liegen, mit beschaulicher Gelehrtenarbeit ans Licht zu bringen.»

«Sie würden es nicht aushalten, Fox», sagte Maria.

«Nicht, wenn ich allein wäre, das ist wahr», antwortete er und nahm ihre Hand. «Denken wir aber gemeinsam nach, vielleicht fällt uns ein Mittelweg ein?»

Es gelang ihr nicht mehr, die Augen aufzuschlagen. «Jetzt sind Sie es, der ein schönes Bild in die Luft zaubert», sagte sie leise, «und es wird nicht mehr lange dauern, bis ich mich dadurch in die Irre führen lasse. Sie wissen genau, dass ich Ihnen gegenüber bisweilen Komödie spielen muss, um nicht hilflos zu werden. Ich sollte das verschweigen, ja, aber es würde nichts nützen, denn nicht immer lässt sich etwas verbergen, was man verschweigt. Jetzt also sind Sie es, der eine Fata Morgana am Horizont erscheinen lässt – weshalb? Sie sollten das nicht tun, denn morgen früh wird das Bild verschwunden sein – und ich werde weinen. Ach, ich weine schon jetzt, wenn ich nur daran denke.»

Fox betrachtete diese schöne Maria Zanetti, dann blickte er durch die Glaswand der Terrasse in die Nacht hinaus und sagte: «Wir wollen durch die sanfte Dunkelheit bis zur Porte Dauphine zurückgehen, was meinen Sie? Die Wege sind wieder trocken. Es gibt Dinge, die zu empfindlich sind, als daß man beim starren Licht der elektrischen Lampen über sie sprechen könnte. Ich glaube, wir sind sehr glücklich, Maria.»

«Das werde ich erst morgen früh wissen», antwortete sie, und eine Träne glänzte in ihr Lächeln. «Gehen wir?»

X

Die Hausmeisterin in der Rue Dulong Nr. 7 hatte sich eben hingesetzt, um ihren Morgenkaffee zu trinken. Das war für sie einer der genußreichsten Augenblicke des Tages: ihr Mann bereits auf dem Weg zu seinem Arbeitsplatz und die Hausbewohner noch nicht aufgestanden, auch nicht die Gäste der Pension Quisisana. Obwohl sie noch keine alte Frau war, trug sie um diese Stunde ein Kleidungsstück, das – außer eben bei den Pariser Concierges – heutzutage selten ist, nämlich eine weiße Nachtjacke, gar nicht übel. Selbstverständlich war ihr schwarzes Wuschelhaar noch nicht frisiert und das magere, gelbliche Gesicht noch nicht gewaschen, auch dies gehörte wohl zum Genuß des Augenblicks.

Sie sah daher ziemlich ungehalten auf, als jemand vom Hausflur aus an ihr Fensterchen klopfte.

«Guten Tag, Madame!» sagte der draußen stehende Herr. «Ich bedaure unendlich, Sie stören zu müssen, hoffe jedoch, daß es sich für Sie wenigstens lohnen wird», und damit gab er ihr durch das Fensterchen einen Geldschein, der ihn sofort ungemein sympathisch werden ließ. «Ich möchte Sie um nichts weiter bitten als um eine kleine Auskunft und fürchte nur, daß ich dazu hineinkommen muß.»

«Es wird mir ein Vergnügen sein, mein Herr», antwortete die Concierge, ohne den boshaften Doppelsinn seiner Worte zu begreifen, und ließ ihn ein. «Darf ich Ihnen eine Tasse Kaffee anbieten?»

«Ich habe nichts dagegen, danke sehr», sagte der Fremde. «Hoffentlich wird sich niemand von Ihren Mietern etwas dabei denken, wenn eine so hübsche junge Frau um diese Zeit Herrenbesuch empfängt? Ein allerliebstes

Zimmer übrigens, so geschmackvolle Möbel sieht man selten. Nun, dies ist ja auch ein gutes Haus, nicht wahr.»

«Im allgemeinen läßt sich das wohl behaupten», erwiderte Madame, «räudige Schafe gibt es freilich überall, damit muß man sich abfinden. Womit kann ich Ihnen dienen, mein Herr?»

«Um Ihre Zeit nicht in Anspruch zu nehmen: ein Herr Denis ist Ihnen nicht bekannt?»

«Denis? Der Name ist in Paris nicht gerade selten, bei unsern Mietern aber nicht zu finden. Wie sieht er aus?»

Fox beschrieb ihn.

Die Hausmeisterin meinte, auch Männer mit diesem Äußeren seien nicht gerade selten. Und worum handelte es sich also bei Herrn Denis?

O, eigentlich war es gar nicht Herr Denis, um den es sich handelte, nein, bedauerlicherweise nicht, denn – Ihr Kaffee ist wirklich ausgezeichnet, und wo kaufen Sie das Brot? – denn er war tot, der Arme.

Was, Herr Denis?

Tot und begraben, wie es schon in dem alten Liede von Marlbrough so schön heißt. Er, der Besucher, der hier vor ihr saß, hatte mit ihm in der Klinik gelegen und den letzten Wunsch des Herrn Denis vernommen, nämlich einer gewissen Ordensschwester, die ihn früher einmal gepflegt, eine nicht unbedeutende Summe als Vermächtnis zu überbringen.

Wahrhaftig! Und wie hieß die Glückliche?

Das war es ja: auch der teure Verstorbene hatte sie nur unter dem Namen Soeur Madeleine gekannt, aber bis zuletzt behauptet, daß sie hier, Rue Dulong Nr. 7, wohne.

«Aber mein Herr!» sagte die Hausmeisterin. «Sie wissen

doch ebenso gut wie ich, daß Ordensschwestern niemals in Privathäusern wohnen!»
Natürlich wußte das der Besucher. Weil aber Herr Denis durchaus auf der Rue Dulong Nr. 7 bestanden hatte und weil im zweiten Stock ein Fremdenheim war –
Nein, auch in Fremdenheimen pflegten Nonnen nicht abzusteigen. Schwester Madeleine? Lassen Sie mich überlegen, mein Herr. Wie soll sie aussehen?
«Ich kenne sie leider nicht», sagte der Fremde, «aber ich habe die Vollmacht, fünf Prozent des Erbes an denjenigen auszuzahlen, der diese Schwester Madeleine ausfindig macht. Wie denken Sie darüber, Madame?»
«Sie machen mich unglücklich, mein Herr! Wieviel wäre das? Ein Fremdenheim, gewiß, aber ich kann Ihnen versichern, daß in den zehn Jahren, die ich hier bin, keine Ordensschwester das Haus betreten hat, abgesehen natürlich von einzelnen Krankheitsfällen, wenn von einem der Mieter eine Pflegerin benötigt wurde, aber das kommt selten genug vor.»
Vielleicht hatte Herr Denis etwas Derartiges gemeint, er war zuletzt nicht mehr völlig im Besitze seiner geistigen Kräfte gewesen. Es müßte etwa anderthalb Wochen her sein –
Was?
Daß Soeur Madeleine hier gewesen war.
«Unmöglich – halt, nein!» rief die Concierge in großer Aufregung. «Anderthalb Wochen? Mir ist so, als ob ungefähr zu dieser Zeit einmal eine Schwester die Treppe herunter gekommen sei – ich sprach gerade mit dem Briefträger, er ist ein Vetter meines Mannes, wissen Sie, und züchtet Brieftauben, damals hatte er einen Preis bekommen, deshalb konnte ich nicht so achtgeben wie

sonst. Eine Klosterfrau, sehr möglich. Aber ich habe sie nur dies eine Mal gesehen, das ist sicher.»
«Wie sah sie aus? Alt? Jung?»
Madame glaubte: jung, aber genau wußte sie es nicht.
«Immerhin», sagte der Besucher, «wenn es mir gelingt, sie zu finden, werde ich beantragen, daß Sie an den fünf Prozent beteiligt werden.»
Fox empfahl sich, Madame wünschte ihm allen Erfolg, und er war von der Aufrichtigkeit dieser Wünsche ausnahmsweise überzeugt.
Kurz danach betrat er die kleine Halle des Hotels in der Avenue de Wagram.
Auch hier war man noch nicht völlig aufgestanden, der Nachtportier versah noch seinen Dienst, ein Hausdiener in grüner Schürze fuhr mit dem summenden Staubsauger über den Teppich.
«Ich möchte diese Rosen für Fräulein Maria Zanetti abgeben», sagte Fox.
«Fräulein Zanetti – ?» fragte der Nachtportier und blickte verschlafen an den Gefachreihen entlang. «Welches Zimmer bitte?»
«Das weiß ich nicht. Die Dame wohnt seit gestern vormittag hier, sie ist aus Mailand gekommen.»
Der Portier suchte in seinem Verzeichnis. «Gestern? Ich bedaure sehr, mein Herr, aber –»
Der Hausdiener mit der grünen Schürze stellte seinen Staubsauger ab und sagte: «Vorgestern!»
«Nein, nein, gestern, ich weiß es bestimmt.»
«Verzeihung», erwiderte der Hausdiener, «vorgestern! Fräulein Zanetti, ganz richtig. Ich selbst habe das Gepäck geholt und auf Zimmer 34 gebracht, vorgestern, denn gestern hatte ich meinen freien Tag.»

Fox sah ihn an. «Von der Gare de Lyon?»
«Keineswegs, mein Herr, sondern aus der Pension Quisisana, Rue Dulong Nr. 7.»
«So...!» sagte der Fremde. «Aus der... hm. Nun, da Sie das Zimmer wissen, sind Sie wohl so freundlich, auch diese Blumen hinauf zu bringen. Voici pour vous.»
Draußen stieg er in ein Taxi.
«Wohin?»
«Irgendwohin...» antwortete Fox. «Wo es keine Menschen gibt. Und fahren Sie langsam, ich bin heute schon einmal umgeworfen worden.»
Der Fahrer wählte den Weg Seineabwärts und zeigte keinen Ehrgeiz, das Gebot des Langsamfahrens zu übertreten.
Nach dem gestrigen Regen lag ein feiner bläulicher Dunst über den Stoppelfeldern und den Wiesen, auf denen die Kühe gingen. Am Himmel flimmerte das hellste Grau, jeden Augenblick durfte man erwarten, daß die Sonne als weißgoldener Fleck sichtbar würde; es war merkwürdig, wie rasch dieses Land die große Stadt vergaß und so still, einsam und farbig wurde, wie die Großen von Barbizon es gemalt hatten.
Hinter St. Germain durchquerte der Wagen zweimal den großen Wald. Auf dem Rückweg zur Stadt aber wachte Fox aus der sonderbaren Erstarrung auf, die ihn bisher regungslos hatte dasitzen lassen, klopfte dem Fahrer auf die Schulter und sagte: «Zum Flugplatz Le Bourget!»
Die große Uhr des Hauptgebäudes zeigte halb Zwölf.
Fox ging ins Büro, machte zum ersten Mal von seinem Ausweis Gebrauch und bat um Einblick in das Verzeichnis der angekommenen Fluggäste, und zwar von dem

Tag, an dem er selbst neulich mit dem Nachtschnellzug Mailand-Paris eingetroffen war.
Nach wenigen Minuten hatte er gefunden, was er suchte, bedankte sich und fuhr in die Stadt zurück, denn für zwölf Uhr war er mit Maria Zanetti verabredet.
Maria wartete bereits in der Hotelhalle auf ihn, und als sie ins Freie traten, brach endlich die Mittagssonne durch das helle Grau und ließ die Bäume der Avenue bunt aufleuchten, im Grün der Platanen war hier und da schon ein gelbes Blatt.
«Ich wage nicht zu fragen, ob mein Brief aus Louha zurückgekommen ist», sagte sie.
«Das ist unmöglich», antwortete er, «er kann frühestens morgen hier sein. Eilt es denn so?»
«Jetzt nicht mehr...» Maria nahm mit einem fast verschämten Zögern seinen Arm. «Es steht nichts anderes darin, als was ich Ihnen gestern abend gesagt habe – wenigstens fürchte ich, es gesagt zu haben, ich weiß nicht mehr. Aber es ist doch nicht dasselbe, ob man etwas im Dunkeln sagt, oder ob man es schreibt. Ich hätte es nicht tun sollen, Sie werden über mich lächeln. Nun, jetzt kommt schon beinahe nichts mehr darauf an; öffnen Sie ihn getrost und schreiben Sie das Datum des gestrigen Abends darüber, dann ist alles in Ordnung.»
«Ich wollte, Sie hätten recht», erwiderte er mit einem seiner virtuosen kleinen Seufzer. «Wissen Sie nun, wie sehr ich Sie liebe, Maria?»
«Also sind Sie glücklich?»
«Nein.»
Maria zog ihren Arm aus dem seinen und spielte die Enttäuschte.
«Das Glück», sagte Fox, «hat nicht umsonst als Sinn-

bild die Kugel: die eine Seite mag leuchten, um so gewisser ist die andere dunkel. So wundervoll es ist, hier mit Ihnen zusammen zu sein – ich bin nicht Ihretwegen in Paris. Oder haben Sie das vergessen?»

«Sicher nicht. Darf ich mir aber etwas wünschen? Vergessen wir es für eine Woche! Was meinen Sie? Denn vielleicht kommt nie wieder eine so glückliche Zeit für uns ... und eine Woche ist so kurz.»

«Das wäre freilich ein Gedanke», sagte er, «und kein schlechter, denn ich muß Ihnen gestehen, daß ich in den letzten Tagen manchmal fürchtete – aber was helfen hier Ausflüchte. Der große Zauberkünstler Fox steht vor einer der gründlichsten Niederlagen seines Lebens.»

«In dieser Hinsicht!» sagte Maria vergnügt. «Aber Sie haben recht: die Kugel hat wohl auch eine helle Seite. Oder? Seien Sie einmal leichtsinnig, hören Sie auf mich, gehen Sie auf meinen Vorschlag ein. Wenn Sie es nicht tun, werden Sie es eines unschönen Tages bereuen.»

Er antwortete: «Sehr wahrscheinlich. Denken Sie aber daran, daß ich Verpflichtungen habe, gewisse Pläne, ein angefangenes Unternehmen.»

«Eine Woche!»

«Gut», sagte Fox, «aber nun geben auch Sie ein wenig nach. Lassen wir diese Woche erst morgen abend beginnen!»

«Warum?»

«Ich kann meine Arbeit nicht so schnell und einfach unterbrechen, wie Sie denken. Übrigens wird morgen in der Oper ‚Fra Diavolo' gegeben – und ich bin abergläubisch.»

«Was meinen Sie?»

Er lachte. «Erinnern Sie sich an den ersten Abend unserer Bekanntschaft? Auch damals waren wir in der Oper, und auch damals wurde ‚Fra Diavolo' gegeben. Wenn es Ihnen recht ist, will ich also Karten bestellen.»

«Soll es mir auch recht sein, daß ich Sie bis dahin nicht sehe?»

«Liebes Kind», sagte Fox nach einigem Überlegen, «Sie unterschätzen mein Pflichtbewußtsein. Und nun hören Sie mir gut zu. Sie wissen, daß für mich fast alles davon abhängt, die geheimnisvolle Soeur Madeleine ausfindig zu machen – und seit heute früh bin ich ihr auf der Spur!»

«Was!»

«Diese tüchtige Klosterfrau, die natürlich keine ist, hat nicht nur dem noch tüchtigeren Dariotis hier in Paris die Papiere gestohlen, die er nach Louha bringen sollte, sondern auch später die Bewohner des Schlosses vor einem gewissen Dr. Fox gewarnt, der nach Louha unterwegs sein sollte. Ich vermute, daß sie selbst einstweilen die Papiere in ihrer Obhut hat oder doch wenigstens weiß, wo sie sind. Es kommt also sehr viel, wahrscheinlich alles darauf an, diese merkwürdige Krankenschwester ausfindig zu machen. Seit heute früh habe ich einige Anhaltspunkte.»

«In Paris?»

«Nicht in der Stadt, sondern in St. Germain, das ja nur ein paar Kilometer entfernt liegt.»

«Und wie sind Sie zu diesem Ergebnis gekommen?»

«Es ist kein Ergebnis, leider noch nicht, sondern eine Vermutung, allerdings eine ziemlich begründete. Lassen Sie mir Zeit bis morgen abend, Maria, ich hoffe, Ihnen dann mehr sagen zu können, vorausgesetzt, daß ich in aller Ruhe meine Wege verfolgen kann.»

Unter diesen Umständen muß ich freilich nachgeben», sagte sie. «Würde es Sie aber stören, schnell noch mit mir zu essen?» –

An diesem Tag hatte Fox viele Gänge zu erledigen, viele Steinchen zusammenzutragen, ein ermüdender Kleinkram, der jedoch seine ganze Aufmerksamkeit erforderte, und das war gut, denn so kam er hinweg über die große Enttäuschung in seinem Herzen, über eine völlig ungelöste menschliche Frage, die ihn sonst so schwermütig gemacht hätte, wie er zeitlebens nicht gewesen war. Denn vor der Hauptsache stand er noch immer ratlos.

Gut also, daß er keine Gelegenheit zum Grübeln fand. Plötzlich eilte alles, plötzlich nahm die Entwicklung ein Tempo an, das er im allgemeinen nicht liebte – aber wahrhaftig, die Dinge entwickelten sich im eigentlichen Sinn des Wortes, in das wirre Durcheinander des Fadens kam immer deutlicher eine Ordnung – allerdings eine überraschende und keineswegs angenehme –, er durfte hoffen, auch noch den Anfang des Fadens und damit der Angelegenheit überhaupt zu finden, und das mußte er, sonst gab es zum Schluß noch einen Fehlschlag. Was das Ende des Fadens betraf, so würde das ganz von selbst kommen; aber auch dabei hieß es scharf aufpassen, weil es einem sonst zuguterletzt aus den Fingern rutschen konnte.

Zunächst stattete er Frau Duval in der Rue du Paradis einen Besuch ab. Sie erkannte ihn sogleich, denn es war ja erst ungefähr eine Woche her, daß er in Begleitung eines Polizeibeamten bei ihr gewesen war.

«Ich werde ihn hinauswerfen!» sagte sie erbost und meinte den Griechen Dariotis. «Denn ich mag nicht alle acht Tage die Polizei im Hause haben. Was wollen Sie schon wieder?»

Fox besänftigte sie mit der Versicherung, daß er kein Polizist sei.

«Ja, das kennt man», sagte Frau Duval unversöhnt. «Übrigens ist er nicht hier.»

«Das weiß ich, Madame. Er war nur einen Tag hier, nicht wahr? Ich bin ihm auf der Reise begegnet, in der Bretagne. Unter uns: er ist nicht gefährlich, wofern Sie nicht Dummheiten als eine Gefahr bezeichnen wollen. Er wird Ihnen gewiß niemals etwas tun.»

«Mir?» fragte sie. «Das wollen wir hoffen, es würde ihm schlecht bekommen. Warum denn auch! Aber er kam zurück und hatte Krach. Sind das Manieren? Ich bin eine anständige Witwe, was sollen die Nachbarn denken?»

Fox zwinkerte ihr mit ungeheurer Schlauheit zu. «Streiten sich die beiden öfters?»

«Wer?»

«Dariotis und die junge Dame.»

«Das wissen Sie?»

«Ich bin...» sagte er und blickte verlegen zu Boden, «ich möchte... nun, wie soll ich das ausdrücken... ich habe ein sehr großes Interesse an der jungen Dame. Daß wir uns recht verstehen: ich meine nicht etwa die Blonde, sondern –»

«Blond? Ich habe selten ein so glänzend schwarzes Haar gesehen!»

«Also doch!» sagte Fox, und das war ausnahmsweise keine Komödie.

«Ich glaube, ich kann Sie beruhigen!» erwiderte Frau Duval mit hörbar mütterlichem Mitgefühl. «Die Dame war vorgestern nachmittag zum ersten und einzigen Mal hier, das will ich beschwören, und der Besuch dauerte kaum eine halbe Stunde.»

«In einer halben Stunde kann viel geschehen!»

«O ja», sagte Frau Duval und lachte, «aber in diesem Fall geschah bestimmt nichts weiter als daß sie sich beschimpften. Das ist eine richtige italienische Katze.»

«Sprachen sie denn italienisch?»

«Er nicht, aber sie, und auch nur, wenn ihr der Gaul durchging. Er wollte nämlich nicht.»

«Was wollte er nicht?»

«Zurückfahren – wohin, weiß ich nicht.»

Fox wußte es. «Und?» fragte er. «Die Wände scheinen hier ziemlich dünn zu sein?»

«Es war gewissermaßen meine Pflicht», sagte Frau Duval, «ich hielt mich bereit, nötigenfalls einzugreifen, das müssen Sie verstehen.»

«Natürlich. Also?»

«‚Sie sind ein Idiot!' sagte die Dame. – ‚Ich liebe Sie!' sagte er, und dann –»

«O! Sagte er wirklich: Ich liebe Sie?» fragte Fox, um ein gutsitzendes Augenrollen bemüht.

«Leider kann ich Ihnen diese Wahrheit nicht ersparen!» antwortete Madame Duval.

«Und daraufhin wurde es still?»

«Nein, o, im Gegenteil, es wurde italienisch, aber der Schlüssel steckte, ich konnte nichts sehen. Aber nachdem die Dame auch ihren Vorrat an Italienischem erschöpft hatte, sagte sie ganz sanft: ‚Gut. Wenn Sie mich wirklich lieben, dann tun Sie mir noch diesen letzten Gefallen in der Sache. Ich begreife, daß Sie erregt, erschrocken waren. Sie haben sich vom Augenblick hinreißen lassen. Bedenken Sie aber, daß man Sie deshalb suchen, verfolgen, vor Gericht stellen wird! Dadurch ist nun alles in Gefahr. Ich werde morgen früh am Bahnhof sein und mich überzeugen, daß Sie abreisen.'»

«Und?»

Frau Duval fuhr fort: «Erst daraufhin wurde es ein wenig stiller. ,Also gut, her damit!' sagte Dariotis endlich. – ,Nicht eher, als bis Sie im Zug sitzen!' sagte das Fräulein. 'Er wird hierher kommen, nicht wahr? Aber ich, ich werde ihn finden und aufhalten. Sie bleiben dort und verhalten sich ruhig. Er wird die Papiere überall suchen, nur bei Ihnen nicht, nicht wahr. Ich hoffe, Sie begreifen das endlich? Übrigens, damit Sie es nur wissen: Ich liebe ihn. Er ist der Klügere.' – ,Ha!' sagte Dariotis. – ,Beweisen Sie mir das Gegenteil!' sagte sie.» Frau Duval hatte diese Szene mit erstaunlichem Talent gespielt.

Aber Fox übertraf sie, jetzt war er in seinem Fahrwasser. «Wie?» rief er und hob anklagend die Hände. «Noch einer? Und noch dazu ein Klügerer? Sie bringen mich zur Verzweiflung, Madame, denn Sie wissen: gegen zwei Feinde ist selbst Herkules machtlos. Morgen früh wird man mich aus der Seine fischen.»

«Machen Sie keine Dummheiten!» sagte Frau Duval, trat dicht vor ihn hin und stieß ihn mit dem Ellbogen an. «Sehen Sie, das kommt von der Einsamkeit, o, ich kenne das aus Erfahrung. Lassen Sie lieber diese schwarze Gans in der Seine schwimmen und trösten Sie sich. Der Grieche kommt mir nicht mehr in die Wohnung, darauf können Sie sich verlassen, mein Herr. Apropos Wohnung: das Zimmer wäre also frei. Vielleicht ließe sich daran denken – hein?»

«Ihre Güte überwältigt mich», antwortete Fox mit einem gut gelungenen Tremolo. «Dürfte ich nach dem Fünfzehnten noch einmal hereinschauen?»
«Weshalb denn erst nach dem Fünfzehnten!»
«Nur um Ihnen keine Unannehmlichkeiten zu machen, denn vielleicht sterbe ich bis dahin aus Eifersucht und Kummer.»
«Ich finde das nicht sehr logisch!» sagte Frau Duval. «Es ließe sich verhindern, davon bin ich überzeugt!»
Fox, um Deutlicheres zu verhüten, beschleunigte seinen Abschied von der liebenswürdigen Witwe.
Mit einiger Geduld fiel es ihm nicht schwer, Herrn Denis zu sehen, wie er gegen Abend sein Hotel verließ. Er folgte ihm, Denis schlenderte durch ein paar Straßen, trat dann in ein Restaurant, und wenige Minuten später wollte es der Zufall, daß auch Herr Dr. Reineke aus Hamburg das gleiche Lokal betrat und, nach einem Platze suchend, zweimal an Herrn Denis vorüberging, der allein an seinem Tische saß.
«Hallo!» sagte Herr Denis in seiner freundlichen Weise, aber Dr. Reineke hörte es nicht und hätte das Restaurant vielleicht wieder verlassen, wäre Herr Denis nicht aufgestanden, um ihn am Rockärmel zu zupfen.
«Du lieber Himmel!» sagte Reineke. «Wie klein die Welt ist, und Paris ist offenbar noch kleiner! Darf ich Ihnen versichern, wie sehr ich mich freue, Ihnen hier zu begegnen. Aber ich glaubte, Sie seien im Dauphiné oder dortherum?»
«Noch nicht!» erwiderte Herr Denis und betrachtete wieder einmal voll tiefer Mißbilligung seine Shagpfeife. «Und Sie, wollten Sie nicht nach Hamburg zurück?»
«Demnächst!» antwortete Reineke. «Haben Sie schon

einmal einen Beamten gesehen, der auch nur einen Tag früher in sein Büro zurückkehrt, als unbedingt nötig ist?»

Sie lachten und klopften einander auf die Schulter.

«Wenn Sie nichts Besseres vorhaben», sagte Herr Denis, «wollen wir uns einen gemütlichen Abend machen.»

Reineke hatte nichts Besseres vor. Schade, daß man sich von dem romantischen Louha so schnell hatte trennen müssen, dort wäre es jetzt wohl noch gemütlicher.

«Na!» sagte Denis. «Gemütlich? Ich weiß nicht. Meinethalben legen Sie dem Felsennest jede Eigenschaft zu, die Sie wollen – aber gemütlich? Darunter stelle ich mir nun doch etwas anderes vor. Das Haus... die Menschen... allerdings, Sie sind jung, Yvonne ist jung, da sieht man die Dinge mit anderen Augen. Das schönste in Louha waren für mich Ihre Erzählungen aus der alten bretonischen Sagenwelt, tatsächlich. Aber sonst – ich will gar nicht von dem Ärger sprechen, den ich persönlich mit diesem Griechen hatte und der mir meinen Aufenthalt in Europa verdirbt; aber ich liebe es überhaupt nicht, wenn vor dem Morgenkaffee geschossen wird, es kann zu Gesundheitsschädigungen führen. Ist Ihnen übrigens klar, warum dieser Idiot geschossen hat?»

«Sagten Sie wirklich Idiot?» erkundigte sich Dr. Reineke.

«Ich sagte Idiot!» bekräftigte Herr Denis. «Und ich habe Gründe dafür, das können Sie mir glauben.»

«Mein Gott», bemerkte Reineke achselzuckend, «es gibt viele Leute, die auf theatralische Effekte nur ungern verzichten, und dies war ein theatralischer Effekt.»

«Weiter nichts?»
«Weiter nichts, was die Wirkung betrifft.»
«Ich an Ihrer Stelle würde den Burschen anzeigen!»
«Das sollte die Dame von Louha tun, deren Korridordecke er beschädigt hat.»
«Jedenfalls nenne ich das nicht gemütlich», stellte Herr Denis fest. «Aber es ist trotzdem schade, daß ich abreisen mußte, denn ich hatte mich eigentlich darauf gefreut den bewußten Dr. Fox kennen zu lernen.»
Auch Reineke hatte diese Bekanntschaft leider nicht mehr gemacht.
«Vielleicht aber», sagte Denis, «werde ich doch noch das Vergnügen haben, vorausgesetzt, daß Dr. Fox seinen Besuch in Louha lange genug hinausschiebt.»
«Sie wollen in die Bretagne zurückkehren? Beneidenswert!»
«Wie man's nimmt. Ich fürchtete, daß meine Geschäfte in Paris binnen sehr kurzem erledigt sein werden – oder vielmehr nicht erledigt, weil das unmöglich ist, und was soll ich dann noch hier?»
«Natürlich», sagte Fox, «was soll ein Mensch in Paris, wo nichts los ist. In Louha ist es viel unterhaltsamer.»
Denis schüttelte den Kopf, vielleicht über diesen Dr. Reineke, vielleicht aber auch wieder einmal über seine Pfeife. «Mein lieber Freund, ich lebe bereits zu lange, um das Leben noch für wertvoll zu halten; wenn Sie einmal so alt sind wie ich, dann erinnern Sie sich bitte meiner bei der Erkenntnis, daß das Leben nichts anderes ist als eine Kette von Enttäuschungen. Dahinter kommt man ja ziemlich rasch, aber eine Zeit lang hofft man immer noch, das werde sich ändern. Es ändert sich jedoch um so weniger, je länger es dauert, und sobald wir dies

einmal eingesehen haben...» Er schloß mit einer Handbewegung.
«Sie sind mit dem Erfolg Ihrer Fahrt hierher also nicht zufrieden?» fragte Fox. «Das tut mir nun leid. Kann ich Ihnen irgendwie behilflich sein?»
«Gewiß nicht, ich danke Ihnen sehr. Es steht übrigens noch nicht völlig fest, ich warte auf eine letzte Nachricht.»
«Vielleicht sehen wir uns noch einmal?»
«Es wird mir ein Vergnügen sein.» Herr Denis schrieb ihm bereitwillig seine Adresse auf, und Fox versprach, daß er im Laufe des kommenden Tages von sich hören lassen werde. Während der nächsten halben Stunde unternahm er es von allen Seiten, sich an Herrn Denis heranzufragen, aber trotz aller Gewandtheit, trotz allen durchtriebenen Umwegen erreichte er nichts weiter, als daß jener sich offenbar ein wenig zu langweilen begann, zuletzt auf die Uhr sah und sich mit aller Höflichkeit empfahl.
Fox blieb nicht in der besten Stimmung zurück. Menschenkenntnis und Gefühl bestätigten seinen früheren Eindruck, daß es sich hier nicht um eine dunkle Existenz handeln konnte – andererseits jedoch blieb noch immer die Frage ungelöst, welche Rolle Denis bei dem Verschwinden der Papiere spielte oder wenigstens hätte spielen sollen. Von dieser Frage war es nicht weit bis zu jenem Punkt, in dem Fox die bitterste Enttäuschung erlebt hatte – die melancholischen Betrachtungen des Herrn Denis über den Unwert des Lebens berührten ihn gerade heute tiefer, als es sonst der Fall gewesen wäre.
Alles hätte er für möglich gehalten, nur das eine nicht: Maria Zanetti als seine Gegenspielerin zu entdecken.

Es gibt hier etwas, wovon ich nichts weiß! dachte er, und wenn ich Unglück habe, wird es noch so weit kommen, daß ich mich grenzenlos blamiere. Gestern abend war ich schon recht nahe daran. Der heutige Tag ist bitter genug, aber er hat mich für's erste noch einmal gerettet. Indessen gibt es, wie man sieht, Rettungen, die einem auf die Nerven gehen.

Nach allem, was er von Frau Duval gehört hatte und für wahr hielt, wäre es das Einfachste und Natürlichste gewesen, den Dingen hier in Paris ihren Lauf zu lassen – einen Lauf übrigens, bei dem aller Wahrscheinlichkeit nach nur sehr wenig herauskommen konnte – und diesem Dariotis nachzufahren... wenn Maria Zanetti nicht wieder eine ganz raffinierte Komödie eingeleitet hatte, und das war fast anzunehmen, denn weshalb blieb sie sonst hier?

Fox dachte daran, mit welchem Nachdruck sie am Mittag versucht hatte, ihn für eine Woche in Paris festzuhalten, und bei diesem Gedanken wurde es ihm noch unbehaglicher als bisher.

Er verließ das Restaurant. Draußen war es inzwischen dunkel geworden, die bunten Lichter spielten. Er fuhr nach der Avenue de Wagram, überzeugte sich beiläufig in Marias Hotel durch einen Blick in die Portierloge, daß der Schlüssel von Zimmer 34 in seinem Gefach lag und sie selbst also ausgegangen sein mußte. In der Halle sitzend, las er geduldig die Zeitungen, löste zuletzt drei Kreuzworträtsel – aber das schien der einzige Erfolg des Abends zu bleiben, etwas kümmerlich, das war nicht zu leugnen.

Gegen elf Uhr trat er wieder auf die Straße, wo der Verkehr inzwischen viel geringer geworden war. Er suchte

sich einen Platz im Dunkeln, von dem aus er den Hoteleingang im Auge behalten konnte. Man mußte Geduld haben – oder sich mit dem Mißerfolg abfinden.
Ein Wagen nach dem andern kam und hielt am Eingang, Fox plagte sich bereits mit recht schwarzen Gedanken – endlich, um halb ein Uhr, geschah, was er erwartet hatte: Ein Taxi brachte Maria. Sie war nicht allein, sondern in Gesellschaft des Herrn Denis, der ihr aus dem Wagen half, sich mit einem Händedruck von ihr verabschiedete und sogleich weiterfuhr.
Fox überzeugte sich noch, daß Maria das Hotel betrat und daß zehn Minuten später der Schlüssel zu Nr. 34 nicht mehr in seinem Gefach lag; dann machte er sich müde auf den Heimweg, immerhin überzeugt, daß ihn die Kleinarbeit dieses Tages und besonders der letzten Stunde erheblich weitergebracht hatte.
Bevor er in sein Zimmer ging, ließ er sich noch den Zeitplan der Flugzeugverbindungen geben, zugleich überreichte ihm der Portier die beiden Opernkarten, die er für morgen abend bestellt hatte.
Im Einschlafen dachte er, daß er die nächsten vierundzwanzig Stunden eigentlich nur opfere, um den ‚Fra Diavolo' zu hören, ein Vergnügen, das er vielleicht teuer zu bezahlen hatte – nein, doch nicht, denn er hoffte dabei der Lösung der unbegreiflichen Widersprüche näher zu kommen, die sich unter dem Namen Maria Zanetti zusammenfassen ließen.
In dieser Erwartung übersah er freilich etwas. Vielleicht war seine Müdigkeit daran schuld.

XI

Am folgenden Tag hatte Fox wiederum eine Menge Kleinigkeiten zu erledigen, so daß er sich abends beeilen mußte, um fertig zu werden; er kleidete sich trotzdem sorgfältig für das Theater an, und als er, keine Minute zu früh, Maria Zanetti in ihrem Hotel abholte, kam sie ihm in einem wunderschönen Abendumhang entgegen, unter dem ein mattgelbes Kleid sichtbar wurde.

«Ich hoffe», sagte sie unterwegs, «daß Sie Ihr Versprechen halten können?»

«Welches Versprechen?»

«Sie wollten bis heute abend mit den wichtigsten Punkten Ihrer Arbeit fertig sein.»

«Ich bin es.»

Maria sah ihn groß an. Noch niemals hatte sie so herrliche Augen gehabt, schien ihm.

«Und da ich es bin», fuhr er lächelnd fort, «brauchen wir nicht mehr davon zu reden.»

«Nein!» sagte sie. «Ich habe es nicht verdient, ausgeschaltet zu werden, und bedenken Sie, wie brennend mich dies alles interessiert, da ich es doch von Anfang miterlebt habe. Schwester Madeleine ist kein Geheimnis mehr?»

«Wenn mich nicht alles täuscht, werde ich ihr morgen in St. Germain begegnen.»

«Und wer ist es?»

«Eben das wird sich zeigen. Ich denke, wir sehen uns morgen abend?»

«Wie können Sie fragen!»

«Gut. Ich hole Sie ab, ist Ihnen sieben, nein, sagen wir lieber acht Uhr recht? Vielleicht werde ich Ihre liebenswürdige Gesellschaft notwendig brauchen.»

«Verlassen Sie sich auf mich.»
«Es wird einer von den großen Abenden, wie ich sie liebe.»
«Um so besser!» sagte Maria. Fox betrachtete sie, ihre Heiterkeit und Unbefangenheit war so überzeugend, daß er sich noch jetzt, noch in diesem Augenblick irrewerden fühlte.
«Immer wenn ich Sie sehe», sagte er kopfschüttelnd und küßte ihre Hand, «glaube ich, daß Sie noch nie so schön gewesen sind. Ich fürchte, Sie werden das Verhängnis meines Lebens, Maria!»
«Wäre das wirklich zu fürchten?» fragte sie. «Ich habe mich auch noch nie so hübsch gemacht wie heute. Was uns die Natur nicht mitgab, muß man sich besorgen, und Paris ist kein ungeeigneter Ort dafür.»
Während Fox ihr in der Oper den Mantel abnahm, versuchte er den Preis zu schätzen, den sie für ihn und das mattgelbe Abendkleid gezahlt haben mußte, und dabei streifte ihn der Gedanke, woher sie wohl die Mittel habe – lag vielleicht hier ein Weg zu der Lösung des Rätsels?
Als sie die Loge betraten, begann die Ouvertüre.
Fox liebte diese Art Umgebung über alles: das große, halbdunkle Haus, die heitere Erwartung eines glänzenden Publikums, die virtuos aufsteigenden Bögen der Musik, dieses bewußte Sichzurückversetzen ins Barocke, das im Grunde jeder Opernaufführung anhaftet – kurz, den Inbegriff der großen Komödie, den er zur rechten Zeit auch in sich selbst verspürte und der ihm – darüber täuschte er sich nicht – in gefährlichen Augenblicken schon manchen Streich gespielt hatte.
Auch jetzt wieder bezauberte ihn die ganze Atmosphäre,

die schöne Frau neben ihm, das Bewußtsein, in dieser Begleitung gesehen zu werden; vor allem aber war es der Gedanke, daß er trotz alledem sein Ziel erreichen werde, der ihn fast übermütig machte.
«Es wundert mich nicht», flüsterte Maria, «daß ich alle meine guten Vorsätze vergaß.»
«Warum?»
Sie sah ihn aus den Augenwinkeln an und hob unmerklich die Schultern. Niemals war ihm eine Frau die Antwort entzückender schuldig geblieben.
Nach dem ersten Akt waren sie sich darüber einig, daß die Aufführung des ,Fra Diavolo', die sie damals in Rom gesehen hatten, erheblich besser gewesen sei. «Oder wir sind ein wenig zu sehr mit uns selbst beschäftigt!» sagte Fox.
Maria erinnerte daran, daß zwischen damals und heute einige Ereignisse lägen.
Er nickte. «Auch das darf man nicht vergessen. Was mich aber nicht recht zum Genuß der Musik kommen läßt, ist leider etwas viel Banaleres: ich habe seit heute früh nichts gegessen.«
«Weshalb, um Himmelswillen?» fragte sie, komisch erschrocken.
«Ich bin einfach nicht dazugekommen», antwortete er vergnügt. «Aber ich denke, das läßt sich nachholen. Darf ich Ihnen einen Vorschlag machen? In meinem Hotel ist ein ausgezeichnetes Restaurant.»
«Also gehen wir!»
«Nicht vor dem Ende ,Fra Diavolos'. Finden Sie es übrigens nicht recht merkwürdig, daß am Ende einer komischen Oper der Held erschossen wird?»
«Armer Fra Diavolo!» sagte Maria. «Er war ein ausge-

sprochen unvorsichtiger Mensch. Während er Liebe heuchelte, hatte er etwas ganz anderes im Sinn. Also geschah ihm recht, denn mit der Liebe sollte man kein falsches Spiel treiben, wenn es nicht zu derlei peinlichen Überraschungen kommen soll.» Es klang ungemein italienisch, Fox stutzte, aber Maria sah dabei so reizend aus, daß er die vorüberhuschende Bedenklichkeit auf sein eigenes schlechtes Gewissen schob.

Nach dem traurigen Ende des kühnen Räubers also fuhren sie in das Hotel.

«Monsieur wird erwartet...» sagte der Portier.

Fox blickte ihn verwundert an.

Der Portier deutete mit den Augen nach einem der wenigen Tische in der Halle.

Dort saß Yvonne.

Fox hatte das Gefühl, als ob die Kugel, die vor einer Viertelstunde auf den armen Fra Diavolo abgeschossen worden war, erst jetzt ihr Ziel erreichte. Das mochte eine ballistische Merkwürdigkeit sein, aber man durfte hier nicht tot umfallen, obwohl dies ein ganz willkommener Ausweg gewesen wäre, und es gab auch keinen Vorhang, der sich schließen konnte. Vor allem aber war von keiner Seite her Beifall zu erwarten.

«Ah! les yeux verts...!» murmelte Maria; ein Blick hatte genügt, sie ins Bild zu setzen, aber Fox fand keine Zeit, diese erstaunliche Divinationsgabe zu bewundern. Mit seinem glücklichsten Lächeln machte er die Damen miteinander bekannt, die zierliche, glitzernde und blendend angezogene Maria und die um einen Kopf größere Yvonne, deren gut geschneidertes, aber sehr einfaches Reisekostüm ihren schweren keltischen Schlag eher betonte als milderte. «Yvonne!» sagte er. «Welche Überraschung! Ich hoffe, sie hat nur Angenehmes zu bedeuten? Seit wann sind Sie hier?»

«Ich bin mit dem Abendschnellzug aus Brest gekommen», antwortete sie, «und habe also nicht lange auf Sie zu warten brauchen.»

«Auf mich?» fragte er, sanft verwundert. «Um so erfreulicher. Darf ich bitten? Mein Glück, Sie wieder zu sehen, wird nämlich einstweilen noch durch ein äußerst nüchternes Gefühl des Hungers beeinträchtigt.»

Yvonne lächelte, Maria lächelte, Fox lächelte, kein Wunder also, daß die drei eine gewisse wohlgefällige Aufmerksamkeit erregten, als sie das Restaurant betraten.

«Wie ich Ihnen erzählte», sagte er zu Maria, «hat unsere Freundin aus Louha die liebenswürdige Gewohnheit, dazwischen zu treten, wenn auf mich geschossen wird, ich bin ihr deshalb zu großem Dank verpflichtet.»

«Ich glaube nicht, daß sich hier eine Gelegenheit dazu ergeben wird,» sagte Maria. «Sie bleiben länger in Paris?»

«Nur diese Nacht», antwortete Yvonne. «Ich hatte keinen Anschluß mehr. Morgen früh fahre ich zu meinen Eltern weiter.»

Fox faltete die Stirn. «Wollten Sie nicht noch länger in Louha bleiben?»

«Ich sollte. Aber Sie kennen ja meine Tante und wissen, daß sie nicht immer ein reines Vergnügen ist. Louha, ohne Gesellschaft, wird bald genug unerträglich.»

«Sie enttäuschen mich!» sagte Fox. «Das alte Schloß am Meer! Und ich fing eben an, Sehnsucht danach zu empfinden!»

Maria sagte: «Es liegt wohl wirklich sehr einsam, in

einem verdrossenen Winkel der Welt. Und Sie mußten über Paris fahren?»

«Es war am einfachsten. Ich hätte es vielleicht vermeiden können, aber weshalb? Zudem –»

Fox erschrak und sah sie warnend an.

«– zudem hätte ich natürlich gern erfahren, ob Ihre Geschichte, von der ich nur ein Kapitel, und zwar ein sehr unklares, miterlebt habe, erfolgreich zu Ende gegangen ist?»

«Ich hoffe, es wird nicht mehr lange auf sich warten lassen», antwortete er, aufatmend, da er schon gefürchtet hatte, Yvonne möchte Marias Brief aus der Tasche ziehn.

«Verdrossen kann man diese Strecke an der bretonischen Küste nicht nennen», sagte Yvonne zu Maria. «Nur geschehen dort leider bisweilen recht verdrießliche Dinge, indessen ist daran nicht das Land schuld.»

«Aber doch auch erfreuliche, wie mir scheint.»

Yvonne blickte sie an, so grün wie möglich, und sagte: «Erfreulich oder nicht, jedenfalls sind wir noch immer mit ihnen fertig geworden, wir allein. Ohne Zweifel hat auch die Einsamkeit ihre Vorzüge.»

«Beklagten Sie sich aber nicht eben –»

«Vorausgesetzt, daß sich kein störendes Element in diese Einsamkeit drängt. Es gab da in letzter Zeit fatalen Besuch – nun, lassen wir das, er war nicht wichtig genug. Die Landschaft, wissen Sie, hat eine so ausgeprägte Eigenart, daß manche Menschen wie Eindringlinge wirken, das Mondäne zum Beispiel würde sich als Karikatur von dem stillen Heidehorizont abheben.»

«Durchaus verständlich», entgegnete Maria, «ungefähr ebenso, wie das Schwerfällige nicht nach Paris paßt – man begegnet ihm bisweilen und lächelt.»

«Das ist nicht weiter verwunderlich», sagte Yvonne, «dafür hat sich jenes Schwerfällige aber auch seit anderthalb Jahrtausenden gehalten – bedenken Sie dagegen, wie rasch ein schillernder Ölfleck auf einer Pfütze verschwindet; nein, alles wohin es gehört, meine ich.»
Fox hatte der Entwicklung des Gesprächs mit wachsendem Mißbehagen zugehört. Der schillernde Ölfleck vollends erschien ihm äußerst bedenklich. «Ich meine», warf er ein, «wir sollten weniger philosophieren und mehr essen. Ich wenigstens habe das dringende Bedürfnis, verzeihen Sie beide diese ungeistige Anwandlung.»
«Sie haben recht», sagte Yvonne, «man darf sich nicht ärgern.»
«Sie hatten Ärger?» erkundigte sich Maria voll Mitgefühl.
Das helle Grün in Yvonnes Augen war zusehends dunkler geworden. Fox ahnte, daß sich nun bald eine schwere Grundsee heranwälzen würde, aber was vermag ein einzelner Mann gegen eine Naturkatastrophe auszurichten?
«Ärger...», sagte Yvonne gelassen, «ich weiß nicht, ob man es so nennen kann. Was war das übrigens für ein Brief, Dr. Fox, den man Ihnen durchaus nachschicken sollte? Ich habe ihn nicht gesehen.»
«Das tut nichts», antwortete er, abermals aufatmend, «es hat sich inzwischen erledigt.»
«Um so besser», sagte Yvonne, «erledigt. Ja, es kam wohl ein Brief, und deshalb gab es diesen Krach mit meiner Tante.»
«Wegen eines Briefes?»
«Sie hatte wieder einmal ihre Brille verlegt – wenigstens

behauptete sie es –, konnte also die Adresse nicht lesen und öffnete ihn.»
«Dabei war er für Sie bestimmt?» fragte Fox mit einem gefrorenen Lächeln. Es lag etwas Beschwörendes in seinem Ton.
«Nein, an Sie. Übrigens durchaus belanglos und albern, und was gehen mich Ihre Liebesaffären an! Es interessiert mich nicht, wer sich Ihnen an den Hals wirft. Allein die Tatsache, daß der Brief geöffnet wurde, ist peinlich, also kam es zum Krach.»
«Und deshalb sind Sie abgereist?» fragte er mit einem verzweifelten und letzten Versuch, zu retten, was vielleicht zu retten war, obwohl er sah, was in Maria vorging.
«Der Anlaß kam mir nicht ganz unwillkommen, ich war lange genug in Louha, um alle meine Sünden abzubüßen. Sie wissen –»
«Verzeihung», sagte Maria Zanetti, «ich habe den Eindruck, daß ich hier ziemlich überflüssig bin, und will die Unterhaltung nicht weiter stören. Zudem ist es recht spät geworden.»
«Maria!»
Sie stand auf.
Fox warf Yvonne einen Blick zu. Was blieb ihm weiter, als Maria hinauszubegleiten? Er sagte einiges Entschuldigende, wollte mit ihr fahren, erinnerte an die Verabredung für morgen abend und hoffte sehr –
Maria sprach kein Wort, sah ihn auch nicht an. Der Mann an der Drehtüre hatte inzwischen ein Taxi herbeigewinkt.
Als Fox an den Tisch zurückkehrte, war Yvonne dabei, mit großem Appetit zu essen.

«Das hat mir wohlgetan!» sagte sie zufrieden. «Hier hast du den Brief, schade, daß ich nicht mehr dazu kam, ihn zu produzieren.»

«Verheerend!» sagte Fox.

«Wieso! Sie hat angefangen, das wirst du zugeben müssen. Im übrigen ist alles wahr, was ich erzählt habe. Die Dame von Louha hat den Brief geöffnet, nicht etwa ich. Und sie geriet außer sich, als sie die Namensunterschrift las.»

«Davon später!» sagte Fox. «Weshalb bist du gekommen, Yvonne?»

«Weil ich nicht länger in Louha sitzen wollte, während du dich hier amüsierst. Ich hatte das Gefühl, daß ich wieder einmal dazwischen treten müßte. Und du legtest ja so großen Wert darauf, den Brief möglichst schnell in Händen zu haben. Das muß aber eine große Liebe sein, Fox!»

«Ich war es nicht, der Wert auf den Brief legt. Laß dir erklären –»

«Ach, diese Erklärungen. Ich kenne das. Wenn ihr zu erklären anfangt, lügt ihr. Soll ich dir ein wenig die Augen auskratzen? Nein, ich werde es nicht tun, denn leider liebe ich dich. Zugegeben, sie ist hübsch, viel hübscher als ich, wohl auch klüger, denn sie schwieg, während ich redete. Und das Kleid hat nach meinen Begriffen ein Vermögen gekostet. Aber woher hast du sie? Und wer ist das überhaupt: Maria Zanetti!»

Es war keine Frage, sondern mehr eine vorweggenommene Feststellung. Indessen gab sie Fox Gelegenheit, wieder in die Steigbügel zu kommen. Mit Yvonne wurde er leichter fertig als mit Maria.

Einigermaßen umständlich füllte er sein Glas aufs neue,

stellte die Flasche wieder hin, blickte Yvonne lächelnd an und sagte:
«Maria Zanetti? Das ist die Schwester Madeleine.»
Es war merkwürdig anzusehen, wie sich das dunkle Grün in Yvonnes Augen aufhellte und ihr Gesicht einen selbstvergessenen Ausdruck bekam.
«Großer Gott!» sagte sie schließlich. «Bist du jemals einer solchen Gans wie mir begegnet?»
«Du solltest meine Freundin Yvonne nicht so beleidigen», erwiderte Fox. «Es ist wahr, die Sache sieht unangenehm, sogar ziemlich hoffnunslos aus, aber das scheint nur so. Du bist so sehr Natur, Yvonne, daß du garnichts falsch machen kannst, glaube ich. Der Augenblick, in dem du kommst, ist kostbar. Ich vermute, es ist dir recht, morgen ein wenig mit mir spazieren zu fliegen?»
«O!» sagte sie kindlich. «Denke dir, ich bin noch nie geflogen!» Es fiel ihr nicht ein, zu fragen, wohin und warum.
Fox streichelte ihre Hand. «Die Meerfee: bisweilen entsetzlich böse, bisweilen süß und still! Wenn du aber wirklich fliegen willst, mußt du erlauben, daß ich dich jetzt für zehn Minuten alleinlasse; ich fürchte, so lange wird das Telephongespräch dauern. Iß aber mittlerweile nicht alles auf! Wissen möchte ich, ob ich heute tatsächlich noch verhungern soll.»
Es dauerte nicht zehn, sondern zwanzig Minuten, bis er zurückkam.
«Manchmal sind die Menschen furchtbar umständlich», sagte er. «Aber jetzt ist die Sache in Ordnung. Es wird dir nichts ausmachen, zeitig aufzustehen? Du brauchst keinerlei Gepäck mitzunehmen, denn morgen abend

sind wir wieder hier, wir müssen es, weil ich mit Maria Zanetti eine Verabredung habe, und eine Dame darf man nicht warten lassen.» Er sah auf die Uhr. «Mitternacht! Hat man dir ein hübsches Zimmer gegeben?»

Bei Sonnenaufgang startete in Paris ein kleines Privatflugzeug. Über das Meer von Dächern und den Wald von Schornsteinen, aus denen der Morgenrauch stieg, surrte es wie die erste aufgewachte Mücke nach Südosten, hinein in das strahlende Licht der Frühe.

Eine Stunde später sahen Fox und Yvonne den Montblanc hellgolden aus einer zarten Nebelschicht aufleuchten, die Gletscher und Firnschneeflächen der Schweizer Alpen schimmerten nahe unter ihnen, voraus aber wurden schon die blauen Spiegel der Seen Oberitaliens erkennbar, das Land verebbte in eine grüne Ebene, deren Horizont rötlichgrau verschleiert war. –

Es mochte zehn Uhr sein, als Herr Johannes Dariotis von dem etwas höher gelegenen Haus, in dem er wohnte, zur Hauptstraße von Fasano hinunterging; um diese Zeit pflegte er im Schatten des Sonnensegels eines Kaffeehauses die Zeitungen zu lesen.

Aus offenen Ladentüren kam der Duft von frischem Obst und Gemüse, angeschnittene Wassermelonen zeigten ihr rosiges Fleisch, über manche Gartenmauer hingen die dunkelblauen, üppigen Trauben oder die kleineren weißen, denen man ihre Süßigkeit ansah. Zwischen den Häusern und Uferbäumen blendete der See, der Eisverkäufer schob seinen Wagen schon den Corso entlang, vom Landesteg rauschte ein Dampfer in die blaue Glitzerfläche hinaus. Auch die Fremden, selbstverständlich, waren schon unterwegs und photographierten.

Seiner Gewohnheit nach ging Dariotis zuerst zum Postamt und fragte, ob etwas für ihn gekommen sei; seit langem holte er seine Post selber ab. Als er – mit leeren Händen übrigens – wieder ins Freie trat und von der Sonne geblendet die Straße entlang blinzelte, sah er nahe vor sich jemanden, dem zu begegnen er am wenigsten erwartet hatte, nämlich Yvonne.

Sie kam geradewegs auf ihn zu und hatte ihn bereits erkannt.

Obwohl sie freundlich lächelte, wurde Herr Dariotis recht blaß.

«Also waren Sie es doch!» sagte Yvonne und reichte ihm die Hand. «Ich sah Sie in die Post hineingehen, war mir aber nicht völlig klar, ob ich mich nicht getäuscht hatte.»

«Sie suchen mich?»

«Ich?» fragte sie. «Ich wüßte nicht warum. So gut war der Eindruck nun doch nicht, den Sie in Louha hinterlassen haben. Nein, ich mache mit einer Freundin eine kleine Reise, man kann nicht immer im Norden leben, das wissen Sie. Wie herrlich blau dieser Tag ist!»

«Madame –» sagte er mit unsicher flackernden Augen, «Ihre Freundlichkeit beschämt mich tief. Können Sie mir verzeihen? Ich war damals wahnsinnig.»

«Wovon sprechen Sie?»

«Von meinem Abschied aus Louha, wovon sonst!»

«Er war etwas geräuschvoll, ja, aber das hat wohl niemand ernstgenommen.»

«Ich wage das nicht zu glauben», sagte Dariotis.

«Glauben Sie es immerhin. Wohin gehen Sie?»

«Um die Wahrheit zu gestehen», antwortete er, noch immer in ratloser Verlegenheit, «ich wollte irgendwo frühstücken, aber –»

«Ein sehr guter Gedanke, ich hatte die gleiche Absicht, und sie kennen den Ort wahrscheinlich besser als ich, die ich zum erstenmale hier bin.»

Es verging noch einige Zeit, bis Dariotis sich einigermaßen gefaßt hatte.

«Ich wage kaum zu fragen», sagte er, als sie an einem der runden Tische saßen und der bunte Schatten des Sonnensegels alles milder machte, «ich wage kaum zu fragen, wie sich die Herrschaften in Schloß Louha befinden.»

«Danke, gut, soweit sie sich überhaupt dort befinden.»

«Madame Bernard – ?»

«– ist wortkarg wie stets.»

«Herr Denis ?»

«Herr Denis!» Yvonne sagte das mit einer Handbewegung, als wolle sie den Namen beiseite wischen. «Wer ist das ?»

«Sie meinen ?» fragte Dariotis verständnislos.

«Ich meine, daß Sie mir jetzt getrost erzählen können, wer Herr Denis eigentlich ist!»

«Herr Denis ?» fragte der Grieche noch erstaunter, soweit dies möglich war. «Herr Denis ist Herr Denis, ich weiß nichts anderes!»

«Aber Sie kennen ihn doch!»

«Ja... gewiß... das heißt, ich habe ihn in Louha kennen gelernt. Wenn Sie nur so freundlich sein wollten, sich etwas weniger rätselhaft auszudrücken!»

Während dieses Gespräch begonnen hatte und weitergeführt wurde, bekam die Dame des Hauses, in dem Herr Johannes Dariotis wohnte, Besuch. Das war ihr nicht sehr lieb, denn auch sie wollte gerade in den Ort hinunter gehen, um Einkäufe zu machen.

Nein, Herr Dariotis war nicht daheim, aber – «O, jetzt fällt mir ein, Sie sind der Herr, der schon einmal wegen der Wohnung hier war?»

«Vor etwa zwei Wochen, allerdings», antwortete Fox mit der größten Höflichkeit, «aber ich komme nicht deshalb, denn mein Freund Dariotis sagte mir inzwischen, daß er nicht daran denkt, die Wohnung aufzugeben. Für mich ist das sehr betrüblich, denn er hat mir erzählt, wie unvergleichlich gut er hier aufgehoben ist und wie wohl er sich fühlt. Beneidenswert! Aber ich, ebenfalls ein armer Junggeselle, kann's ihm nachfühlen.»

«Sie hätten ihm begegnen müssen, er pflegt um diese Zeit irgendwo drunten im Ort die Morgenzeitung zu lesen.»

«Ich *bin* ihm begegnet, Signora», sagte Fox, «wir haben einiges miteinander zu verhandeln.» Er wies auf seine Aktentasche. «Aber es war mir schon zu heiß in den Straßen.»

«Das ist wahr.»

«Dariotis meinte, ich solle mich in den Schatten Ihres herrlichen Gartens setzen, bis er zurückkommt.»

«Das können Sie gern tun», sagte die Dame, «nur muß ich Sie bitten, auf meine Gesellschaft zu verzichten, Sie sehen, daß ich im Begriffe bin, auszugehen.»

«Sie machen mich unglücklich», sagte er, «aber ich werde mich damit abfinden müssen, daß gegen die geheiligte Ordnung einer so vortrefflichen Hausfrau nichts auszurichten ist.»

«Sehr gut!» sagte sie. «Hier haben Sie Geld für den Fall, daß der Milchmann kommt. Können Sie das?»

«Ich werde mein Bestes tun.»

«Oder wollen Sie sich lieber ins Haus setzen?»

«Keinesfalls, Signora. Wenn dann eine goldene Uhr fehlt –»

«Ach», erwiderte sie, «wenn Sie bei mir eine goldene Uhr finden, sollen Sie eine Extrabelohnung bekommen.»

Fox begleitete sie bis an die Gartenpforte. «Ich hoffe, Sie berauben mich Ihrer Gesellschaft nicht allzulange?»

«Eine Stunde werden Sie sich gedulden müssen, aber bis dahin ist wohl auch Herr Dariotis zurück.»

Kaum! dachte Fox, er war ungemein zufrieden und blickte ihr nach, wie sie den Pfad hinabging.

Der Schatten und die übrigen Vorzüge des verwilderten Gartens reizten ihn wenig. Er betrachtete das Haus von allen Seiten, sah zur Vorsicht noch einmal über den Zaun, ob die freundliche Signora nicht etwa zurückkäme, denn wie leicht war es möglich, daß sie etwas vergessen hatte – und dann ging er in den ersten Stock hinauf, um seinem lieben Freunde Dariotis einen Besuch abzustatten.

Als die Signora nach einer Stunde zurückkehrte, saß er im Garten und blickte von einem nicht sehr dicken Manuskript auf.

War denn Dariotis noch immer nicht gekommen?

Nein, und der Milchmann auch nicht, da lag das Geld noch. «Ich vermute», sagte er mit einem Blick auf die Uhr, «daß mein Freund aufgehalten worden ist oder Bekannte getroffen hat –»

«Damit vermuten Sie richtig», antwortete die Signora. «Wenigstens sah ich ihn mit einer Dame vor dem Kaffeehaus von Calci sitzen, als ich hinunterging.»

«Dann hat es keinen Zweck, länger auf ihn zu warten.»

«Wahrscheinlich.»

«Leben Sie wohl, Ihr Garten ist wunderbar.»
«Vielleicht wollen Sie Ihre Aktentasche einstweilen hierlassen?»
«Nein, danke!» sagte Fox lachend. «Ich würde mich im Augenblick nur höchst ungern von ihr trennen. Aber wenn Sie erlauben, möchte ich noch die letzten zwei Seiten dieses Dokuments lesen, das ich erst vor kurzem bekommen habe.»
«Sie sind Schriftsteller?» fragte sie neugierig.
«Nein, Elektroingenieur», antwortete Fox und erschrak zur gleichen Zeit über seinen Leichtsinn; denn wenn sie ihn jetzt gebeten hätte, die Türklingel zu reparieren, wäre die Katastrophe dagewesen. Zum Glück schien die Türklingel in Ordnung zu sein, Fox blieb ungeschoren und las in aller Ruhe das Manuskript zu Ende. Alles Technische daran blieb ihm zwar ein Buch mit sieben Siegeln, die seitenlangen Formelentwicklungen verursachten ihm mehrmals einen Schauder, aber die Einleitung, der gelegentlich verbindende Text und besonders der Schluß ließen erkennen, daß er in der Hand hielt, was er so lange gesucht hatte.
Unendlich zufrieden steckte er das Manuskript in die Aktentasche.
Es war elf Uhr fünfzehn, um zwölf Uhr würde er Yvonne, die den Auftrag hatte, Dariotis unter allen Umständen so lange festzuhalten, verabredetermaßen beim Mittagessen treffen. Er wußte so genau, daß er sich unbedingt auf sie verlassen konnte, daß er in aller Ruhe sitzen blieb, um – nachdem dieser wichtigste Punkt glücklich erreicht war – die Lage zu überdenken.
Das Natürlichste wäre gewesen, zu Herrn Zanetti nach Mailand zu fahren und ihm die Aufzeichnungen seines

Bruders Luigi zu übergeben. Zanetti hatte ihm die Aufgabe gestellt, und Zanetti würde es sein, der, da sie nun gelöst war, die Kosten des Unternehmens bezahlte.

Dieser naheliegende Abschluß war jedoch vorerst unmöglich. Noch ahnte Zanetti nicht, daß seine Tochter in die Angelegenheit verwickelt war, und zwar auf eine Weise, die einen grenzenlosen Skandal nicht ausgeschlossen erscheinen ließ. Und noch blieb Herr Denis samt seinen Verbindungen und Absichten ein Fragezeichen. Überhaupt, dachte Fox, darf ich die Sache nicht aus der Hand geben, solange ich selber nicht alles, aber auch wirklich alles weiß – sonst muß ich in ein paar Wochen vielleicht von vorn anfangen. Schade um den wirkungsvollen Opernschluß, der sich heute abend in Mailand hätte inszenieren lassen, aber man war eben noch nicht beim Finale angelangt.

Fox nahm also seine Tasche mit dem kostbaren Inhalt, dessen Bedeutung ihm jetzt so klar vor Augen stand wie noch nie, verabschiedete sich von der Dame des Hauses mit der Bemerkung, daß er sehr bald wiederkommen werde, ging nach Fasano hinunter und betrat punkt zwölf Uhr das Lokal, das er mit Yvonne ausgemacht hatte.

Sie saß mit Dariotis an einem der breiten, blumengesäumten Fenster, die bis zum Fußboden reichten. Vor dem Fenster war das Sonnendach herabgelassen, eine angenehme und verhältnismäßig kühle Dämmerung erfüllte den Raum, während draußen die Gartenanlagen in der Mittagshitze bunt bis an den blauen See leuchteten.

Yvonne hatte sich so gesetzt, daß sie Fox eintreten sah, während Dariotis ihm den Rücken zukehrte.

Er hob die Aktentasche ein wenig. Sie lächelte.
Dariotis, aufmerksam geworden, wandte sich um, erkannte ihn und stand auf. Auch er schien in bester Laune zu sein, Yvonne ihr möglichstes getan zu haben. «Die Freundin», sagte er heiter und vielleicht sogar etwas angeheitert, «mit der Sie hierher gefahren sind, kommt mir merkwürdig bekannt vor. Ich hoffe, daß es mir ein Vergnügen sein wird, mein Herr, Ihnen wieder zu begegnen. Auch Sie tragen mir nichts nach?»
«Nichts!» antwortete Fox und legte seine Aktentasche auf einen Stuhl. «Das Vergnügen ist ganz meinerseits, glauben Sie mir.»
Dariotis schüttelte ihm die Hand. «Ich bitte tausendmal um Verzeihung», sagte er, «wir sind einander vor wenigen Tagen in Louha begegnet und ich bin Ihnen zum größten Dank verpflichtet – aber ich weiß Ihren Namen nicht mehr!»
«Es kommt nicht darauf an. Aber wenn es Sie beruhigt: ich bin Will Fox.»

XII

Eine Stunde später, in der glühendsten Mittagshitze war Fox mit Dariotis unterwegs nach dessen Wohnung, allerdings nicht zu Fuß, sondern sie hatten einen Wagen genommen.

In Büschen und Bäumen schrillten die Zikaden, über die Steine huschten Smaragdeidechsen, dies war die Stunde des Pan. Aber nicht deshalb schwieg Dariotis.

Erst als sie in seinem Zimmer waren und Fox lässig auf dem Fensterbrett saß, um in dieser Apothekeratmosphäre frischere Luft zu haben, fragte Dariotis:

«Sie werden Ihr Wort halten und mir nichts tun?»

«Und Sie», fragte Fox dagegen, «werden Ihr Wort halten und von hier verschwinden, um nie wiederzukommen?»

«Nichts wird mir leichter fallen», erwiderte der Grieche. «Aber man hat mich um mein Geld geprellt!»

«Sie haben einen reichen Vater.»

«Erfunden.»

«Wie?»

«Ich meine, daß ich ihn erfunden habe. In Wirklichkeit lebe ich von Gelegenheitsgeschäften, das sollten Sie jetzt wissen. Und dies war das schlechteste, in das ich mich jemals eingelassen habe. Indessen läßt sich die Sache noch gutmachen: ich kann Ihnen etwas verkaufen.»

«Wahrhaftig?»

«Diese sonderbaren Papiere, die ich für Maria aus der Villa Zanetti holen mußte und nach Louha bringen sollte, wenn –»

«Ja?»

« – wenn Maria sie in Paris nicht wieder an sich genommen hätte.»

«Wie kam das, und warum?»
«Sagen Sie mir erst, was Sie dafür zahlen!»
«Nichts», antwortete Fox, «denn ich habe sie bereits abgeholt, während Sie heute vormittag mit Yvonne spazieren gingen.»
Dariotis sprang auf.
Fox sah das mit Unbehagen.
Aber der Grieche riß nur eine Schublade seines Schreibtisches heraus. Dann blickte er Fox an.
«Sie werden es nie lernen», sagte Fox kopfschüttelnd, «also ist es wohl besser, Sie geben es auf; dies ist nun das zweitemal, daß Sie sich die Papiere stehlen lassen. Maria ist viel klüger als Sie und hat mir schwer zu schaffen gemacht.»
«Wo sind die Papiere!» rief Dariotis.
«Ich habe sie einstweilen aufgehoben», antwortete Fox. «Aber bitte, setzen Sie sich doch wieder, es ist so ungemütlich. Ein schlechtes Geschäft, meinen Sie? Hier gibt es nur ein wirklich schlechtes Geschäft, das Sie machen könnten, nämlich wenn ich Ihren Abschied aus Louha als Mordversuch anzeigen würde. Ich werde es nicht tun, wenn Sie mir ein paar harmlose Fragen beantworten.» «Ja?» «Die Papiere lagen in der Villa Zanetti. Bei Ihrem ersten Einbruch im vorigen Herbst –»
«Was reden Sie da!» sagte Dariotis. «Im vorigen Herbst? Damals kannte ich Maria noch gar nicht. Ich habe nichts damit zu tun.»
«So. – Und wie ging es weiter?»
«Dann lernte ich Maria kennen.»
«Und?»
Dariotis schwieg eine Weile. Schließlich sagte er: «Sie konnte mit mir machen, was sie wollte. Ich liebe sie.»

«Oh,» sagte Fox, «das ist freilich ein Grund, an den ich nicht gedacht hatte.»

«Maria sagte mir, daß ein gewisser Dr. Fox nach Gardone gekommen sei, um irgendwelche Papiere ausfindig zu machen, die keinesfalls in die Hand ihres Vaters gelangen dürften.»

«Was! Das hat Maria Ihnen gesagt?»

«Genau das. Sie erzählte mir, es handle sich um eine Hinterlassenschaft ihres Onkels Luigi, der von den Partisanen erschossen worden ist. Verstehen Sie denn nicht, Dr. Fox? Seit Sie in Gardone waren, fürchtete Maria, Sie möchten die Papiere entdecken, deshalb sollte *ich* die erste Gelegenheit benützen, sie zu suchen, Maria gab mir Nachricht. Und ich fand sie.»

«Warum haben Sie sie dann nicht sofort an Fräulein Zanetti abgeliefert?»

«Weil Maria wiederum fürchtete, daß Ihnen ein Verdacht kommen könnte. Übrigens wollte sie die Papiere ja nicht behalten. Ich sollte damit nach Paris fahren und dort warten, bis ich die Weisung bekäme, sie einem Herrn Denis zu bringen.»

«Also wissen Sie doch, wer Herr Denis ist!»

«Nein. In Paris bekam ich ein Telegramm aus Louha.»

«Das ist mir bekannt. Am gleichen Tag wurden Ihnen die Dokumente gestohlen.»

«Man darf es wohl nicht gestohlen nennen, denn es war Maria, die sie abholte. Wie das zuging, hat sie mir erst vor einigen Tagen erzählt. Maria war überzeugt, daß Sie mich in Paris finden würden.»

«Nun», sagte Fox, «ich weiß dieses Vertrauen zu schätzen.»

«Als Sie damals mit dem Nachtschnellzug von Mailand

nach Paris fuhren, nahm Maria in Mailand ein Flugzeug und kam eher an als Sie.»

«Weiter?»

«Als Sie dann von Louha nach Paris zurückkehrten, schickte mich Maria wieder hierher in der Meinung, daß Sie die Dokumente bei mir am wenigsten suchen würden. Es kam ihr eben vor allem darauf an, daß die Papiere nicht in Ihre oder die Hände von Herrn Zanetti fielen.»

«Aber Maria selbst war inzwischen auch einmal hier, denn sie hat mir von hier aus geschrieben.»

«Das weiß ich nicht», sagte Dariotis, «sie wich mir aus, wo sie nur konnte.»

«Und weshalb fuhren Sie überhaupt nach Louha», fragte Fox, «da Sie Herrn Denis doch nichts zu übergeben hatten?»

«Zu übergeben hatte ich freilich nichts», antwortete Dariotis, «aber zu holen: ich wollte und brauchte das versprochene Geld.»

«Das hätte Ihnen Fräulein Zanetti geben können.»

«Sie konnte es nicht, denn sie hatte es nicht.»

«War es denn eine so bedeutende Summe?»

«Zehntausend Dollar.»

«Damit läßt sich einiges anfangen. Wissen Sie, worum es sich bei den Dokumenten handelt?»

«Nein, um Technisches, davon verstehe ich nichts, Maria hat mir auch nichts weiter gesagt, und ich will es auch lieber nicht wissen. Man scheint sehr großen Wert darauf zu legen?»

«Ich würde gern erfahren», sagte Fox äußerst nachdenklich, «warum diese merkwürdige Hinterlassenschaft durchaus nicht in die Hände von Fräulein Zanettis Vater kommen sollte, denn es ist doch anzunehmen, daß er der Erbe seines Bruders ist, da Luigi unverheiratet war.»

«Auch darüber weiß ich nichts», antwortete Dariotis. «Bedenken Sie, welches gehetzte Dasein ich in den letzten Wochen führen mußte. Es geht mich auch nichts an. Maria versprach zwar, mir später alles zu erklären, aber es ergab sich keine Gelegenheit dazu.»

Er sagte ohne Zweifel die Wahrheit, denn er hatte keinen Grund zu lügen. Fox erkannte, daß Maria diesen Menschen nur als willkommenes und leicht zu handhabendes Mittel zu einem Zweck benützt hatte, der noch immer dunkel war. Sein Verdacht, daß es sich für sie dabei um Geld gehandelt haben möchte, schien hinfällig zu werden.

Warum aber unternahm sie dies alles mit der Absicht, Luigis Vermächtnis nicht an ihren Vater kommen zu lassen?

Hier nun glaubte er endlich den Punkt gefunden zu haben, um den sich alles drehte, und nur die Aussage des Griechen hatte ihm dazu verholfen.

«Ich mache Ihnen einen Vorschlag», sagte Fox freundlich. «Für mich besteht kein Grund mehr, Sie von hier wegzuwünschen, nachdem Sie mir Auskunft gegeben haben über alles, was ich wissen wollte. Befassen Sie sich nicht mehr mit der Angelegenheit, und wir können Frieden schließen. Sie wissen also nicht, wo sich die Papiere gegenwärtig befinden?»

«Ich weiß es wahrhaftig nicht!»

«Und Sie werden Fräulein Zanetti nicht benachrichtigen?»

«Gewiß nicht.»

«Es würde Ihnen auch schlecht bekommen», sagte Fox, «darüber müssen Sie sich klar sein, außerdem hätte es keinen Zweck, glauben Sie mir.»
«Ich werde niemals etwas gegen Sie unternehmen», antwortete Dariotis, «denn Sie haben mir in Louha aus einer schlimmen Verlegenheit geholfen.»
«Am besten wäre es, Sie gewöhnten sich diese Verlegenheiten ab», sagte der andere. «Aber das ist freilich Ihre Sache.»
Er sah auf die Uhr, es wurde Zeit für ihn, auf drei Uhr war er mit Yvonne verabredet.
Während er nach Fasano hinunterging, während der Autofahrt zum Mailänder Flugplatz, ja selbst während des Rückfluges nach Paris war er so schweigsam und nachdenklich wie noch nie, seit Yvonne ihn kannte. Sie hütete sich, ihn zu stören.
Wenn er alles, was sich seit seiner ersten Begegnung mit Maria in der Villa Trefontane bei Rom ereignet hatte, zusammenhielt, begriff er: Schon damals hatte sie von dem Vorhandensein der Papiere gewußt; der erste Versuch – wahrscheinlich war sie es gewesen, die ihn unternommen hatte – sie an sich zu bringen, war ohne Erfolg geblieben; aber eben weil sie die einzige war, die davon wußte, brauchte sie sich nicht zu beeilen, sondern konnte auf eine zweite günstige Gelegenheit warten; in dem Augenblick jedoch, in dem ihr Vater sich einschaltete und Fox überredete, nach Gardone zu gehen, wurde die Sache plötzlich dringend und Maria mußte handeln.
Fox mußte sich gestehen, daß diese Überlegungen noch immer nicht völlig überzeugend waren, aber sie bildeten doch vorläufig eine brauchbare Grundlage. Und die Art und Weise, wie Maria dann den Griechen und

wie sie den Dr. Will Fox für ihre Zwecke eingeschaltet hatte –
«Warum lachen Sie?» fragte Yvonne.
«Ich?» fragte er, aus seinen Grübeleien auftauchend. «Habe ich gelacht? Ach ja, Yvonne: ich hatte ein Erlebnis.»
«Nämlich?»
«Ich bin dem größten Dummkopf der Welt begegnet.»
«Dariotis?»
«Nein, der ist der zweitgrößte. Der größte ist ein gewisser Fox, aber sagen Sie es nicht weiter.»
«Ja, es war von jeher mein Unglück, Dummköpfe zu lieben.»
«Wenn das wahr ist», antwortete er, «dann dürfen Sie jetzt auf eine Spitzenleistung stolz sein.»
«Leider bin ich nicht die einzige.»
«Doch, doch,» sagte Fox, «verlassen Sie sich darauf. Niemand wird Ihnen diesen Ruhm streitig machen.»
«Gestern abend schien es nicht so.»
«Der Schein hat diesmal gründlich getrogen.»
«Ach, Fox, Sie kennen die Frauen nicht.»
«Machen Sie mich nicht unglücklich, Yvonne: bis heute habe ich mir's eingebildet.»
«Wie alle Männer. Ich bin die einzige Freundin, Fox, die es gut mit Ihnen meint, und ich sage Ihnen: Maria liebt Sie!»
«Aber sie meint es nicht gut mit mir – ist das möglich?»
«Bei Frauen ist alles möglich», antwortete Yvonne, «wie könnten wir uns denn anders gegen euch behaupten?»
Er schwieg lange und blickte nicht einmal durch das Kabinenfenster, obwohl das Flugzeug jetzt im späten Nachmittagslicht über die Alpen dahinzog.

«Und die Dame von Louha?» fragte er plötzlich.
Yvonne sah ihn an.
«Ich denke darüber nach, in welcher Verbindung sie zu Herrn Denis steht.»
«Die beiden kennen sich schon lange, vielleicht war es sogar eine Jugendliebe, aber ich vermute das nur. Nun, jedenfalls hat sie einen andern geheiratet.»
«Und Denis kam jetzt wirklich aus Amerika?»
«Daran gibt es keinen Zweifel.»
Fox seufzte. «Yvonne, Sie sagten vorhin, ich kenne die Frauen nicht. Mir scheint, ich kenne auch die Männer nicht.»
Nach einer halben Stunde bemerkte sie: «Es wird nicht mehr lange dauern, bis wir in Paris sind. Und Sie haben die Papiere, Fox! Was geschieht nun?»
Er antwortete: «Nichts, glücklicherweise. Nur wenn ich sie nicht hätte, bestünde die Gefahr, daß etwas geschieht. Ich denke, damit kann man fürs erste recht zufrieden sein.» Er blätterte in seinem Notizbuch und sah auf die Uhr. «Vielleicht gibt es heute noch etwas für Sie zu tun, Yvonne, aber das wird sich erst zeigen, wenn wir in Paris sind.»
Um halb acht Uhr kamen sie an. Fox versäumte keine Minute und rief das Hotel des Herrn Denis an. Der Portier bedauerte: Herr Denis war heute früh abgereist.
War es ein Geheimnis, wohin?
Durchaus nicht, der Portier hatte eine Fahrkarte nach Brest besorgt und von Herrn Denis gehört, daß dieser nach einem Schloß in der Bretagne zurückkehren wollte.
Dank für die Auskunft, das genügte.
«Yvonne!» sagte Fox. «Ich muß Sie dringend bitten, mir einen sehr großen, allerdings etwas seltsamen Ge-

fallen zu tun. In zwanzig Minuten fährt ein Zug nach Brest. Sie erreichen ihn ohne Schwierigkeit.»

«Und was soll ich in Brest?»

«Aussteigen und nach Louha weiterfahren. Denis ist wieder dort, und es kommt sehr viel, wahrscheinlich alles darauf an, daß er dort bleibt und, bis ich hinkomme, nicht etwa nach Amerika abreist.»

«Sie kommen nach Louha?»

«Sobald wie möglich.»

«Unter dieser Bedingung», sagte Yvonne, «will ich den sonderbaren Auftrag übernehmen und bei der Dame von Louha gut Wetter machen. Angenehm ist es nicht, das können Sie mir glauben.»

«Ihre Hauptaufgabe wird sein, Herrn Denis festzuhalten.»

«Ich kann ihn nicht einsperren.»

«Oh, doch!» sagte Fox. «Nötigenfalls müssen Sie es tun, es gibt ja Gelegenheiten genug im Schloß. Und noch eins, Yvonne: es wird besser sein, daß Sie die Papiere mitnehmen, denn bei Ihnen sind sie während der nächsten vierundzwanzig Stunden vermutlich sicherer aufgehoben als bei mir.»

«Fox!»

«Eine große Verantwortung, ja. Aber ich denke, daß Sie damit fertig werden. Übrigens haben Sie jetzt nur noch fünfzehn Minuten, es wird allmählich Zeit. Ich werde Sie bis ins Eisenbahnabteil begleiten, wenn es Ihnen recht ist?»

Eine Viertelstunde später also fuhr Yvonne in die Abenddämmerung. Fox stand am Bahnsteig, winkte und gab dem schnell verglimmenden roten Schlußlicht alle guten Wünsche mit auf den Weg.

Er selbst nahm ein Taxi. Zur Avenue de Wagram. Es war fünf Minuten vor acht Uhr.
Denis wußte jetzt offenbar, wer sein Freund Reineke aus Hamburg war. Maria hatte ihn gewarnt, sie ahnte, daß Fox ihr Spiel zu durchschauen begann. Wie aber die Dinge sich im Laufe dieses einen Tages entwickelt hatten, konnte sie unmöglich wissen.
Fräulein Maria Zanetti? Sie war in ihrem Zimmer. Der Portier läutete dort an.
Der Herr möchte die Güte haben, hinauf zu kommen.
Ausgezeichnet. Während Fox auf den Lift wartete, hatte er das Gefühl, daß ihm ein Stein vom Herzen fiel. Seine Befürchtungen, Dariotis möchte Maria trotz allem benachrichtigt haben, schienen unbegründet zu sein.
Er klopfte an die Tür von Nr. 34, Marias ruhige Stimme rief: «Herein!»
Es war eines von jenen freundlichen französischen Hotelzimmern, in denen das Bett seitlich in einem Alkoven steht und den Raum nicht beeinträchtigt. In der Mitte, unter dem altmodischen Lüster, war der Tisch mit zwei Gedecken für ein kaltes Abendbrot hergerichtet.
«Sie sind sehr pünktlich», sagte Maria und kam ihm entgegen, als sei niemals etwas Peinliches zwischen Ihnen geschehen. Sie fuhr fort: «Vielleicht wundern Sie sich über diese Vorbereitungen? Es hat nichts weiter zu bedeuten – ich wollte nur verhindern, daß wir wieder gestört werden. Das war gestern kein hübscher Abschluß.»
Fox küßte ihre Hand. «Erlauben Sie mir zu sagen, daß ich Sie und Ihre Selbstbeherrschung nie mehr bewundert habe als gestern abend.»
«Es geschah Ihnen zuliebe und in dem Gedanken, daß Sie derlei Dinge jetzt nicht brauchen können. Aber

lassen wir das einstweilen, obwohl ich neugierig wäre – nun, ich bin überhaupt neugierig! Sie waren heute also in St. Germain?»

«Sie meinen, um Soeur Madeleine zu treffen?»

«Ja, sprachen Sie nicht gestern davon?»

«Allerdings.»

«Und?»

«Ich bin ihr nicht begegnet.»

Maria sah ihn an und hob die Schultern. «Vermutlich waren Sie nicht allein?»

«Warum?»

«Ich möchte annehmen, daß diese Yvonne Sie begleitet hat, oder irre ich mich?»

«Sie irren sich nicht, Maria.»

«Nun also!» Sie machte eine ihrer vielsagenden Handbewegungen. «Dann haben Sie ja erreicht, was Sie wollten.»

«Wie meinen Sie das?»

«Da Sie mich fragen: Meiner Ansicht nach ist Yvonne die Schwester Madeleine.»

Fox starrte sie sprachlos an. Er war so verblüfft durch diese Behauptung und die völlige Ruhe, mit der Maria sie aussprach, daß er im ersten Augenblick dachte: Wenn das wahr ist, habe ich Luigis Papiere an der richtigen Stelle abgeliefert!

Im zweiten Augenblick jedoch kam er bereits über den blassesten Schrecken hinweg und schüttelte den Kopf. Aber das Lächeln, zu dem er sich zwang, war nicht echt. «Ich kenne Yvonne zu gut –»

«Ach, Fox, Sie kennen die Frauen nicht.»

Das hatte er vor wenigen Stunden schon einmal gehört, allerdings aus einem anderen Munde. Und als wiederhole sich ein Traum, antwortete er: «Machen Sie mich nicht unglücklich, Maria: bis heute habe ich mir's eingebildet.»

«Wie alle Männer. Ich bin die einzige Freundin, Fox, die es gut mit Ihnen meint, und ich sage Ihnen: Yvonne liebt Sie!»

«Aber sie meint es nicht gut mit mir – ist das möglich?»

«Bei Frauen ist alles möglich», antwortete Maria, «wie könnten wir uns denn anders gegen euch behaupten?»

Auch diesmal schwieg er lange. Noch nie war ein solcher Wirbel in seinem Kopfe gewesen.

Endlich sagte er. «Das ist Unsinn, Maria.»

«Nun gut, wie Sie meinen. Ich bin nicht so klug wie Sie und kenne die Dinge auch nicht so genau, sondern nur aus Ihren Berichten. Da kann man freilich irren.»

«Bedenken Sie doch –»

«Ich habe heute den ganzen Tag nichts anderes getan, da sich niemand um mich kümmerte. Bedenken aber bitte Sie einmal. Wer wußte, daß Dariotis damals die Papiere nach Paris gebracht hatte? Wir beide konnten das nur vermuten, aber es stand für uns nicht fest.»

«Das mag wahr sein.»

«Es gab einen Ort, wo man es wirklich wußte, und das ist Louha. Erzählten Sie mir nicht von einem Telegramm aus Louha, das Sie bei Dariotis liegen sahen und das Sie überhaupt erst auf die Spur brachte?»

«Allerdings.»

«In Louha mußte man es natürlich wissen, denn man erwartete ihn ja dort, sonst hätte man nicht telegraphiert. Es gibt in Louha aber nur drei Leute. Madame Bernard und dieser geheimnisvolle Herr Denis warteten, daß Dariotis die Papiere brächte, sie dürften also kaum nach Paris gefahren sein, um sie zu stehlen. Yvonne –»

«Sie vergessen», sagte Fox, «daß während meines Aufenthaltes in Louha ein anderes Telegramm kam, in dem Soeur Madeleine vor der Ankunft des Dr. Fox warnte, und Yvonne hat Louha nicht verlassen.»
«Man kann jemand beauftragen, zu telegraphieren», erwiderte Maria, «das sind doch keine Schwierigkeiten und vollends keine Gegengründe. Lieber Freund, Sie sind augenblicklich ein bißchen zu erregt, morgen früh werden Sie die Dinge und Tatsachen mit mehr Gelassenheit betrachten. Übrigens will ich ja nicht behaupten, daß meine Vermutung unbedingt richtig ist. Entschuldigen Sie, wenn ich Sie nervös gemacht habe, es war nicht meine Absicht. Vielleicht ist mein ganzer Gedankengang absurd. Wahrhaftig, man sollte sich nicht mit derlei Dingen befassen, wenn man es nicht gelernt hat. Es war nur... ich hoffte, Ihnen ein wenig helfen zu können...»
Fox hörte nicht, was sie sagte. Er dachte nur daran, daß Herr Denis heute früh nach Louha gereist war – und daß er, Fox, ihm Yvonne so schnell wie möglich samt den Papieren nachgeschickt hatte. Heute abend war er zu Maria Zanetti gekommen, um sie vor die Tatsachen zu stellen von denen er seit ein paar Stunden wußte, und um ihr mitzuteilen, daß er Luigis Papiere habe – was er noch nicht wußte, hätte sich dabei wohl aufgeklärt. Jetzt aber schlug Maria ihm alle Trümpfe aus der Hand. Und die Papiere waren unterwegs nach Louha oder zum Teufel, was vermutlich auf dasselbe hinauslief.
«Es tut mir schrecklich leid, daß ich Ihnen die Laune und den Appetit verdorben habe», sagte Maria. «Nehmen wir also an, daß ich im Irrtum bin. Und wenn ich es nicht sein sollte – es gibt nun einmal Dinge auf der

Welt, die stärker sind als wir. Sollte man sich mit diesem Gedanken nicht abfinden können? Das Leben wird dadurch gewiß bedeutend einfacher.»

Gerade das hätte Maria Zanetti nicht sagen sollen, es widersprach ihrem ganzen Verhalten seit jener Nacht, in der das Manuskript in Gardone abhanden gekommen war – ein Fehler, den sie beging, weil sie schon gewonnen zu haben glaubte. Fox hatte die Empfindung, daß das Leben dadurch in der Tat bedeutend einfacher wurde, freilich in einem ganz anderen Sinn, als Maria wohl meinte. Mit der Schnelligkeit, mit der er sich wieder faßte, erkannte er auch die Gelegenheit, sie in dieser großen Komödie zu überspielen und nicht nur alle Trümpfe, sondern überhaupt alle Karten und die letzten Stiche zu bekommen, samt Königen und Damen und Herzaß.

Er stützte den Kopf in die Hand und holte tief Atem, gleichsam von einer Last befreit.

«Wahrscheinlich haben Sie recht», sagte er, «und wahrscheinlich wäre es besser, ich hielte endlich mein Versprechen, das ich Ihnen gegeben habe.»

Maria war zu klug, um zu antworten.

«Diese Tage waren unerträglich heiß – in jedem Sinne. Man sollte einmal zur Ruhe kommen und sich fürs erste mit dem Gedanken trösten, daß sich nichts übers Knie brechen läßt, auch nicht von jenem gewissen Fox, der seinen Ruf zu unrecht hat, wie sich jetzt zeigt.»

«Jetzt sind Sie es, Dottore, der Unsinn redet», sagte Maria begütigend und spielte fast so gut wie er.

«Eine Woche Ferien von allem – hatten wir das nicht ausgemacht?» fragte er.

«Dies war nun das Letzte, woran ich Sie erinnern wollte»,

antwortete Maria. «Ich fürchte, Sie werden die Ruhe nicht aufbringen.»
«Man müßte es versuchen», murmelte er.
Maria hob die Schultern. «Wie Sie meinen. Ich freue mich. Fahren wir an unsern blauen See zurück?»
«Nicht in die Einsamkeit!» sagte er kopfschüttelnd. «Wir würden dort zu viel grübeln. Und wozu, Kind, haben Sie sich in Paris so wunderbare Kleider gekauft? Auf der Badetreppe der Villa Zanetti würde niemand diese Pracht bewundern können. Überdies lastet dort jetzt die große Hitze auf den Olivenhängen. Nein. Aber was halten Sie von Deauville oder Trouville?»
«Ich kann nichts davon halten, da ich noch nicht dort war.»
«Ein Fehler, der sich leicht verbessern läßt.»
«Ihr Ernst, Fox?» fragte sie.
«Ich werde Ihnen den Beweis nicht länger schuldig bleiben als bis morgen früh. Brechen wir also unsere Zelte hier ab!»
«Das ist Ihr bester Einfall seit langem!»
«Ich hoffe, Sie werden das noch deutlicher einsehen», sagte er so befreit, leichtsinnig und seelenvergnügt, wie es ihm nur gelingen wollte, und es gelang ihm unvergleichlich gut, wenigstens war er der Überzeugung. «Darf ich mich jetzt verabschieden?»
«Warum!» sagte Maria. «Jetzt, da wir endlich – und glauben Sie, daß ich die ganze Nacht brauchte, um meine Zelte abzubrechen?» –
Anderntags kam Fox zeitig zum Frühstück, das sie ohne Eile einnahmen, denn er berichtete, daß er, um die lästige Bahnfahrt zu vermeiden, einen Wagen gemietet habe, der bereits draußen wartete. Und nicht nur das.

Er hatte Wein und Obst eingekauft und sich zwei große Frühstückspakete mit den leckersten Dingen geben lassen. Sie wollten den Tag recht genießen, unterwegs im Grünen rasten und die Stadt, diesen heißen Steinhaufen, und alle Mißstimmungen durchaus vergessen. Der Tag sollte die Überleitung in ein Feriendasein bringen, noch schöner, als Fox es sich vom Gardasee erhofft hatte. War es denn nicht wundervoll, daß Maria, dank seiner Vorsorge, niemandem ein Lebenszeichen zu geben brauchte?

«Ich hätte dich niemals für so leichtsinnig gehalten», sagte sie mit einem bezaubernden Seufzer. «Aber mir scheint, es läßt sich nichts dagegen tun. Mein Gott, wie lange willst du noch Kaffee trinken? Der Wagen wartet!»

«Das spielt keine Rolle», antwortete er und zog das Körbchen mit dem Gebäck näher zu sich, «wir haben einen festen Preis für die Fahrt ausgemacht.»

Trotzdem war es erst neun Uhr, als sie die Stadt verließen und in die wolkenlose Frühe hinein fuhren; über manchen Wiesen lag noch ein leichter Morgendunst, aber die Sonne, hinter ihnen, ließ ihn schimmernd verschwinden. Nach kurzer Zeit kam der Wagen durch Versailles. Maria erblickte das Schloß und bedauerte, es nicht zu kennen, überhaupt hatte sie von Frankreich nie etwas anderes gesehen als Paris, und die Geographie des Landes war ihr durchaus unklar. Aber sie fand alles wunderschön.

Felder und bunte Ebenen, Hügellandschaften und sanfte Täler, geschäftige alte Städte und weite Einsamkeit, Wälder, endlose Pappelalleen. Auf diesen langen, geraden Straßen, auf denen der Wagen dahinrauschte, zeigte sich unmittelbar über der geteerten Decke immer wieder eine geringe und nicht sehr deutliche Luftspiegelung, es sah aus, als stehe die Straße handhoch unter klarem Wasser, das freilich sofort verschwand, wenn man sich ihm näherte, dafür aber in der Ferne wieder sichtbar wurde, unerreichbar und doch vorwärtslockend. Eine Fata Morgana im kleinen nannte Fox diese Erscheinung und vermutete, daß sie zu Ehren der Fee Morgane sichtbar werde, die heute durch das Land fuhr; zu Mittag rasteten sie in einem Hain, der sich sogleich in den Wald Brezeliand verwandelte – «nun haben wir ihn doch endlich gefunden!» sagte er.

Mit dem Tag aber ging auch die Sonne, sie hatte den höchsten Punkt ihrer Bahn lange hinter sich, und je später es wurde, desto blendender stand sie gerade vor ihnen. Schließlich, da sie sich schon auf einer flach über das Land hingestreckten Wolkenbank ausruhen wollte, blitzte ein feiner Goldstreifen weit in der Ferne auf.

«Das Meer!» sagte Fox, mit hochgezogenen Brauen deutend.

«Endlich! Ich hätte nicht geglaubt, daß die Fahrt so lange dauert.»

Der Weg wurde sandig. Zur Rechten blieb ein Hügel mit einem kleinen Leuchtturm.

«Ist es noch weit bis zu den großen Badeorten?» fragte Maria müde.

«Sehr weit», antwortete Fox, «wir müßten einige hundert Kilometer zurück und nach Osten fahren. Dies hier ist Louha.»

XIII

Als der Wagen in den engen und deshalb ziemlich düsteren Hof des «toten Schlosses» einfuhr, erschien als erste die Bretonin, sie hatte das unerhörte Ereignis vom Küchenfenster aus gesehen.

Fox, schon im Flur, nickte ihr über die Schultern zu, deutete auf den Wagen und ging eilig die Treppe hinauf.

Im oberen Stock begegnete er Yvonne, sie trug, wie damals, ihr ländliches Gewand.

«Mein Gott!» sagte sie. «Fox! So schnell? Was –»

«Wo sind die Papiere?»

«Die Papiere? In meinem Zimmer! Willst du sie haben?»

«Nein. Denis?»

«Vermutlich bei meiner Tante. In einer Viertelstunde wird gegessen, ich will eben in die Küche.»

«Wunderbar, Yvonne!» sagte Fox, drückte sie an sich und gab ihr geschwind einen Kuß. «Ich habe deine Freundin Maria Zanetti mitgebracht. Frag nicht. Später! Wir werden also zu fünft sein. Kümmere dich ein bißchen um sie, ich will erst der Dame von Louha meine Aufwartung machen.»

Er ließ die sprachlos gewordene Yvonne stehen und lief weiter.

Madame Bernard war allein. Sie freute sich, ihn so bald wiederzusehen. Herr Denis? Gewiß, er war wohl in seinem Zimmer, mußte aber jeden Augenblick kommen. Und denken Sie, auch Yvonne ist wieder hier!

Yvonne? War sie denn fort gewesen?

Ja, es hatte eine kleine Meinungsverschiedenheit gegeben, nicht der Rede wert, wie man sieht. Die Dame von Louha nickte ihm in ernster Herablassung zu, sie hoffte, daß er in einer Viertelstunde zum Essen erscheinen werde. Jedoch zu ihrer Überraschung empfahl er sich noch nicht gleich. «Madame», sagte er, mit seinem hübschesten Lächeln um Entschuldigung bittend, «darf ich Ihre Gastfreundschaft in Anspruch nehmen für eine Dame, die mich hierher begleitet hat? Es war mir unmöglich, diesen Besuch voher anzumelden, aber ich vermute, daß sie nur sehr kurze Zeit bleibt. Übrigens ist sie eine Bekannte von Fräulein Yvonne.»

Die Dame von Louha antwortete mit der höflichsten aller Handbewegungen.

Als Fox in den unteren Flur zurückkam, fand er alles in bester Ordnung. Der Fahrer des Wagens stammte zufällig ebenfalls aus der Bretagne und war bereits mit der Bretonin in lebhafter Unterhaltung. Das Gepäck lag neben der Küchentür, und dabei standen Yvonne und Maria – ihre Unterhaltung war nicht ganz so lebhaft, schien sich aber in gesellschaftlichen Grenzen zu bewegen, was Fox ungemein beruhigte. Der Gegensatz in der äußeren Erscheinung der beiden war heute, da Yvonne wieder ihr Bauerngewand trug, fast grotesk zu nennen.

«Fräulein Yvonne», sagte Maria, «ist so freundlich, mir ein Zimmer anzubieten, das neben ihrem eigenen liegt – aber ich weiß nicht, Dottore, ob es überhaupt Ihre Absicht ist, hier zu bleiben?»

«Da es dunkel zu werden beginnt, kann man in diesem Sande nicht weiterfahren», antwortete er. «Ich habe mit der Dame des Hauses gesprochen, Sie werden erwartet, und ich nehme an, daß es Ihnen ein Vergnügen ist, Schloß Louha zu sehen, das Sie so gerne kennen lernen wollten.»

Maria begnügte sich, ihm einen Blick zuzuwerfen, denn

was zu sagen war, hatte sie ihm bereits vorhin am Fuße des Leuchtturms gesagt.
Das Gepäck wurde hinaufgetragen. Fox begleitete Maria noch bis an die Tür ihres Zimmers, das er für die Verhältnisse von Louha sehr wohnlich fand, freute sich, ihr in ein paar Minuten wieder zu begegnen und bekam, während er sich zum Gehen wandte, von Yvonne seine Aktentasche in die Hand gedrückt. «Es ist vielleicht besser so...» murmelte sie.
Am nächsten Flurfenster, an dem er sich unbeobachtet glauben konnte, blieb er stehen und öffnete die Tasche. Die Papiere waren unversehrt darin.
Sein Gepäck fand er in dem Zimmer, das er erst vor wenigen Tagen verlassen hatte. Im Flur, an der Decke, war der Einschlag des akustischen Abschiedsgrußes unverändert, den Herr Dariotis hinterlassen hatte, und würde für die nächsten hundert Jahre wohl auch unverändert bleiben. Während Fox ihn betrachtete, hörte er hinter der übernächsten Tür einiges Geräusch, also wohnte auch Herr Denis wieder in seinem Zimmer.
Diese Feststellung war die Ursache, daß Fox mit einer Aktentasche zum Abendessen erschien, ein Umstand, der wohl bemerkt, aber nicht weiter besprochen wurde. Yvonne sah es mit Zufriedenheit.
«Unser Freund Denis», sagte die Dame von Louha bedauernd, «läßt sich entschuldigen, er ist etwas erkältet. Kein Wunder, denn um diese Jahreszeit wird es in unserem Kastell nach Sonnenuntergang schon recht kühl.»
«Wie traurig!» sagte Fox und freute sich um so mehr, daß er die Aktentasche mitgebracht hatte. «Wenn Sie es für richtig halten, werde ich ihm nachher einen Besuch machen.»

Oh, darüber würde sich Herr Denis gewiß freuen. Vielleicht ließ er sich durch eine so angenehme Unterhaltung noch bewegen, in der Gesellschaft zu erscheinen. «Denn», sagte Madame Bernard und lächelte beinahe, «es ist, verglichen mit unserer gewohnten Einsamkeit, tatsächlich eine Gesellschaft: fünf Personen, bedenken Sie! Das hat es hier wahrscheinlich seit Lanzelots Zeiten nicht mehr gegeben.»

Ein Glück, daß sie dieses Thema berührte, denn nun konnte man, von Fox mit Eifer geführt, in jene harmlosen Jahrhunderte zurück flüchten, in denen die Menschen nur mit Stahlschwertern stundenlang aufeinander losgedroschen hatten, ach, ein goldenes Zeitalter!

«Und die Fenster waren vergittert!» sagte Maria.

«Wieso? Vergittert? Doch um Himmelswillen nicht alle!»

«Nicht? Nun, das meine ist vergittert!» sagte sie.

Yvonne bemerkte, das sei nur ein Zufall und habe nichts zu bedeuten. Gewiß hätte man die Eisenstäbe schon längst entfernt, wenn sie nicht so ungeheuer dick wären, daß man tagelang daran hätte feilen müssen. Und wozu, ich bitte Sie! Es ist doch viel einfacher, sich durch die Tür zu empfehlen, wir pflegen unsere Gäste nicht einzuschließen.

Dies, sagte Fox, erinnere ihn an seine Absicht, Herrn Denis aufzusuchen und womöglich herzubringen.Er streifte bei diesen Worten Maria mit einem Blick, aber sie sprach mit Madame Bernard – die beiden vertrugen sich auffallend gut – und schien den Namen Denis nicht gehört zu haben. Dann nahm er seine Aktentasche und verschwand einstweilen, mochten die drei Damen sehen, wie sie miteinander fertig wurden.

Er klopfte nicht sofort bei Herrn Denis an, sondern ging zunächst in sein Zimmer. Dort blätterte er die Papiere noch einmal durch und fand sie in Ordnung. Daß Yvonne von der Rolle der Schwester Madeleine, die Maria ihr freundlicherweise hatte zuschieben wollen, nichts ahnte, schien festzustehen, und es würde wohl gut sein, ihr gegenüber von diesem Versuch auch künftighin nichts verlauten zu lassen.

Fox ging auf und ab; die Kerzenflamme auf dem Tisch wehte leise hin und her; in allen Winkeln hing fledermausgleich eine dunkelbraune Ungewißheit, das paßte zu diesen Augenblicken: es ließ sich voraussehen, daß der Rest des Geheimnisses in der nächsten halben Stunde gelöst sein würde.

Seit gestern hegte Fox absonderliche Vermutungen, jetzt mußte sich zeigen, ob ihm seine Phantasie damit einen Streich gespielt hatte.

Mehrmals war er im Begriff, zu Denis hinüberzugehen, ebenso oft zögerte er, von immer neuen Gedankenverbindungen geplagt und erregt. Eins stand immerhin fest: er konnte mehr als zufrieden sein, daß es ihm gelungen war, alle Beteiligten mit solcher Eleganz und so rasch unter ein Dach zu bringen. Bei der Erinnerung an Marias vergittertes Fenster mußte er lachen – Yvonne war lobenswert vorsichtig, und Maria Zanetti hatte zum letztenmale Vabanque gespielt, als sie seinen Argwohn auf Yvonne zu lenken versuchte, das war zu einer Falle für sie geworden, in der sie jetzt saß. Das vergitterte Fenster! dachte er, Yvonne scheint das zweite Gesicht zu haben. Aber ich darf die Damen nicht zu lange warten lassen, es könnte gefährlich werden.

Fox nahm die Aktentasche und den Leuchter.

«Herein!» sagte Denis, mißmutig krächzend.
Er saß in dem einzigen Lehnstuhl, den es hier gab, am Fenster und hatte wohl in die Nacht hinausgesehen, die Sterne standen über dem Meer, der blasse Finger des Leuchtfeuers deutete mitten in sie hinein. Auch hier stand eine brennende Kerze auf dem Tisch, Fox stellte die seine daneben, aber der Raum war so groß, daß er dadurch nicht viel heller wurde.
Denis blickte ihm entgegen, blieb aber sitzen und sagte krächzend wie zuvor: «Sie brauchen sich nicht zu entschuldigen!»
«Nein», sagte Fox. «Warum?»
«Sie haben mich getäuscht. Sie sind nicht der, für den Sie sich ausgegeben, sondern Will Fox. Ich finde das unanständig.»
«Man tut, was man kann», entgegnete Fox. «Unanständig? Und Sie freuten sich doch so in der Erwartung, mich kennen zu lernen. Sie sehen aber, daß ich keine Mühe gescheut habe, Ihnen dieses Vergnügen doch noch zu verschaffen. Leider habe ich den Eindruck, daß Sie mir ausgewichen sind.»
«Deshalb brauchen Sie den Riegel nicht vorzuschieben», sagte Denis. «Ich bin ein alter Mann und werde Sie nicht über den Haufen rennen. Warum auch! Was wollen Sie von mir?»
«Wollen?» fragte Fox. «Wahrhaftig nichts. Ich habe von Madame Bernard den Auftrag, Sie abzuholen. Ist das so schrecklich?»
Denis griff in die Tasche und brachte seine Pfeife zum Vorschein. Das war kein schlechtes Zeichen. Er stopfte sie sorgfältig und zündete sie an. «Und weshalb sind Sie wieder nach Louha gekommen?»

«Weil ich in Ihrem Hotel hörte, daß auch Sie wieder hier sind. Vermutlich wollen Sie bald nach Amerika zurückkehren, und ich möchte mich von Ihnen verabschieden.»
«Das hat keinen Wert für Sie.»
«Ich hoffe doch!» sagte Fox. «Sie haben Ihre Geschäfte in Paris erledigt?»
«Eben nicht!» antwortete Herr Denis griesgrämig und sog verzweifelt an seiner Pfeife, die bereits wieder an Luftnot litt und erstickte Töne von sich gab.
Infolgedessen stand er auf und trat an den Tisch, um sich diese Verkehrsstockung bei Licht zu betrachten.
Mit einem Zündholz, das auf dem Leuchterteller lag, räumte er den Pfeifenkopf aus, trotzdem blieb das Rohr verstopft.
«Man sollte durchbohren können», seufzte er.
«Nehmen Sie einstweilen das da!» sagte Fox und legte ein Stückchen Draht hin.
«Oh, danke –» sagte Herr Denis, griff danach – und ließ es wieder fallen, als ob es glühend sei. Die beiden Pfeifenteile fielen daneben.
Er stützte sich erst auf die Tischkante, aber dann sank er in den Lehnstuhl, den Fox ihm hilfreich hinschob.
«Um Gottes willen!» sagte er leise.
Fox schwieg.
Denis nahm den Draht wieder auf und beugte sich so tief über die Kerze, daß er sich fast die Haare versengte. Zwischen Daumen und Zeigefinger rieb er das Metall, bog es vorsichtig, kratzte vor Erregung zitternd mit dem Nagel daran. Schließlich blickte er mit fiebrigen Augen auf:
«Woher haben Sie das? Was ist das?»
Fox nahm seine Hand und sagte: «Diese Frage kann nur

ein einziger Mensch auf der Welt stellen. Sie sind Luigi Zanetti.»

«Als für uns in Oberitalien der Krieg zu Ende ging» – erzählte Luigi Zanetti [oder Herr Denis] – «war ich mit meiner Arbeit fertig. Ich hatte mich während der letzten Zeit um nichts anderes gekümmert, unsichtbar für die Welt. Aber man fragte damals, wie überhaupt in solchen Zeiten, nicht lange nach dem Wieso und Warum; eine Verdächtigung, ein Verdacht genügte, und so war ich zwar erschrocken, aber nicht überrascht, als ein bewaffnetes Kommando erschien, um mich abzuholen. Ich hatte gerade noch Gelegenheit, das Manuskript meinem Vater zu geben mit der Bitte, es bei den zahllosen Aufzeichnungen über seine Etruskerforschungen zu verstecken – suchte man es, so würde es dort wohl am schwierigsten zu finden sein.
Ich wurde weggebracht. Wie es aber bei so verworrenen Verhältnissen, die sich zudem täglich ändern, mitunter vorkommt: man hielt mich wohl in Gewahrsam, schien mich im übrigen jedoch vergessen zu haben, jedenfalls geschah mehrere Tage hindurch nichts.
In dieser Zeit glückte es mir, die Bekanntschaft einer französischen Rotkreuzschwester zu machen, die nach mancherlei überstürzten Schicksalen mit einer kleinen Sanitätsabteilung in unsere Gegend verschlagen worden war: Madame Bernard, die damals noch nicht wußte, daß ihr einziger Sohn gefallen war.
Mit ihrer Hilfe verschwand ich und wurde vielleicht auch von niemandem mehr gesucht. Zunächst fand ich ein Unterkommen an der französischen Riviera, dann die Gelegenheit, mit einem Truppentransporter nach

Nordafrika und später nach Amerika zu kommen, wo man mich wegen meiner Spezialkenntnisse gern aufnahm und bald sogar in eine leitende Stellung aufrücken ließ. Gegenwärtig bin ich Direktor einer großen Fabrik für Radioempfänger.

Was ich Ihnen hier in kurz berichtet habe, war eine abenteuervolle Entwicklung, mit der ich recht zufrieden sein durfte. Sie begreifen aber, daß mich der Gedanke an meine Familie, von deren Schicksal ich nichts erfuhr, mehr aber noch der an meine Arbeit quälte, denn es war zu befürchten, daß sie in falsche Hände käme, ganz abgesehen davon, daß jeder sein geistiges Eigentum für sich behalten will, vollends wenn es die Frucht einer mehrjährigen Arbeit und von einer Bedeutung ist, über deren Umfang ich mich keinen Augenblick täuschte.

Madame Bernard, die inzwischen längst nach Louha zurückgekehrt war, blieb mit mir in Briefwechsel. Sie ist meine treueste Freundin. Sie fuhr nach Mailand und Gardone, um über die dortigen Verhältnisse Näheres festzustellen. Ihr gelang es auch, meine Nichte Maria kennen zu lernen und eine Verbindung zwischen Maria und mir zu ermöglichen.»

«Ich begreife den Sinn nicht!» sagte Fox. «Weshalb kehrten Sie nicht selbst nach Hause zurück?»

«Vielleicht hätte man mich, wenn ich italienischen Boden betrat, verhaftet?» antwortete Luigi. «Ich wußte das nicht. Außerdem konnte und wollte ich meine Stellung nicht aufgeben oder sie gegen eine höchst ungewisse und vielleicht gefährliche Zukunft eintauschen.»

«Weshalb aber wandten Sie sich nicht an Ihren Bruder in Mailand? Wäre das nicht das Natürlichste gewesen?»

«Das Natürlichste vielleicht», sagte Luigi Zanetti, «aber

das Richtigste gewiß nicht. Mein Bruder und ich, wir haben uns nie vertragen. Lieber sollte meine Arbeit verloren sein, als daß sie in seine Hände kam – ein Standpunkt, den ich noch heute habe.»

«Das weiß ich», sagte Fox, «aber warum?»

«Mein Bruder ist nicht nur Leiter einer Motorenfabrik, sondern auch ein bedeutender Physiker, das habe ich nie verkannt», erwiderte Luigi. «Er ist sehr ehrgeizig – nun, bis zu einem gewissen Grade bin ich das ebenfalls, freilich auf ganz andere Weise.» Er suchte die richtigen Worte, es schien schwierig zu sein. «Die Wissenschaft!» sagte er schließlich. «Die heutige Wissenschaft! Ich halte sie, mindestens auf manchen Gebieten, für eine Geißel der Menschheit. Sie ist bedingungslos und gnadenlos und geht ihren Weg, ohne auf die Opfer zu achten; das hat schon begonnen, als Galilei die Jupitermonde entdeckte. Über die Gründe, von denen diese Menschen ihr Handeln bestimmen lassen, ist schwer zu reden. Es mag Pflichtbewußtsein oder, wenn Sie das lieber hören ein faustischer Drang dahinterstehen, meinetwegen fügen Sie noch ein gut Teil persönliche Eitelkeit und Machthunger hinzu, auch die Rolle des Geldes wollen wir nicht vergessen – kurz, dieses Ganze, was wir Wissenschaft nennen, enthüllt sich als ein Dämon, der nicht mehr zu bändigen ist, bis er den Planeten zerstört hat. Diejenigen, die ihn heraufbeschworen und entfesselt haben, sind schon längst seine Sklaven geworden, und das Unheimlichste dabei ist, daß sie glauben, dem Wohle der Menschheit zu dienen. Wie groß und weise war doch dagegen die Haltung der Priester, welche im Altertum die Träger der Wissenschaft waren! Sie hatten zu schweigen gelernt, weil sie sehr genau wußten, daß ein Bekanntwerden ihres Wissens nur Unglück für die Menschen bedeuten würde. Aber heute? Gäbe man der Welt nicht, was nun einmal nicht für sie bestimmt ist, sie wäre glücklicher, das goldene Zeitalter tauchte wieder aus den Wogen, die Atlantis bedecken.»

«Und Ihr Bruder –»

«In seiner Hand hätte mein Geheimnis alsbald ein unabsehbares Unheil gestiftet.»

«Endlich!» sagte Fox.

«Sie meinen?»

«Endlich verstehe ich auch diesen letzten Punkt, um den sich die verworrene Kette schlang!»

«Ja», sagte Luigi, «wenn man das nicht weiß, müssen die Folgen freilich unklar bleiben. Ich wandte mich also an meine Nichte Maria, die von Frau Bernard unterrichtet und auf meine Seite gebracht war. Ich schrieb ihr, daß mein Vater – der inzwischen gestorben war – mein Manuskript in seinem Schreibtisch unter seinen Etruskerforschungen versteckt hatte; sie sollte es suchen, ohne sich verdächtig zu machen, und an Frau Bernard gelangen lassen, wo es zunächst sicher war; ich würde es dann abholen. Dabei wußte ich aber eines nicht. Offenbar hatte mein Vater, der damals wohl schon recht krank war, befürchtet, daß man seine Papiere sichten und ordnen und dabei auch die meinen finden würde. Deshalb – anders kann ich mir es nicht erklären – versteckte er meine Arbeit hinter den Büchern; vielleicht hatte er noch die Absicht, jemand davon zu unterrichten, aber dazu kam es nicht mehr.»

«Kein Wunder also», sagte Fox, «daß Maria das Manuskript nicht im Schreibtisch fand!»

«Sehr richtig. Dies alles wäre noch nicht so schlimm gewesen. Aber leider zog mein Bruder Sie, Dr. Fox, ins Vertrauen. Woran er dabei dachte, wollen wir dahingestellt sein lassen. Von diesem Augenblick an mußte Maria befürchten, daß meine Arbeit ans Licht kommen würde, von diesem Augenblick an war höchste Eile geboten. Denn Maria durfte ja auch annehmen, daß Sie, Fox, die Papiere meinem Bruder geben würden, da Ihnen der tiefere Zusammenhang unbekannt war. Zunächst handelte es sich darum, Sie irre zu führen und Zeit zu gewinnen, bis ich von Amerika herüber kam und Dariotis mich in Louha erreichen konnte – in Louha, denn in der Öffentlichkeit wollte ich mich nicht sehen lassen. Ich muß Maria bewundern, sie hat sich der Sache mit einem Fanatismus angenommen und mit einer Klugheit –»

« – an der ich ums Haar noch gestern gescheitert wäre!» sagte Fox. «Aber jetzt ist alles gut.»

«Nichts ist gut!» rief Luigi Zanetti. «Alles ist verdorben. Durch Sie, Dr. Fox! Wo sind die Papiere?»

«Hier!» antwortete Fox und legte die Aktentasche auf den Tisch.

Mit einem Schrei sprang Zanetti auf.

«Halt, nein, verzeihen Sie, so eilig ist es jetzt nicht mehr. Hatten Sie nicht zehntausend Dollar dafür ausgesetzt, Herr Zanetti?»

Luigi stürzte an seine Kommode und unterschrieb einen Scheck. «Ich überlasse es Ihnen, Dr. Fox, den Betrag einzusetzen. Wenn man den wirklichen Wert der Papiere in Anrechnung bringen wollte, müßte man Milliarden bezahlen, aber das kann ich nicht.»

«In diesem einen Falle», sagte Fox, «werde ich meine Fähigkeiten denen des Herrn Dariotis gleichschätzen.

Die Aktentasche bekommen Sie als Zugabe, ich liebe derlei Gegenstände im allgemeinen nicht. Danke.»

Luigi schüttelte ihm die Hand. «Sie haben Ihren Auftrag erfüllt und doch nicht erfüllt. Was werden Sie meinem Bruder sagen?»

«Nichts, denn ich glaube nicht, daß ich ihn wiedersehen werde. Und wenn es doch einmal der Fall sein sollte – auch Fox ist nicht unfehlbar, er wird seinen kläglichen Mißerfolg mit Würde tragen. Was wiegt diese kleine Beschämung gegen das Unheil, das vielleicht entstanden wäre, wenn ein anderer als Sie, der einzige rechtmäßige Eigentümer, die Papiere in die Hand bekommen hätte?»

Es klopfte an die Tür.

Luigi riß die Aktentasche vom Tisch und verbarg sie hinter seinem Rücken.

Fox lächelte.

«Herein!»

«Mein Gott», sagte Yvonne auf der Schwelle, «wo bleiben Sie denn? Wir dachten schon, Herr Denis, es ginge Ihnen vielleicht nicht gut. Nennt man das eine Gesellschaft? Aber kommen Sie nur, bei uns ist es wärmer als hier, Ihretwegen habe ich sogar das Feuer im Kamin angezündet, das sieht recht lustig aus, und nun wollen wir uns einen netten Abend machen und jemand soll erzählen, wie Lanzelot die schöne Ginevra entführte.»

Sie gingen den Flur entlang, zuerst Yvonne, dann Monsieur Denis mit der Aktentasche, den Schluß machte Fox. Jeder trug seinen Leuchter, die Schritte hallten auf den Steinplatten.

Im Wohnraum war kein Licht außer dem des flackernden Kaminfeuers, das bisweilen aufloderte, wenn draußen der Nachtwind über den Schornstein wehte. In allen Wölbungen und Winkeln schien Geheimes zu warten oder die aufwachende Erinnerung an vergangene Jahrhunderte.

Die schweren Holzlehnstühle standen im Halbkreis um den Kamin.

Die Dame von Louha, schwarz und still, starrte in das Feuer.

Maria stand auf, als die drei eintraten. «Endlich –!» sagte sie. «Wir wurden schon unruhig, zumal ich, man muß sich an eine solche Umgebung erst gewöhnen.»

Luigi schüttelte den Kopf. «Komm, setze dich neben mich, Maria. Ich glaube, du brauchst dich hier nicht mehr einzugewöhnen. Der Norden ist nichts für uns.»

Sie sah ihn an und wußte nicht, was sie denken sollte. «Herr Denis –»

«Herr Denis», sagte Luigi, «ist nicht mehr da. Unser Freund Fox hat ihn vor ein paar Minuten in meinem Zimmer umgebracht, Fra Diavolo hat einen wunderbaren Opernschluß inszeniert, die Mitwirkenden dürfen nach Hause gehen. Ich denke, Luigi Zanetti fährt morgen nach Marseille, dort scheint die Sonne des Südens, und auch von dort fahren große Schiffe nach Amerika. Und seine Nichte Maria wird ihn bis zum Dampfer begleiten. Was meinst du?»

Fox hatte sie beobachtet, jetzt zum erstenmal sah er sie wirklich fassungslos.

Zanetti ließ das Schloß der Aktentasche aufschnappen und nahm sein Manuskript heraus.

«Unser Freund Fox», sagte er, «hat nicht nur Herrn Denis umgebracht, sondern auch diese kostbaren Papiere an der Stelle abgeliefert, wohin sie gehören.»

«Ich bitte aber, das niemandem zu erzählen», sagte Fox.
«Dazu wird um so weniger Gelegenheit sein», sagte Luigi, «als der Anlaß zu diesem Abenteuer nicht mehr vorhanden ist!»
Er beugte sich vor und warf seine Arbeit in die Glut.
Maria Zanetti schrie.
Die Blätter krümmten sich in den Flammen, fingen Feuer, loderten auf und sanken in Asche, weiße Flöckchen wirbelten hoch, der Nachtwind griff von oben durch den Kamin und sang dabei ein Siegeslied.
«Ich höre und verstehe es recht wohl!» sagte Luigi und lehnte sich zurück, aufatmend und wie von einer Last befreit.
Sie lauschten. Das Lied verklang, alles wurde wieder ruhig.
Fox nickte.
Noch vor kurzem hatte er gehofft, den Herbst in der Villa am Gardasee zu verbringen. Aber das Wetter blieb auch im Norden schön. Freilich waren hier die Tage kürzer als dort, die Nächte dafür um so länger.